JN281583

伊良子清白　月光抄

Das Licht des Mondes sagt, daß

平出隆

新潮社

伊良子清白　月光抄

月光《げつくわう》の
語《かた》らく
わが見《み》しは一《いち》の姫《ひめ》

「月光日光」

その一——小浜の家

その家のことを知ったのは、昭和五十四年六月のことである。岡崎に住む旧友から送られてきた朝日新聞の中部版の切抜きには、「漂泊詩人は悲しからずや」という見出しが立てられていた。鳥羽の小浜《おはま》にある伊良子清白の旧宅が売却に掛けられることになったという記事が、建物の外観を写した写真とともに掲げられていた。

木造瓦葺の二階家である。外壁の板の朽ち具合や、家まわりに添えられた簡素なコンテナの植栽や、軒下に掛けられた海辺の道具らしきものが、新聞写真の粗い粒子をとおして、潮風に曝されてきた時間を伝えた。小浜漁港からわずかに路地を入ったところにあるという家は二階建てで、延べ床面積は一〇四・九五平方メートルとあった。記事は事態を、こんなふうに報じていた。

小浜漁協の信用購買係であった職員が横領事件を起し、帳簿上の不正が三億四千九百万円にのぼっている。同組合は三重県の県信用漁連などに対して、早急に少なくとも二億円を返済しなければならない。このため、所有不動産を売却するなどの再建計画を立てたが、清白の旧住居もその中にふくまれている。鳥羽市小浜町にあるその家はもともと村の所有で、明治末期に医師用住宅として建てられた。地元の診療医となった伊良子清白が、そこを住家とも職場ともして、大正十一年九月から昭和二十年七月まで生活した。それまでは各地を転々としてきた漂泊の詩人にとって、鳥羽の小浜は唯一の長居の地であった。——

記事はそれから、他人の手に渡れば必ず壊されるだろうと惜しむ地元の声を伝え、「残念だがみんなの生活が危機に瀕している以上、競売にかけて一円でも高く売るしかない」という、漁業協同組合理事のことばで結んでいた。

八月になって私は、夏の休暇の旅に出た。その岡崎の友人の家に一泊すると、名古屋を経由して鳥羽へ向い、灼熱の日射しの中で、鳥羽市の外れの小浜という漁村を訪れた。

日射しの微妙な変化を覚えているのは、天気雨が降ったからである。日射しのきつさを思っているところに、雨滴が頬にかかった。やがて、かなりな降りになったが、変らずに日射しもまた注いでいた。そのうちに、さほど量塊はないのに上空にひろがった濃い雲が、なにかのまわりをめぐるように流れ、またからりとした空気が海村の景色をあたらしくした。そんなことなら覚えている。

鳥羽駅から小浜へ直線で一キロほどの道のりは、清白の住んだころ、駅の北西の切り立った海岸線が阻んでいて、日に幾便かの渡し舟によるしかなかった。それは鳥羽駅裏の山陰から出る艀《ちょろ》と呼ばれた櫓漕ぎの原始的なもので、渡しを降りると磯づたいの長い道が、海桐花《とべら》の葉のてらてらと光る小浜の漁村までつづいた。

小浜はかつて、通う陸路をもたない島ならぬ島であった。岸辺の山がすっかり切り崩されて大きな道路の通っている今日からは、なかなか想像できないことである。

診療所と住居とを兼ねたその家を、天気雨の中、私は見納めにと目に焼き付けたはずである。だが、軒下に幾本もの巨きな櫂を水平に吊した古家の潮さびた印象のほか、その後、記憶は次第に薄れた。

あれから、少しばかり海山のあわいの旅をかさねた。それは長い漂泊の果てにようやく鳥羽の小浜に碇泊し、戦禍によってさらに離れざるをえなかった伊良子清白の足跡を辿ろうとしたものである。だが、時のへだては半世紀から一世紀にも及んでいる。この先の文章にときに私自身の歩みが露頭するとしても、それは気まぐれに逍遥しようとして、かえって時の険阻に弄ばれる者の、いたずらに踏んでいるたたらというものであろう。

その二――鎮西丸

明治三十九（一九〇六）年の五月四日、一艘の船が大阪港を出帆した。名は鎮西丸といった。それまで暮した東京圏を男が離れたのは、四月二十九日のことである。名を伊良子暉造《てるぞう》といった。彼は大阪で所用を済ませると、二十代を終ろうかとしている単身を、山陰の浜田へと船にまかせた。

大阪商船の営業による当時の日本海沿岸航路大阪境線の下りは、大阪港より瀬戸内海を西行し、関門海峡を抜けて山陰へと折り返すものだった。神戸、多度津、今治、門司、赤間関、仙崎、萩、須佐、浜田、温泉津《ゆのつ》、杵築《きづき》、境と、港々を縫いとるようにつないだ。安来線と重複して終着の安来港に入るのが、大阪から数えてようやく四日目だった。

浜田へは、三日目の夕方に着港した。このときの小さな船旅の仔細は、博文館版明治三十九年当用日記の、いまは褪色したページに、癖のつよい黒インクの跡となって掠れている。

五月四日　昨日の熱すでに去りてこゝちよし　行李をとゝのへて川口にいたる　鎮西丸出帆すべしといふ　二、三等のみ　出帆時刻も午後四時なりとか　失望甚し鎮西丸という船の出帆が決ったといわれた。しかし、一等席のない船だと聞いて男は落胆した。しかも、出帆の時刻が思っていたより随分と遅い。東京からの行李は、大阪に来てさらに嵩んでいる。気を取りなおした彼はさらにいくつかの所用に時間をつぶしたあと、昨晩泊った、以前の寄寓先であった東区島町の家に戻って昼飯をとった。下痢があった。昼寝をした。

「四時船にのる、随分不潔なり」と、鎮西丸に身を預ける二泊三日の船旅は、そんな感想からはじまった。鎮西丸は、さほど立派な船でもなかった。また、永年の航海の芥を内側に、すっかり溜め込んでもいた。

五月五日は、日も麗らかで海も凪いだ。多度津に着くころに朝日を拝した。瀬戸内八十八島の眺望が折からの薄い夏霞にへだてられ、美しさはいいようもなかった。船室から甲板へと身を移しもした。赴任先の細菌検査所のために備品の費目を調えたあと、バクテリオロギーの本を読みはじめた。伊予の沖合で日が暮れた。

下関に着いたのは夜十一時で、門司の市街が呼応の間に見えた。両岸の灯火が親嘴《しんし》するもののようである。船から近い社の境内に覗きからくりの声を聞くと、旅の感情が高まった。

出帆前となると、にわかに乗客がふえた。「しとゞのあとらしき布団引かつぎていぬ」と、その日の最終行には記された。

伊良子暉造は医師だった。明治三十二年に京都医学校を卒業後、日本赤十字社病院試補、横浜海港検疫所検疫医員、内国生命保険会社診査医をへて、帝国生命の診査医になったのが明治三十七年、帝国生命は、前の月、明治三十九年四月に辞した。

大阪滞在中にも、五月一日、府庁内の細菌検査所を訪れて鼠の解剖を見学したり、二日、石神病院で天然痘と結核の免疫毒素にかんする話を聞いて新薬を貰い受けたり、淀川を巡航船で下って訪れた別の病院ではその設備を視察したりと、忙しく動いた。五月四日の鎮西丸乗船までにできた空き時間には、鼠と思われる「実験用の動物」を、浜田へ送ってもらう手立てを探った。

浜田には、浜田則天堂病院の医師と町立細菌検査所の所員とを兼ねる任務が待っていた。この日、そして次の五月六日も、波の上で、彼の未来はそうした医療現場の中に見つめられた。船上での準備の姿には、暉造という男の一徹な性格と、切り捨てた後ろは顧みない性急さがあらわれていた。

その三――旋光

伊良子暉造は、伊良子清白という、詩の作者でもある。「せいはく」と訓む。

明治二十九年から三十四年にかけては、「すゞしろのや」と号した時期である。蘿月、正暉、松濤庵主人、中島広雄、蝶夢、ＳＳ、水の江の浦島が子などと称した場合もあった。清白自身、稀れに「すゞ」「すゞしろ」と短く称したこともあったが、明治三十四年夏以来、清白の号を用い、「せいはく」の訓みに定まった。煩を避けて、この本では暉造のほか大方は、清白で通すことにする。

明治十年十月、因幡国八上《やかみ》郡曳田《ひけた》村に生れた。いまの鳥取県八頭《やず》郡河原町大字曳田である。その後、家族とともに大阪市、三重県津市などに転住した。津における中学時代であった明治二十五年、満十四歳頃から詩作に興じはじめた。明治二十七年、京都の私立医学予備校へ進んだころには、東京から出される「少年園」やその兄弟誌「少年文庫」「青年文」の詩歌欄への、常連投稿家となった。

明治二十八年四月、京都医学校（現在の京都府立医科大学）に入学した。同年八月、「少年文庫」が青年向けに改まって雑誌「文庫」として創刊されると、その有力な寄稿家となり、やがて河井酔茗、横瀬夜雨などとともに「文庫」派の詩人を代表していくことになった。

明治三十九年五月のこの浜田行の日までに、清白はおよそ二百篇の「新体の詩」を作っていた。発表誌は前記「文庫」の系譜のほかに、「もしほ草紙」「よしあし草」などの当時の青年文学雑誌、それに初期の「明星」などである。

鎮西丸が五月四日の夕べに大阪港を出帆し、明石と淡路島との海門にさしかかったところで、かつて自分が作ったうちの一篇「淡路にて」のことが、季節もまさに符合して、胸を過らないということはなかった。

古翁《ふるおきな》しま国《くに》の
野《の》にまじり覆盆子《いちごつ》摘み
門《かど》に来《き》て生鈴《いくすゞ》の
百層《もゝさか》を驕《おご》りよぶ

白晶《はくしやう》の皿《さら》をうけ
鮮《あざら》けき乳《ち》を灑《そゝ》ぐ
六月《ぐわつ》の飲食《おんじき》に

けたゝまし虹走《にじはし》る

清涼《せいろう》の里《さと》いでゝ
松《まつ》に行《ゆ》き松《まつ》に去《さ》る
大海《おほうみ》のすなどりは
ちぎれたり絵巻物《ゑまきもの》

鳴門《なると》の子《こ》海《うみ》の幸《さち》
魚《な》の腹《はら》を胸肉《むなじゝ》に
おしあてゝ見《み》よ十人《とたり》
同音《どうおん》にのぼり来《く》る

明澄な野辺と明澄な海辺とが目に浮ぶ。一行が五音と五音のくり返しは、風に流される光のように旋回をつくりながら、そのひと刷毛ごとの勢いのうちに、景物の微細をふくんだ。

「古翁《ふるおきな》しま国《くに》の」は、島国の古老が、といういいかたを、いきなり語序を逆さにした語り出しである。ある種の枕詞に見られるかたちに似て、この場合、「しま国」にかぎりなく同義の位置へと、「古翁」は持ちあげられる。「しま国の」はさらにまた、行替えによる軽い切れを挿んで次の行頭の「野《の》」へとかかる。だから、一度「古翁」へと戻りかかった読みの流れが次の「野」のほうへ、逆の逆という分だけ勢いづいて向いはじめる。この二重の倒置法からすでに、大気中を旋回するような詩の筆致ははじまっている。

野苺摘みをした島の老人は、ある家の門前に来た。生命ある鈴ともみえるような苺がたくさんかさなるのを自慢気にみせて、ご馳走しようか、と庭先に呼ばわった。

白く光る皿に苺を盛って白い新鮮なミルクを注ぐと、にわかに虹が立ってその座の人々を驚かせた。野趣に富んだ小宴に出会ったものである。

だが、里を離れて海辺の道をぶらぶらと行けば、沖合に漁が見える。そんな島の内外の光景の展開をそのままで、「ちぎれたり絵《ゑ》巻物《まきもの》」と呼び捨てたところが、いかにも清白の詩法らしい。「ちぎれたる絵巻物」ではなく、切れの入った破格的な強調である「ちぎれたり」である。悠々とした叙景のことばに、不意に電光のようなものが走っている。痼癖というのだろうか、清白という人にはそれが生涯つきまとったらしく、似かよったものが詩句にまであらわれた。それでも、潔癖というのだろう、清白の詩句は結晶したもののようにフォルムを失うことがない。

　白晶《はくしやう》の皿《さら》をうけ

という一行と、

　清涼《せいろう》の里《さと》いでゝ

という一行との行頭に、詩人の名が、あたかも細工されたもののように隠されていた。いいかえれば、彼が詩中に好んだ二つの文字は、彼が人の生というものの中に探そうとしていたなにかをも、巧まずに示していた。

「淡路にて」という詩が世に出たのは、明治三十八年九月の「文庫」誌上である。清白は「夕蘭集」という総タイトルのもとに、「淡路にて」「戯れに」「花柑子」「かくれ沼」、それに「安乗の稚児」の五篇を一度に発表した。エピグラムとして、「蘭夕狐のくれし奇楠《きやら》を炷かむ」と蕪村の句が添えられた。「かくれ沼」は「五月野」と改題されたが、五篇すべて、詩集『孔雀船《くじやくぶね》』に入った。

清白が実際に淡路島を訪れてこの詩の素材を得たのは、明治三十七年四月の播磨旅行の折の渡島であろう。だが、詩の源泉はそこからばかり湧くのではなかった。ひとつの旅から、旅行く人が詩のかたちに持ち帰る土産とは、過去にしていたいくつもの旅からの、幾重にも影をかさねた土産でもある。

詩では、いきなりに島なら島の、ある永遠に近い造形が成るのではないだろう。自然もまた、不壊《ふえ》ではない。まして言葉は不壊ではない。その掛合せである旅の詩に、瓦解の危険はつねに伴う。ところが清白の詩には、いくつもの旅から持ち帰られたひとつの確かな土産、というようなところがあった。「淡路にて」という詩にも、だからその背後にたくさんの、淡路ならぬ淡路の島々が隠されている。

清白の生は、たくさんの島を縫いとり、たくさんの山を掠めた。しかしその足どりは、つねに「清」と「白」との特別な光に照らされつづけるわけではなく、日記の向うで、ただの光のもとに、苦しげな、ときにみすぼらしい破線となって掠れた。

詩集の刊行前年にあたる明治三十八年の六月末から、清白は東京にあった。八月末、盟友河井酔茗の勧めもあって詩集の刊行を思い立った。

明治三十九年に入るとおよそ二百篇から厳選し、ついに十八篇だけ収める案をととのえた。入念に手を入れ、ルビも補って完稿とした。画家長原止水に口絵を依頼し、装本についても、前年に出たばかりだった上田敏の訳詩集『海潮音』に倣うよう、書肆に希望を示した。親しい詩の友人たちに書名の案をみせ、相談にかけた。活字の大きさについて、熱心な検討がかさねられた。保険医の仕事のあわただしい中、そうやって去る年から準備をつづけてきた詩集が、ようやく陽の目を見ることになった。しかも、少年時から夢に描いてきた第一詩集である。それなのに、清白は刊行を待たずに東京を去った。

これについては、詩集の反響を待たずに詩壇を去った、ともいいえた。あるいは、詩集上梓は、もともと詩壇を去ろうとする意識のもたらしたものだったか、とも謎めいた。結果として、ここから、伊良子清白という詩人の、浜田、臼杵《うすき》、大分、台湾、京都、市木《いちぎ》、鳥羽という長い流浪がはじまることとなった。

詩をやめた清白、とそう呼ばれた。そればかりか、詩人をも詩集をも、いったんは忘却の波が呑んだ。だが、その消えていくものの波間の姿に、どうしても解きほぐしたい、と思わせるような心の骨組が透ける。そこに、私を惹きつける眺めがあった。詩をやめる、というその衝動に私自身、ひそかな覚えがあったのかもしれない。

詩をやめる、とはしかし、どういうことだろうか。やめる、とは瞬間的な決定のようだが、その瞬間はどのような心をとおして準備されるのか。それに、書くことはいつでもまた可能である以上、だれにとっても、自分は詩をやめた、と真の意味で揚言することはできないのではないか。とするならば、詩をやめたように見えるそのあとの旅、そればかりか、そこに至る日々の旅の中にも、その瞬間につながるものがあるはずだろう。いくつもの旅の襞に、私は手懸りのひそむのを感じはじめた。

清白のたくさんの旅の繫留点の中から、まず私は、明治三十九年五月四日の大阪港を選び出した。清白の乗り継いだたくさんの船や汽車や俥の中から、日本海沿岸航路で浜田をめざす鎮西丸を選び出したのである。するとそれは、明石海峡を過ぎ、夜をへて多度津で朝陽を浴びながら、五月五日という日に入った。麗らかな瀬戸内の島々の描出に日記の筆が費やされた船上の一日、明治三十九年五月五日という「夏霞にへだてられ」たこの一日こそ、彼の生涯にとってただ一冊の詩集が世にあらわれた日である。

明治三十九年五月五日、詩の生れたのと同じ淡路の海を、鎮西丸という船は過ぎてゆき、一方、『孔雀船』という詩集は、また別の次元へと水脈を曳いた。二艘のうち、どちらのゆくえを追えばよいか、私はしばしば視線を遊ばせる者である。

その五――幻華と爽朗

『孔雀船』の刊行を予告する広告が、四月一日発行の「明星」と四月十五日発行の「文庫」誌上に掲げられた。「伊良子清白新作　孔雀船」とまず見出しがあって、小四六判洋装、百八十八ページ、定価七十銭と告げ、「長原止水作表装意匠画並口絵／(油絵「花売」コロタイプ版)／製本瀟洒の美を極む」と惹句がつづいた。推薦の文章を寄せているのは小島烏水である。

才人雲の如き現今の詩壇に些少なりとも新声を寄与するは容易の事に非ず、この間に我が自然詩人清白伊良子君を紹介するは、必ずしも徒労に非ずと信ず、君の詩は已に十年前の年少時代より鋒芒の瘦す可らざるものあり、今や平生の鈐韜潜修を傾注して此巻を成す、君が描ける自然には血の色あり、君が謡へる人間には微妙の情火あり、幻華は其長句に閃き、爽朗は其短句に見るべし、余は君の純精なる「自己」が若干の記号を現代の詩壇に印するに至ることを祈ると共に、江湖の清鑒の日ならずして本書に下るべきを楽しみて待つものなり。

若い詩人が歳月をかけてようやく纏めあげようとしている仕事へ、頼もしい散文的知性からの友情があった。

清白に山の魅惑を教えた小島烏水が清白を指して「自然詩人」と呼んでいるのは、ひとつのなだらかななりゆきであろう。しかし一方で、「幻華は其長句に閃き、爽朗は其短句に見るべし」というとき、烏水は清白の詩語の多面的な人工性をも見つめていた。

『孔雀船』の十八の詩篇のうちもっとも早い制作が「初陣」で、明治三十三年九月の発表である。「夕蘭集」の名のもとに明治三十八年九月に発表されたあの「淡路にて」など五篇とのあいだには、五年のへだたりがあった。制作年も初出も不明な「不開の間」以外は、どの作も「文庫」誌上に掲載されたものばかりであった。

明治二十五年にはじまった清白の詩作は、二十七、八年の日清戦争をくぐりながら、「少年園」や「青年文」「もしほ草紙」そして「少年文庫」などへの投稿というかたちで習作期を過した。

「文庫」派を代表する一人となったのは明治三十年前後である。詩集上梓が決められるまでの十三年ほどのうちに、二百ほどの作品を生み出した。ところが『孔雀船』刊行にあたって、あらかたが棄てられた。この極端な選り抜きと廃棄は、あまり他に例を見ない。

忘却の波に襲われた二つとない船を見出したのは、後ろの世代の北原白秋であり、西條八十であり、そして日夏耿之介だった。再評価は大正十二年頃より起ったが、昭和四年、日夏耿之介の大著『明治大正詩史』の巻上が刊行されると、『孔雀船』の異貌は明治の詩史の中にようやく浮び上がった。

泣、有二家に雁行せる逸才で、鉄幹の措辞をも凌ぎ、泡鳴の粗笨に遠く卓れて、林外の形式美を遥かに超越した収穫を一巻の詩集に残し乍ら、つひに眼ある評家の正当な「発見」を購ひえず、そのまゝ時代の下積みになつて消失した稀に見る天稟の技能の所有者が、たゞ一人異端の如く、「文庫」の中に交つてゐた。その人は伊良子清白、その集は「孔雀船」である。

日夏耿之介はまた同書の巻下においては各詩篇を詳解して絶讃をかさね、その章題を「彗星の如き「孔雀船」」として、正しく報われなかったことを嘆じた。この詩集が昭和四年、梓書房より再刻上梓されたのには、日夏によるこの再評価が大いに力になった。

私がはじめて『孔雀船』を手に取ったのは、昭和四十八年か九年のことで、昭和十三年に刊行された岩波文庫版が第四刷となったものであった。手に取ったときから、十八篇の形質がすべて異なるという光学に魅せられ、鍾愛措くあたわざるものとなった。そればかりか、そこから私なりの詩への考えを汲みあげることができるものとなった。彗星とは、それはそれは薄い一冊の文庫であった。

その六——乳母

清白伊良子暉造は明治十（一八七七）年十月四日、因幡国八上郡曳田村八百三十四番地（現在の鳥取県八頭郡河原町大字曳田百六十一番地）に生れた。

母伊良子ツネは、明治十一年九月四日、生後十一ヵ月の暉造をおいて他界した。

父政治《まさはる》は、やはり因幡の国の出身で医師だったが、養子として伊良子家に入った人である。後年、十二歳になろうとする暉造を戸主として立て、岡田姓へ帰った。

家系を溯ることをすれば、曾祖父にあたる伊良子玄翔は弘化四（一八四七）年、いわゆる浪人医師から因幡藩の典医に召し抱えられた。この玄翔は、万延元（一八六〇）年に剃髪して山寿と改名するに至ったが、その理由は「逆上致難儀候付」と記録に見える。憤懣があり、藩の秩序にふれるほどの行状に及んだらしい。

山寿の息子春郊も、藩医の仕事に就いたが病弱であり、相続することなく慶応年間に逝去した。息子に先立たれた初代山寿は死の前年の明治二年、士族医師加藤元俊を養子に迎えて元遂と称さしめた。この元遂は明治五年、実子ではない長男に家督を譲り、同じく元遂と称さしめたが、こちらの元遂は明治七年には離縁となって、岩井郡岩本村の士族医師の許へ入籍した。そこで、高齢の元俊がふたたび伊良子家を相続した。その妻はりうといった。

伊良子春郊とその妻梅とのあいだの一人娘が、安政五（一八五八）年生れの、暉造の母ツネである。梅は万延元年、ツネが満二歳のとき二十歳になるかならないかで他界した。春郊も慶応四（一八六八）年、三十代にして九歳の娘を遺して逝ったので、元俊とりうの夫妻がツネを養育した。

「伊良子」の家はこの時点で、初代山寿の血筋を引く者としては幼い娘ツネばかりを実体とする、危ういものであった。

明治八年、十七歳のツネのところへ医師政治が入婿してきた。明治十年に暉造を産み落とすと、ツネは一年の間もなくはかなくなった。その母と同じほどの夭折である。

清白に、「我は第二の生命を失へり」という文章がある。大正十四年、四十八歳の清白が、乳母であった田村すみ一周忌に寄せた。すみの次男、石蔵によって編まれた、謄写印刷で和綴じの追悼文集「みたま」に残されている。そこから語りなおせば、次のようなことになる。

暉造は生後十一ヵ月で母に別れた。母はようやく二十歳だった。旧暦八月三日に床に就いてちょうど六日目の八日夜、十時頃に亡くなった。短くあわただしい生涯だった。幼い児は、乳房を求めて叫んだ。年若い父は、夜の長いのに泣きつづけた。雪の降る晩などは子を抱き、乳をもらいに廻った。街道の元締で村の中央の辻にあった田村家に頼んで、当時三十歳だった田村すみに乳を飲ませてもらうことになった。児は全身で喜びながら乳を吸い、安心して胸に抱かれた。

おすみさんがなかったら育たなかったかもしれないと、その文章に偲んで清白は語った。五歳までのことはまるで記憶になかったが、生れついて虚弱な上に癇癪の強い、壊れ物のような嬰児を取扱うことの気遣いはどれほどであったか、と我がことながら乳母の苦労が想像された。父にもまさり母にも過ぎる厚恩、とも、かさねて清白は語った。

この「癇癪の強い」「壊れ物」は、あるとき次のように壊れながら、母ではない母の胸に抱きとめられたことがある。

その七――母

六歳のころの話が残されている。そのとき、田村家の座敷の縁側には養蚕の桑が一面に広げ置かれていた。そばに、桑の葉を整理して入れるための壺があった。付近に遊んでいた暉造は、ちょっとそれに入ってみたくなった。そうして、うまく入った。半身を入れただけでいっぱいに詰ったようで、壺にすくめられた格好となった。出ようにも出られない。苦しまぎれと面白半分に満身の力をこめ、手を畳につき踏張ろうとすると、機《はず》みをくって一体は庭に転がり落ち、石に当って壺は砕けた。みんなの大騒ぎするところとなり、次に、怪我がなくてよかった、と喜ばれた。その後も乳母から聞かされるたびに、暉造は一緒になって大笑いした。

暉造は河童で、夏じゅうは川で暮した気がするほどだった。烈しい太陽に素裸で照らされながら、我を忘れて石を起したり砂を掘ったり、クロゴツやたまにはスナホリといった川の魚を捕まえて喜んだ。いい加減くたびれると、田村の家に上がって水を飲んだ。そのとき、同じ年頃のその子が来て遊んでいると、暉造はむずかった。それほど乳母の独占を求めた。荒物をひさぐばかりか行商の人の休息所をも兼ねた田村は、いつも表に牛馬の繋がれている忙しい家だったが、旅人の往来には、暉造は少しも頓着しなかった。

伊良子暉造の不機嫌と癇癖の気質はさまざまな逸話が伝えるところだが、このような幼い時間を回想するときばかりは、どうやら快活であった。

春は正法寺の甘茶を飲み、夏は宮の淵で水漬りになり、秋は梁瀬の山に登ってバッタやギスを捕まえ、冬は広い囲炉裏に榾を折りくべて手習いをした。桑畠に入っては、爛熟した宝石のような紫の実をむさぼって口のまわりを染めた。河原の石垣に巣食っている蜂の留守に巣を盗んだときは、親蜂に襲われて痛い目に遭った。大人たちが栗の木を割る傍らで、その瑞々しい肌から出てくる虫をもらって焼いて食べた。柿の熟するころは竹の先を割って、首のだるくなるまで一心に枝から捥いだ。宮の拝殿に上がって太鼓を鳴らしたり、田村の本家であった酒屋の庭石にかくれた鼬鼠《いたち》を追い廻したりした。ことに月の二十五日には村の若い連中に連れられて、天神原の天神様に参った。母の墓に参るときは、目に見えぬ多くの仏が寺の奥深いところから見下ろしているように思えた。昼も灯の点っている寺は、子供には神秘そのものだった。乳母はよく暉造を伴って、彼が亡き母に会うことのできる正法寺参りをした。

正法寺の夜は恐しかった。ことに暗い夜、葬式の火がつづいて境内の道をだんだんにのぼっていく物凄さは、あの溝川の水の音とともに、のちのちまで記憶を離れなかった。

「我は第二の生命を失へり」のほかに清白自身が控えた記録として、明治三十三年十月の「伊良子家のことども」という文書がある。伊良子家や岡田家の家系図、父祖の代への覚え書などからなる墨書された和綴じの小冊子である。いまは鳥取市に住む清白の次男伊良子正さんの家に遺されている。

一見およそ感情のこもる余地の少ないとみえる和罫紙三十数葉の文書の中に、「亡き母上のこと」と題する一葉が割かれている。ここには写真が添えられていて、若い着物の女がいる。清白の筆蹟を読むと、次のごとくである。

旧八月三日すでに発病、これよりさき十日程前、鳥取に出る　そのとき独りにて撮影す、八月四、五、六、七、八日の夜十時頃永眠す　はゝうへは髪多く耳大きく頬豊かなる人なりきとかの咄し、はゝうへ十八歳の時父上来りたまふ

明治十一年九月四日（旧暦八月八日）に二十歳三カ月で亡くなったツネの容姿を、十一カ月の嬰児はじかに記憶することがなかった。

千代川《せんだいがわ》の河原と藁葺の生家と街道辻の田村の乳母の家と、この三つの場所の結んでつくる、幼児にとって無二の圏域の背後の高台に、母を秘めた夜の凝《こご》りのようにして、正法寺があった。

その八――溝川

かつての因幡国八上郡曳田村を私が訪れたのは、昭和六十年三月二十六日のことである。羽田から飛んで、鳥取空港に降りた。伊良子正さんに迎えられると、鳥取駅を経由して、バスでただちに曳田へ向った。正さんは、一気に中心主題へ入る人だと思われたのはこのときが最初であり、以後は毎度のこととなった。

バスの中での話は曳田への案内とは限らなかった。正さんは「清白は」といって、ときに「親父は」ともいわれたが、頻度は前者が圧倒していた。

「清白は癇の強さや不機嫌ばかりいわれがちですが、豪胆でからりとした笑いもありました」と、

あえて指摘するようにいわれた。「清白が、医を聖職といったことはございません」とくり返されたことばが、バスの揺れの中で耳に残った。

鳥取平野を行くこと南へおよそ三十分あまり、千代川の上流へ溯った。合流する曳田川に沿って少し右手の川上へ折れると、なだらかな高台に百戸に満たなそうな集落があり、そこが曳田、現在の八頭郡河原町大字曳田である。伯耆《ほうき》国境の連山から下ってきたばかりの川はさわさわと広い河原を形づくり、角をとられてきた石が流れに大きく転がっている。私のはじめて訪れた日は三月の終りとはいえまだ春が浅く、水嵩の少ない河原には枯れ葦が茫々としていた。

曳田は因幡の国において、中国山地の山間部と鳥取城を中心とする平野部とをつなぐ地点で、城下へ物を売りに行く者たちの道のりには、休憩に程よい地点でもあった。道路と鉄道の整わない明治十年代は、それでかえって人々の往来があった。清白が久しぶりの帰郷を果した明治三十二年秋には、すでにすっかり寂れていたという。だが、昭和十年代半ばの帰郷にも、バスを降りたあたりの川沿いに、乳母田村すみの家は残っていた。清白の目を借りれば、往時はこんなふうであった。

田村の店先には、山との往還の人々が牛馬を繋いで一服していた。割籠《わりご》を開けて弁当を食べ、煮〆などで一杯傾けている人もあった。すみの夫の金次郎が在世のときはよく旅の人らが泊ったし、そのころはまだ行燈行列が行なわれていた。金次郎は、よく丁字髷《ちょんまげ》で澄して立っていた。辻に立つ元締の棒杭は田村の店の盛り場であることを示すもので、暉造には満足のひとつであった。

家のそばにはきれいな小溝の流れがあった。門前の水に銅銭をたくさん拾ったこともあった。これは行商の旅人の落としもので、それほど田村の前は賑っていた。

この辻を少し山の方へのぼり、右へ曲ると、正法寺を指す方角である。生家だった建物は消え、もう面影もない。あたりを左手にしながら畑と畑のあいだを抜けると、小高い森の方へ行く道すがら、傍らの溝川の速い流れが、澄んだ音を立てた。

清白の耳に一生ついて流れた音である。

正法寺は、南が川沿いである曳田の村を、北の小高い背後から護るようにしている古い静かな寺であった。やがてそこに、清白の父母の墓、清白と妻幾美《きみ》の墓、次女不二子の墓などが並ぶことになる。

「我は第二の生命を失へり」によれば、乳母田村すみは大変に徳にみちた人で、生涯質素と誠実をつらぬいて生き、その人情の発露が村の人々を薫化したほどだったという。

「かくて私は実親にも及ばぬ乳母の慈愛に守られて」と、幼年の王国を仔細に描写するくだりを離れてすぐに、清白は書いた。「私はおばあさんよりも　父よりも　後にきた母よりも　田村の人達が好きであつた」

わがまま者のくせに田村の家だけでは上機嫌でありました、とも書いた。この壊れ物のような子供を上機嫌の国から引き離したものが、父の浪費癖であった。

その九——離郷

伊良子家はお中小姓四人扶持とはいえ士分の位にあった。明治八年、岡田政治が伊良子家へ養子に入ったのは、伊良子家の側が医業を廃するかという危機を救う者として彼を見たためであり、政治にとっては士分の株を買うために用意した資金を、そのまま医院再興にまわせる好都合が見えたためであった。

ところが、政治には度を越した浪費癖があった。ツネの死後に開業した医院もその癖《へき》のために閉ざす羽目となり、後妻しまとそのあいだに生れたばかりの道寿《みちとし》を連れて彼は、岩井郡岩本村へ転居した。現在の岩美郡岩美町岩本である。暉造は、血のつながりのない祖母りうとともに曳田村に残された。表のほうの部屋を明け渡して、二人は裏座敷に逼塞した。家がにわかに寂しく暗くなるにつけて暉造の田村行きはますます繁くなった。明治十六年のことである。

父政治の浪費癖は、酒や賭事や女に身を持ち崩す、といった体のものではまったくなかった。それは日常生活のあらゆる局面で、不必要に豪勢の限りを尽してしまう、という性質のものだった。趣味に遊んで、乗馬や剣道、茶道に生花、謡曲や書画に没頭するという面もあった。そこには、封建時代からの身分意識の変移の要素が絡んでいたのかもしれず、またそれだけに、一向に改まりようもなかった。浪費にともなう転居は、それからもさらにつづいた。

明治十七年から、鳥取県徴兵検査医として岩井郡で勤めたあと、明治十九年一月、若い父は大阪府西区靭南通へ移り住んで開業した。ところが五月にはもう、大阪府警察本部御用掛と変った。翌二十年十一月には、伝《つて》があって三重県津市に転居、あらためて開業した。

明治十八年の夏に、暉造はひとり、満七歳で故郷の曳田村から引き離された。岩本から迎えが来て、りうにも幼馴染にも村の大人たちにも田村の乳兄弟たちにも、そしてだれより、大切な乳母にも別れを告げた。海も温泉も船もあるし、岩本は曳田よりずっとよいところだと宥《なだ》めすかされると、泣きたいような暗い気分の中にも珍奇を追う空想が少年をとらえた。かんかん照りの山間の街道を多くの人々に送られたが、田村一家の涙は袖を絞るばかりだった。

そう語ったあとの清白のことばは、次のごとくである。

爾来十五年間　私は夢より外には故郷を見ることが出来なかつたのであります　一木一石の末まで私の魂の住家であつた故郷を　私の生命の揺籠《ゆりかご》であつた故郷を何の造作もなく捨てゝ育つたのであります

岩本村の父の家に迎えられ、明治二十年十一月の津への転居にももちろん随って、その地の立誠小学校に転入学した。「小学校令」施行の年であり、進級にまつわってさまざまな不規則があった時期である。養正小学校高等科を修了すると、明治二十二年四月、私立の四州学館に入学した。この年の終りから二十三年年初にかけて、政治が岡田姓へ帰り、暉造が伊良子家の戸主となる、という手続きが行なわれた。その理由のひとつに考えられることは、暉造にとって徴兵を逃れやすくし、伊良子家の血を絶やさぬようにするためであり、次に、父の負債が子に及ばないようにするためであったろう。戸主となって程ない四月、三重県尋常中学校に入学した。

明治二十五年、十四歳にして詩というものにとらわれた。すなわち、「知美会雑誌」「軽文学」などの同人雑誌に、在校生とともに詩や文章を書きはじめた。「少年園」や「少年文庫」といった全国雑誌に本格的に投稿をはじめたのは、京都清浄華院《しょうじょうけいん》に移り住んだ明治二十七年春からである。私立医学予備校へ進んだことで、父からの自由が生れた。

津に住んで尋常中学まで進んだ暉造を、京都の私立医学予備校へ入学させると、父の経済はまた持ち堪える限界を越えた。その明治二十七年五月に、三重県北牟婁《きたむろ》郡相賀村（現在の海山町《みやまちよう》相賀）へ転居した。暉造は夏休みには、京都から相賀に帰った。京都医学校へ入学した翌二十八年の夏にも、さらに次の二十九年の九月にも、相賀へと帰った。

その明治二十九年の暮れだろう、政治はさらに南牟婁郡北輪内村大字三木里浦《みきさとうら》（現在の尾鷲市三木里）へ転宅した。三十二年に医学校を卒業し、医術開業免状を受けてからの帰省先は、紀伊木本《きのもと》西川町（現在の熊野市木本町）に変っている。

京都と紀伊との往来は、清白にどのような風景の記憶を与えていったか、たとえば今日、千年の都から十津川の渓谷を経由して尾鷲の三木里を訪ねるだけで、人は道中の振幅の中に、古代からのこの列島の地勢の枠を摑まされることになる。

海岸沿いのトンネルを抜けると駅舎は小高く、降り立った私は鶯を聞いた。ただちに、鶯の囀りを硬く響かせる山の岩肌を感じた。狭い坂を辿り、海村の気配の方へ行くと、公民館や農協が小ぢんまりとあらわれた。苔生《む》した石垣の並びに潮で灼けたいびつな瓦をもつ低い家々がつづく。ひっそりとそれらのあいだを抜けていると、家から出てきた男に出くわしたので、その番地を尋ねた。男は自分の番地も知らなかった。

郵便局で局員に番地を示すと、彼は案内に立って歩き出した。話によれば、この海と山とに押し込められた土地には昔から三つの部落があり、九鬼水軍の裔や朝鮮からの人々が漁業権をもたぬまま住みついて、喧嘩の歴史が絶えなかったという。郵便局員は、小集落をなして庇を寄せあう海村の家々のうち、一軒の前に立ちどまって指差した。かつて医院が構えられたとはとても思えない小家だった。

山を越える道があるが、自分は知らない、と郵便局員は聞かれもせずに呟いた。

清白伊良子暉造にとって、故郷と呼べる地は次第に二つになってきた。文字通りの故郷、乳母の生温かい香りのする鳥取山間のすでにない家と、父の漂泊とともに微妙に位置を変えていく紀伊半島東側の海岸線の、いわば異郷の実家との二つである。母の非在としての鳥取と、父の落魄としての紀伊、といってもよかった。

岡田政治のその後の足どりについていえば、和歌山の古座町へ南下し、半島を西へめぐりきって和歌山市まで着き、さらにそこから大阪、播磨、下関と浪々とした。借財は転地のつどにかさんでいった。

曳田村を追われたあと、父と子の軌跡はかさなりあいながらも離反していく。しかし離反しながら、子が父の借財を返済する義務を、次第に重く負うていくことにもなった。それによって子の軌跡は、さらに思わぬ方角へとたわめられた。

若い伊良子暉造の足跡は、ひとつは医業を修め、医師として父を助け、また独り立ちしていこうという希望にはじまった。明治二十七年四月、京都の清浄華院に住み私立医学予備校へ入学、秋には、上京区東三本木の煙草屋の二階に転居した。二十八年四月には京都医学校へ入学、同時に左京区吉田町の洋服屋の二階へ下宿を移したといわれる。

若い伊良子暉造の足跡は、もうひとつ、新体詩の制作にみずからの感受性を賭けたいという希望においてもはじまっていた。

明治二十七年発表の「新体」の詩は、数えようにもよるが七篇であり、短歌は二十九首、今様二詠、美文二篇である。

数えようというのは「国民新聞」の懸賞歌一席の作を「新体」に入れなかったからであるが、

当時の新体詩そのものが五七または七五の定型であれば、実体にさほどの区別はなかった。それよりもこの懸賞歌が、当時さかんであった軍歌であったこと、さらに「少年園」に出した新体詩「兵士の朝鮮に行くを送る」を「戦争詩」として読めることを、私は興味深く感じる。清白はいわば、日清戦争の戦時下に書きはじめた。

雲さわぎ龍かもいまく、
雨くろし神かもおつる、
鴨みどり川水にごり、
碧ひづめ花ぞ散り布く、
ふるひたち行けや益荒雄、

日本の近代詩の歴史では、とくに第二次世界大戦下においての「戦争詩」が問題にされる。詩人たちは、それまでの詩の高さを崩しながら「戦争詩」へ雪崩れ込んでいった、とされる。したがって、なぜあれほどの詩人が、という順にして、その変節への批判が行なわれる。よき達成があるがゆえの批判という順がある。なんの成果ももたぬ年若い詩人が「戦争詩」から書きはじめてくる例は、しかし、明治二十年代後半の特定の時期には、ごくふつうにありえた。

明治二十八年五月から十二月にかけて八冊が刊行された雑誌「もしほ草紙」には、「伊良子」の筆名（目次には「伊良子蝶夢」の筆名）で、「熱血余韻」という詩があらわれたが、これも「戦争詩」と呼ばれていいものであった。

その十一――「文庫」

「文庫」の前身は、「少年文庫」だが、さらに溯ると明治二十一年十一月創刊の「少年園」という雑誌であった。この主幹は元文部省にいて教育者として広く知られた山縣悌三郎で、以後一連の雑誌の刊行も、全国の青少年の情操の育養という意図による持続した企てであった。あたらしい日本の建設を理想とする山縣は、思い立ったらただちに私財を投じて、広い意味での教育的な雑誌を次々と創刊し、さまざまな会や施設を起した。

少年雑誌の魁《さきがけ》であった「少年園」は、山縣自身の手で編まれその家庭から発行されると、驚くほどにも時運の好潮に乗じたが、内容は学術的でまた文学的なものでもあった。「新小説」も「しがらみ草紙」も「早稲田文学」もあらわれていなかった。初期の寄稿家には志賀重昂、森林太郎、饗庭篁村、物集高見、幸田露伴、尾崎紅葉、落合直文、中西梅花などが挙げられる。鷗外の名がまだ文壇を蓋っていないころ、ドーデーの「戦僧」や、のちに「新浦島」と改題される、アーヴィングの「リップ・ヴァン・ウィンクル」の訳「新世界の浦島」が掲げられた。直文の名を高からしめた「孝女白菊の歌」の連載もここである。

「少年園」の投書欄が全国からの投稿をたちまち収容しきれなくなって、明治二十二年八月、「少年文庫」として独立した。さらに明治二十八年八月、投書家の成長とともに「肩上げを取ったつもりで、「少年」の二字を削り去つた」(小島烏水)のが「文庫」だった。

「文庫」の兄弟雑誌に「青年文」があった。主筆田岡嶺雲らによる「時文」を巻頭に掲げて、日清戦争後の文学の「沈滞腐敗」を打ち破ろうと、山縣悌三郎の弟五十雄らを中心に刊行された。その時期は、わずかに明治二十八年二月から明治三十年一月までと短かったが、当時の鋭敏な青年たちのもった文学的転換への切迫した意識がどのようなものだったか、「時文」が起したじつに多面多岐にわたる批評的衝突によって、明らかになる。だが、それは批評面にとどまらない。若い清白、河井酔茗、塚原伏龍（後の島木赤彦）なども、正岡子規や高浜虚子の句と同席しながら、嶺雲らの激しい同時代批評の傍らに「詩」の意識化をめぐるあてのない模索をはじめていた。「青年文」が、「しがらみ草紙」「早稲田文学」「帝国文学」「国学院雑誌」「国民の友」「六合雑誌」「文学界」「太陽」、これら既成の雑誌に否をいう意味は想像以上に大きかった。

「文庫」創刊時の編集は、高瀬文淵、ついで滝沢秋暁があたり、このとき山縣はすでに経営者として口出しをせずに背後に立っている。創刊時、少年園という版元の名は前記の雑誌を承けていたが、この明治二十八年からは内外出版協会と変った。編集にあたる「記者」として、二号から河井酔茗が、三号から五十嵐白蓮が、以降小島烏水、千葉江東（亀雄）が加わった。酔茗は、出京しては祖母に引き戻されるということをくり返していた。文淵は創刊まもなく退社し、酔茗、白蓮、秋暁の三人による編集の時代があった。健康や家の事情があって秋暁と酔茗がそれぞれ帰国を余儀なくされると、白蓮と烏水が編集を支えた。酔茗がまた上京し、江東が参加すると四人の専任記者となった。これらの記者たちは、選んだ投稿原稿それぞれに対し、二人あるいは三人が変名で短評を付したりした。彼らの批評は、清白や横瀬夜雨の習作時代に、重要な刺戟を与えつづけた。そればかりか、それぞれに特質ある諸家が批評意識をぶつけあうことで、文芸から科学にわたる諸ジャンルを横断し、言語の多面性をときに総合的に、ときにごった煮的に把握するような場が生み出されようともしていた。そのような「場」の可能性を失いはじめるまで、清白にとって「文庫」はともかくも母胎でありつづけた。

その十二――あたら明玉を

明治二十八年四月、京都医学校に入学後、左京区吉田町に下宿していた十七歳の清白が、堺北旅籠町へはじめて書き送った手紙が伝えられている。

緋桃白李既に咲きてはやくも諸人の花見月となりぬ、茅奴の浦風のどやかに吹きて住吉の松もたえ〴〵に淡路の遠山も打霞みはべらむ、吟情やう〳〵に催されぬ　楊柳もえ菜花開きて洛東の春色やゝ新なり、嵐峡に佳人を手折るはいつ、伏水に高士を訪はむはいつ、唯佳人あり高士ありて、妙詩なきを愧づ　澱江の春舟軽暖を乗せ都南の火車長蛇を画くをたよりに、茅奴のうらべのうら〳〵とひかりのどけき春の日に君が庵を訪はむと思ひはべりしも、塵事意に任せざる事あれば花ちらふ五月のはじめに物しはべらむ、あはれ其日こそは、大和川の水に君が軒の名なる玉茗をにてまち玉ひてや、さてはその玉茗に酔ひて、かたみに歌ひなむ、かたみに物語なむ、あなうれし、あなうれし、あはれ楽しき事の限りなきかな

年若い清白が、河井酔茗というはじめての詩の友を得ようとしているところである。この背伸びした美文調は微笑ましくもある。しかしまた美文調を破って、率直きわまりないものが迸りもした。

吾人は常に悲む、全国幾多の歌俳宗匠達、かれ等の才を以て新体詩を詠ぜんか、敢て難しとする所にあらず、否その想のおもしろきものあらむ、さるを人丸、芭蕉の余喘を嘗め、依然擬古調と十七文字を以て満足せんとす、あゝ悲しいかな、吾人は実に之を嘆ず、而して二たび世継のうたを見てます／＼この感あり、あゝ十年の星霜を以て、も少しく分かりやすく、も少しく新しき想をうたひ玉はむには、いかにおもしろからんに、あたら明玉を深淵にしづめ玉ひけるよ

稚い熱情の無防備なあらわれとも読めるが、それだけいっそう、彼が直覚している「深淵の明玉」の所在が確かめられる。

近代詩の出発とされる外山正一、矢田部良吉、井上哲次郎による明治十五年の『新体詩抄』刊行から十三年、明治二十二年の森鷗外ら新声社による『於母影』から六年、あたらしい詩の言葉の土壌は醸されて、時は島崎藤村の『若菜集』（明治三十年）や土井晩翠『天地有情』（三十二年）を準備しようとしていた。しかし詩人たちの胸の中で、「新体」の意味は、まだ朦朧としていた。短歌ではない、俳句ではない、漢詩ではない、といったあいまいな否定のうちに限どられたそのありうべき言葉の一体は、「新体詩」として訳された西欧の詩の形とさえも別れたがるものであった。

だが、明治二十八年といえば、「新体詩」とはまったく別のところでの言葉の改革として、正岡子規がその大きな仕事を世にあふれさせる直前でもあった。月並俳諧への全面的な批判は明治二十九年からであり、短歌の改良あるいは革命は明治三十年代に入って、病床に最後の恐るべき

力が振り絞られるまで待たなければならなかった。「全国幾多の歌俳宗匠」を敵にまわすという一点においては、子規、虚子、河東碧梧桐らにとっても、「新体」の詩をめざす群像においても、その意味は変るところはなかった。

明治四年生れの晩翠、五年生れの藤村、六年生れの与謝野鉄幹に少し遅れながら、しかし同じく、生れ出ようとする新体の詩よりも少し年上であった世代の一群があり、たがいを遠く近く紙の上に見出しつつあった。明治七年に生れた河井酔茗、九年生れの蒲原有明、十年の薄田泣菫、そして清白、さらに十一年の横瀬夜雨らである。あたらしい詩という「明玉」に、それがどんな実験の緒となるか、いわば見当もつかぬままに惑わされていった人たちである。そこに生れるはずの詩篇には、範となり血を注いでくれるような実の形式の父も、土壌となり収穫をおのずと孕んでくれるような実の形態の母も、共に不在だった。

その十三――少年

時代はまだ若かった。「少年文庫」から発展するかたちで「文庫」が創刊されたのは、日清戦争が終って間もない明治二十八年の八月である。このとき清白は、京都医学校に入り立てのまだ十七歳、三歳上の酔茗にあのような手紙を送り、堺市北旅籠町六番屋敷に訪問したのが、少し前の五月五日のことだった。

間口の広い呉服屋の古い暖簾をくぐった。薄暗い帳場めいたところに、きらきらする度の強い眼鏡をかけた痩せた青年がいて、嬉しそうに立って来て歓迎してくれた。誌上に読んで日ごろ忘れることのない酔茗だった。店は低い床に暗い棚が並び、地味でなんの装備もなく、いかにも老舗然としていた。そこに置かれてあった算盤と物差しが、若い詩人の姿と比して奇異なものに思われた。

天井いちめんに折鶴の下げられた座敷に通された。庭をへだてて向うには離れがあった。五月の午後のまぶしい光が、前栽の木立のあたりに漂っていた。少年清白は酔茗のすべてを詩そのものと解していたので、この薄暗い家から、光り輝く宝石さながらの詩が生れ出ることが、奇蹟に思えた。

たがいに「最初の詩友」であった。酔茗は、『明治代表詩人』（昭和十二年）の中で次のように出会いの頃をふり返っている。

> 氏は一見して風采の温乎たる青年であつた。東京の学生とはまるで肌が異つてゐた。議論をしても諄々として説き尽すと云つた風で、若し反対の意見があると対者を説き伏せるまでは止まなかつた。氏の所論は極めて穏健であつたが陳套ではなかつた。新興の詩を論ずる場合にも伝統の古典を引拠として真正面から芸術を説いた。而して互いに励まされたり慰められたりしてゐた。私は世間知らずのお坊つちやんであつたが、清白は年齢こそ若いが世故に通じてゐる点では私より一日の長があつた。私には文学と実生活との矛盾の上に立つて煩悶、動揺が多かつたが、さういふ時にも篤実なる指導を与へたのは清白であつた。時としては直言や苦言を忌まなかつた。さういふ場合、清白の心の底に潜んでゐる烈しい熱意が友情となつて現はれた。後で考へてみると何《ど》んなにか深い示唆を蒙つたか知れない。

島本久恵は、夫河井酔茗の遺した言葉や彼の許に来たおびただしい書簡を伝えながら、明治の詩人たちのひたむきな詩的青春に対して手厚い追想を行なった人である。その『明治詩人伝』という本の最初の章を、彼女は伊良子清白にあてていて、若い二人の詩人の出会いのさまを想像を混じえながら伝えている。そんな叙述の中で、おのずから次のような直観のはたらきがあらわれた。

一篇の名篇をと心底をゆすり上げられた清白ではあるが、実はその名篇の習うべきものに、いや、そうして名篇として高くかかげられているものに、まだ出会ってはいないのであった。彼の生まれは明治十年であるのに、新体詩が世にうぶ声を上げたのは五年遅れて明治十五年で、彼よりも詩は更に少年であった。

酔茗を初めての詩友に得た直後の清白の心を測ったところである。あたらしい詩が生れようとする時代の、初々しい不安が伝わる。自分を賭けようとしている形式が、自分より年若い。その感覚は、今日の詩人たちの想像を超えている。

その十四――憤激

「文庫」創刊間もないころである。明治二十八年九月の第二号には、「花籠」という清白の連作短詩が、記者の批評を添えて掲載された。評者は「残星」を名乗る、滝沢秋暁で、「老練服すべし。又曰く毎度ながら君が他に私淑するあるを惜む。堂々たる六尺の男子豈に永く他が袴下に堪ふべけんや」と、辛《から》かった。

これを見た十七歳の詩人はすぐ次の号へ、「暉造の詩」という作を送りつけた。「残星ぬしの評言に付きて、憤激する所あり乃ち一詩を作る」と添え書きされていた。それは少年の客気が抑え切れずにあふれたというものだが、激しやすかったその性格をもあらわした。

歌ふべき日はなかるらむ。
血あり肉あり歌はずば、
丈夫いつ迄存生へむ。
いづれか早きざれかうべ。

と勇ましくはじまり、

暉造生れて十九年。
ミューズの神に招かれて、
詩国の旅に来てしより、
あと見かへれば早や三年。

のぼる山路を越えかねて、
人のつゑのみすがりしよ。

堂々六尺ますらをの、
女々しきことをしてけりな。

と開き直るようだった。
自分の言葉の鉱脈にまだ行きあたることなく、稚い行程に留まっていることはだれよりも自分が知っている、という、もどかしい自嘲もこめられている。

なみだに破れよ古硯。

とその思いも極まり、

諸君しばらく待ちたまへ、
暉造これより奮ひ立ち、
天地の声をふところに、
登りて見せむ魁に。

と見得を切った。

研き〳〵てひからずば、
たふれて止まむざれかうべ。

ざれしかうべを見給はゞ、
かの暉造がかばねなり。

と終っていた。詩への思いはあふれているものの、詩と呼ぶべき「天地の声」からはいっそう遠のいてしまうような一篇であった。

この勢いには、さすがの記者連も恐れ入った。短評が付されて、「吾人の恒に君に向つて苦言する所ありしもの、全く君を惜むの余に出づ、嘉納ありて望外の幸なりし、爾後また更に刮目して閲せん」と秋暁、酔茗はとりなすように応え、白蓮もしかたなく「君願はくは奮励鋭進、この詩を以て一場の放言たらしむる勿れ」と、励まして収めようとした。

五月に会って友情を深めるとともに人物の性質を見届けていた酔茗だけは、一抹の不安を拭えなかった。古硯を割ることができても、あたらしい硯が手に入る保証はない。この気短な詩の友が、それで自分を終らせるのではないかという危惧を、なかなか打ち消すことができなかった。「文庫」第二号に「花籠」が、第三号に「暉造の詩」が掲載されるという九月から十月にかけての流れだったが、第四号に送られてきた詩「廃社晩秋」には、送られてきたそのことに、まずだれもが安心をしたという体の一篇だったかもしれない。だが、この詩においてはじめて、清白その人でなければとらえられない、自然と事物とのあいだの独特の反響があらわれていた。そのことに、清白自身もどの程度気づいていたか。

神杉に、
雲たちまよひ、

山の井に、
紅葉ぞうかぶ、
秋くれて、
やしろは荒れぬ。
古すだれ、
蝙蝠とびて、
神鈴を、
啄木鳥ならす。
かしは手に、
山ひこたへ、
山彦を、
月ぞきくなる。
狐火か、
峰のおちこち、
旅人の、
心なやます。
たえかねて、
行かむとすれば、
朽ちはつる、
谷のかけ橋、

はら〳〵と、
木の葉みだれて、
梟のなく。

ここには近代的な意識をもった自我はあらわれていない。強いていえば「旅人」の「心」だが、それはあまりにも遠景から眺められていて、連鎖する図柄のひとつ、せいぜい詩を形づくる一要素という域を出ない。それにもかかわらず、詩句には前近代的な自然への意識とは別のものがあらわれている。

「かしは手」「山彦」「月」「狐火」「峰のおちこち」——詩はこうした無限の連鎖が「旅人の心」を悩ませると語る。もちろん、自然の無限の連鎖そのものが「旅人の心」だとすることもできる。だが、そこには、「心象風景」というごとき近代的な個我の内面が形づくられることはない。むしろ、旅人の心を自然の連鎖の一点に消却していくことによって、いわば主語も消却され、そのことで、近代詩がその展開の過程で置き去りにしてしまう無限の風景の襞が書きとどめられようとしていた。

この自然の襞は、明治三十三年の詩で『孔雀船』集中もっとも早い制作の「初陣」の中の次の詩句などへ、その精粋をあつめていく。

狐《きつね》啼《な》く森《もり》の彼方《かなた》に
月《つき》細《ほそ》くかゝれる時《とき》に

その十五　著者所蔵初版本

『孔雀船』の初版本を私がはじめて見たのは、昭和六十年三月二十八日のことで、曳田村へ案内された翌々日の午後だった。鳥取城に近い伊良子正さんのお宅で、清白自身が永く蔵していたその一冊を手に取った。そして驚いた。

表紙をひらくと、本の見返しにびっしりと、それ自身についての書評や新刊紹介の類の切抜きが糊付けされていたからである。また、扉から献辞へとつづく四ページ分の本文の余白には、同様の批評文の類が、墨でびっしりと書き写されていたからである。中には、与謝野晶子からの葉書の写しもふくまれている。

これらはすべて、もちろん、著者自身の手によって行なわれた。流れていった山陰の浜田で、黙ったまま、自著へのさまざまな評言をそれ自体に貼り込み、また書き込みさえしている詩人の姿が浮ぶ。しかし、その心のありかたは、なかなか見えてこなかった。

清白はやはり、こんな作業のときも不機嫌だったのだろうか。それとも、意外にもからりとした笑いとともに手は動いたのか。どんな推測も成り立ちはしなかったが、しかしなにかがその孤独な手作業に、私の中で応答していた。自分の大切にしているものをやめようとする衝動がもつ、それ自体の力というものがあるのだろうか。ふと、そんなことを考えた。

その考えには、私自身の詩作の上での経験がまといついてくるようだった。私もいくどか、詩作を廃したいという衝動にとらわれた覚えがある。そして一度だけ、はっきりと決断したことがある。その翌日に、なんの配剤か、親しかった詩友の瀕死の知らせがあり、死の看取りの中で、私の決断は流された。だが、一度決めた、という感覚だけは残りつづけ、衝動はいっそう親しいものになった。それは、詩からではなく、詩人たちの場所から離れたいという衝動というべきかもしれない。また、厄介なのは、この衝動はけっして衝動的なものではなく、むしろつねに詩作の周辺にひそんでいるものに思えることである。

詩人というあやふやな存在は、雲に梯子を掛けるような仕事をしている。だが、果してそれが現実に対して価値をもつものかどうか、証明はいつも困難を極める。そのために、詩人たちによる評言もまた、つねに現実を大いに欠いた場所を生み出す。その欠如の中へ、詩史に席を求める功名心が流れ込む。さらには、追放と忘却をもたらす力の奪い合いが起る。そのことにおいて、明治三十八年以降なにも変りはないだろう。むしろ、なにか大きくくり返されているものがある。そのくり返しの中にあるから、私にも詩の廃絶への心事がまといついてくる、という次第らしかった。

くり返されるというのは、だがほんとうはどういうことだろうか。私は詩集『孔雀船』を手のひらに載せたまま、ページを終りの方へめくっていき、尽きたところでまた初めの方へめくり返した。読むというのではなく、なんどかそれを、この書物の現在の持ち主の見守る前で行なった。そして、『孔雀船』はまたいくども、追放と忘却の波に襲われるだろう、と確かめたような心持になった。

するとたちまち、詩集に貼り込まれ書き込まれた評言の類は、詩的交友関係の痛ましい残骸のように思われるのだった。ゆききする視線にかかるように、ところどころ、ルビの誤植を改めた清白の朱の字が目に留った。思わず指差して、正さんにみせるようなかたちになった。

その十六――友と鬼

明治三十年頃の詩壇は、まだ初々しい詩的交友に恵まれていた。互いを訪ね、ときには同じひとときを主題にして競作し、ときには合作を行なうことも稀れではなかった。塚原伏龍といいあるいは久保田山百合とも名乗ったのは、後年の島木赤彦だった。明治三十年夏、山百合はすゞしろのやを京都の下宿に訪ねた。「少年文庫」や「青年文」の誌上で知り合い、三年前より音信を交わしていた。出会いのあと、このときのことを山百合こと島木赤彦は「二詩人」という詩に書き、すゞしろのやこと伊良子清白は「山百合ぬしへ」という詩にあらわした。そこにはまだ牧歌的な信頼関係がありえた。

明治三十一年一月、清白はもう一度堺の酔茗を訪問した。それから、父の住む三木里浦へ帰った。南牟婁郡にあって北牟婁郡との境に位置する三木里浦は、じつに昭和三十年代まで紀勢本線がそこだけ通わなかった特別の海岸である。入り組んだ岩山が海に迫《せ》り出し、いまも鉄道は、いくつものトンネルを抜けてはくぐる、明暗はだらの景色をひろげてくれる。

父の許に帰ると、海村には潮に削がれたような瓦葺屋根の家々が、静かに低い軒を連ねていた。八鬼山はその背後に迫る山のひとつで、清白はこの山麓に住む炭焼きの友人をもっていたという。

鬼の棲むてふ八鬼山の、
さやけき冬の月影は、

よひ〳〵毎にきみが読む
書の燈とてらすらむ。

うらやむきみの山の菴、
紅葉おちてやねをふき、
ふく風塵を払ふらむ、
玉の臺はあらずとも。

叫ぶ山猿の谷ごとに、
水の氷るをつぐるとき、
寐覚の枕そば立てゝ、
聞うつ霰きゝまさむ。

あやふき岩を攀ぢ登り、
長き蘿にすがりつゝ、
裾よりのぼる白雲を、
さか巻く雪と見ますらむ。

函に蔵むる書ならで、
文字なき書もあるものを、

炭焼く業のつらしとて、
なにいとふらん山の奥。

都門に出て学びたいという意欲をもつ友人に、山の生活の尊さを説くという詩である。あるいはそれは、詩を構えるための虚構だったかもしれない。もう一人のありうべき自分の姿として理想化されたものかもしれない。

わけてもきみが手みづから、
亡たらちねの奥城を、
まもりたまふはいかばかり、
すぎたる幸におはすらむ。

きみ見そなはせつゞら折、
檜原杉原下闇く、
けはしき峯の洞穴も、
熊は安けくかくれ棲む。

剣ににたるこがらしを、
きみなかこちそ寒けしと、
うき世の風は長閑なる、

春の日にさへ身にぞしむ。

鴨の川原の小夜千鳥、
きゝにきますはよけれども、
都の塵にうもれむは、
すゝめまつらずきみのため。

たふとからずや天地の、
なしのまに〳〵生ひ立ちて、
心けがれぬ山の子の、
罪も望も抱かずば。

もし友人の存在が架空であったとしても、清白の月も鬼も、空想の絵ではなかった。文字なき書のあることを、彼は至るところの自然の襞に見ていた。ただし炭焼きの友のようにそこを故郷として住みつくことだけは清白から奪われていて、現実に求めえない夢想だった。ただ帰省のたびに、その幻境の光や気配に頬を撫でられていたことはたしかだった。

寺町今出川へ移ったのは二月である。三年来付き合いのあった秋山光子が故郷津へ帰るのを、清白は鴨川の岸辺に送った。「都の錦」という詩が残されたが、詩文に具体的に恋人としてあらわれる女性は、この人のほかになかった。

「都の錦」という詩をそのままに受け取れば、秋山光子との縁は、光子の母と清白の父とが津において知り合いであったことから来た。清白は京都に出てから、高等女学校に入った光子と偶会した。二人は兄妹のように相談事を交わすようになり、光子は清白を頼りとするようになった。

卒業して津へと帰郷する光子を鴨川に送る明治三十一年四月発表のこの詩は、穏やかな寂しさを湛えたが、それ以上のものではない。また、光子とのことも酔茗や山百合との交流とさして変らぬとさえ思える淡々しさである。清白の詩にあっては、恋は本質的に禁じられているようにさえ思われる。

八月、河野鉄南らと「光の滝」に遊んだ。小林天眠と会ったのも、木船和郷を丹波に訪ねたのも八月である。前年創刊された「よしあし草」に秋から寄稿をはじめ、関西の青年作家たちとの交流がつづいた。十一月、奈良油坂の霊厳院で浪華青年文学会の大会が開催され、そこにも清白は出席した。

その十七——論争

清白と批評家との掛合いは、その明治三十一年にも起っていた。相手はふたたび秋暁だが、いまは少し大人になった清白の方から、秋暁による夜雨評へ、反駁をもって挑んでいる。

二月五日の「文庫」八巻四号には、ふたつの横瀬夜雨評が出た。ひとつは清白の「玉手函（其二）」欄であり、もうひとつは滝沢秋暁の「寄書家月旦」欄であった。秋暁の「夜雨に与ふ」は「お子供らしい」というきつい言葉もみえる批判である。これは、詩の発想をひろげようとするあまり、『佳人之奇遇』から『万葉集』にまで、見境なく取材するかのような夜雨の方法を難じたものであった。清白の「玉手函（其二）」のほうは、もう少し夜雨の身に添った批評である。曰く、夜雨の詩の調子は曇りがちで発揚しないが、沈痛の趣がある。万葉の古調に学んでいるが、擬古に落ちていない。雅語を縦横に駆使していて、節拍は自然、調べには簡樸の妙が備わっている、と。

清白のこの評も、オマージュに終っていたわけではない。なにを歌っても、歌われたものはことごとく作者の身代りとなって逆境を哀訴するという偏狭ぶりや、豊かな空想力がときとして牽強付会や晦渋をもたらすという指摘がそれである。また次のような箇所には、清白自身が満二十歳という年齢でとらわれていた詩への意識があらわれている。

作者は叙情に於ては無比の手腕なれども、叙事に於ては甚だ巧ならざるが如し、今にして叙事の筆を修養し、筆底幾分の余裕を残して、悠々迫らざるの度量を具ふべし。叙事の詩には慎密周到の筆法を要すべきものなれば。

明治三十一年のはじめ、清白は「叙事」の詩への傾きをもっていたと考えられる。ところが実作の面で、それとあたる結実はこの年には見られない。明治三十三年の「巌間の白百合」「初陣」「南の家北の家」まで待たなければならない。

秋暁の夜雨批判に清白が横槍を入れたのは、三月五日発行の「文庫」誌上である。この明治三十一年、精力的に「文庫」派の仲間たちの詩を批評した清白の「玉手函」も四回目を数えていた。「読不書生に与ふ」と秋暁を名指した一節である。

夜雨が拾弐銭の安本に詩材を抽きたるは君の言の如し。さりながら余りに小供らしとして、攘責し給ふは心得難し。所謂安本とは『近古史談』ならん。引用する所は「ロードン」、「ローガース」の二篇ならん。材を択ぶ此の如くにして不満なりとせば、君の言は則ち詩人の手足を拘縛するに近し。思ふに詩材をあさるに当りて避くべきもの二あり、一は自己の技倆に適当せざるもの、一は詩材として用うる能はざるものとす。夜雨が『近古史談』に対するの挙動、寸毫も之に類するなきは、わが認めて以て是となせし所なり。唯夫れ引用の原書幼稚なるの故を以て、口実の根拠となし給ふことあらば、「取材の法もと場を択ばず」とのたまへる君の利刀を以て直に君の頭上に加ふるものあるべし。

これだけで終っているが、ここには清白の論理操作上の潔癖症がよくあらわれている。論争は取材の方法というところから転じていって、万葉語の使用の当否というところへ向った。秋暁は、万葉の古語をすでに死んだ言葉として斥けたが、清白は「用語の死活は専ら其格調の上にあつて言語の新古に関係せず」と主張した。その主張ぶりにも、厳密を求めて倒錯を嫌う清白がみえる。

この時期の「文庫」詩壇は相互の批評や批判がじつにさかんで、『若菜集』刊行翌年という時期を考えれば、なるほどとも思われる。そこに「万葉集」が介しているところにも、「新体」の詩の夜明けの揺れ具合がうかがえるだろう。正岡子規が「歌よみに与ふる書」を書き継いだのが明治三十一年二月から三月にかけてであった。子規は人々が擬古としかみなさない万葉調を、あたらしい詩歌における精神の態度として示した。

秋暁滝沢彦太郎は、信濃上田市秋和《あきわ》の人だった。明治八年の生れだから、清白より二年年長ということになる。「少年文庫」の投書家としての少年時代から、上京して美術学校に通うようになって間もなく、山縣悌三郎に招かれて同誌の記者となった。明治二十八年の「文庫」創刊に際してはその編集人におかれるほど、重くはたらいた。『有明月』（明治三十三年）の詩人であると同時に、小説ものし、なによりも批評において透徹していた。河井酔茗は、「文庫」の二号から記者として堺から呼び出され、それからは次第に東京の人となっていったが、昭和三十二年の秋暁の死に際して、その若き日を次のように伝えている。

一見して彼は田舎出の一書生のやうな風采をしてゐたが、交はつてみて優れた人物であることを識つた。文芸の素養といひ、敏慧なる文才といひ、批評眼の精透といひ、根本的なる正義感といひ、他に対する態度の慎重さといひ、凡てに於て敬服した。察するに素志を翻して家庭の人となつても終まで敬仰すべき人物に変りはなかつたらう。一面意地張の強い彼は一度文学から離れると再び東京の地を踏まなかつた。家に帰つてからの多年の生活にも厳正なる文化人として徳望があり郷党の信頼もあつく「秋和の殿様」と呼ばれてゐた。　「滝沢秋暁を悼む」

「家に帰つて」というのは、明治二十九年九月のことである。秋暁は脚気を病み、それからは秋和にありつづけた。「文庫」への寄稿にも、以後ときとして便りの形式がとられている。明治三十一年の清白との論争文「すずしろのやに答ふ」も、秋和から送られてきたものであった。

万葉の古語の使用にかんするこの論争は、「用語の死活は専ら其格調の上にあつて言語の新古に関係せず」とする清白が、秋暁を押し切るかたちで九月に終った。きっかけとなった秋暁の夜雨批判が載った同じ二月の「文庫」誌上に、清白は夜雨評と秋暁評とを「玉手函（其二）」として書いている。秋暁については、その詩を論じて、次のような讃辞となった。

作者は素養浅からざる人なり。無力の凡骨が煩悶一日にして成す能はざる文字も、一気に揮灑し終る筆力はある可し。されば詩の上にも、綽然たる余裕ありて、巻舒開闔の自由なるが上に、文字の難関を物ともせず打破りたる、詩の全局に亘りて着筆悠々として絶えて狼狽の態を見はさざる、縦横無尽に駆馳することはせで駿馬のいたく逞しきを手綱弛めて静々と歩ませたる名将軍の姿ありて、沈着なる格調の間に自ら犯す可からざる威風の宿れるを見る可し。わけても語々の末に力を錘めたりとおぼしく、清新なる趣味を尋ねて、むねと古人の成語をさけたる、作者の目的は実景実情に接近せんとするにあらずして、詩の調子はよし紊るゝとも、構へて写実を失はじと力めたる形跡は、他の作家に見ざる所也。「常世の関」叙景の一段を読みもて行けば、用意の深さ句ごとに見えて、落々たる睡漢の深き淵のありとも知らで鞍上に横はり行く様、絵画を見るよりも実際なり。

まだ『孔雀船』に入る一篇の詩も書いていない清白の秋暁讃を読んでいくと、清白の求めつつあった詩の、やがて実現されることになるヴィジョンを見る思いがする。

「沈着なる格調」「清新なる趣味」、そして「実景実情」に距離をとりながらも、「写実を失はじ」と努めること。同じ文章で夜雨に対して、「叙事の筆を修養し、筆底幾分の余裕を残して、悠々迫らざるの度量を具ふべし」と求めた清白の意向と併せると、さらにこのヴィジョンは明らかになる。ひるがえって秋暁のその詩「常世の関」はと見ると、なるほど清白がそこから汲みとった詩法の大きさを知ることにもなる。

その十九――山崩海立

夏の日よ、
檜の下闇たどりつゝ、
断崖伝ふ若駒の、
足掻のほどぞしづかなる。

という初めの一連につづいて、眠る主を背に乗せた馬が、深い淵にかかるゆらめく橋を渡ろうとする。ところがこの淵の底には「まが神」が棲んでいて、通りかかる人あらば引摺り込もうとしている。水は冴えきって浅くみえるが、それは「まが神」の「かざりかけたるおとし穴」だからである。

暑さにあへぐ若駒の、

歩みやいとゞ鈍からむ、
鞍に横ふおのが主を、
ひと足ごとに揺りつゝ、
今しも淵の上に在り。

低くぞおとす水鏡、
悪魔のかくと見ざらむや、
居睡る人は悲しくも、
華胥の国にやさまよひて、

「絵画を見るよりも実際なり」と清白は書いた。「まが神」のひそむ淵の中と、馬で橋上を行く人のまわりと、その人の見る眠りの国と。世界は三層をなしてあやうい緊張に揺すられている。自然の襞に魔性のものが隠れて、道を行く無疵の人を引き込むという詩の絵には、清白の心をつよく惹きつけるものがあった。この構図は彼の資質の好むところでもあった。道行く者の心の無垢をかえって引き立てるような、この黒いロマンティシズムは、あれらの詩句をとおしてやがて清白に固有の詩法ともなる。しかしここでは、清白はまだ享受者、あるいは批評家である。彼はどのようにこの秋暁の詩作の魅惑を解析し、吸収しようとしていただろうか。

いかに作者が情思を蔵すること深く而かも智意の傍より之を理性に訴へ、一種の概念を以て、判断せんと力めたる頗る異様の詩趣を具へたり。

詩論家の詩と詩人の詩論とがあべこべになって組み合っている。小島烏水は早くから清白の散文を高く評価し、「真葛物語」などは上田秋成の「雨月物語」を想起せしむるほどといった。ここに至って、ただ物語や美文にとどまらず、「玉手函」の批評の尖筆をも讃えざるをえなくなった。

清白によれば、秋暁の詩は、情を深くに抱えるところから発しながらも知力によってそれを封じ込めることでつくられたものである。だが知の圧力が減ずれば、情は奔騰してしまうだろう。この関係は、まず一個の観念をつくってから諸相にわたりをつけていくような詩作の類とは異なる。また理性に偏向して情へ走ることになるものとは対照的でさえある。「情思より出でゝ理性を捕捉し得たる」秋暁の詩作に、清白は貴重なものを見た。それは「概念の精霊」である。情念や思念が理性をとおして昇華されながらも、なお熱と混沌を内側に隠している抽象、というふうに、これをいいかえてもよかった。

「菩薩面」「常世の関」は作者の結論したる概念の精霊なり。凄麗にして壮烈なる、脂粉の気を脱し、白眼一射、世事非なりと観じて音吐の沈痛なる、誰れか隠々の裡情緒綿々たるものあるを知らむ。

作者の筆、作者の想已に此の如くなるが故に、平明穏和の境を写すことを欲せず。必ずや風雲をよび来りて、山崩海立の快文字を見るべきなり。さるにても叙事の巧なるに、叙事詩の雄篇を願ふも亦望蜀の念なれや。

ところがこの望蜀の念は半ば以上、清白自身に向けられていた。「山崩海立の快文字」と「叙事詩の雄篇」は、この明治三十一年に直覚的に求められ、三十二年から三十三年にかけてのもっとも苦しい模索の時期に、ひそかに清白自身に対して掲げられた使命である。

その二十――エンデミオン

明治二十八年の五月五日に河井酔茗と親交を結んだ清白は、さらに酔茗をとおし、また同年八月創刊の「文庫」をとおして、さまざまな文学上の知己を得ていくことになった。「浪華青年文学会」は大阪を中心にした文学青年の集まりの場であり、清白の寄稿した雑誌のひとつ「よしあし草」は、その機関誌であった。

明治三十二年の夏には、父政治は紀伊木本、現在の三重県熊野市にいた。二十七年の津から相賀への転居、二十九年の相賀から三木里浦への転居につづいてこの地に移ると、さらに借金をかさねながら医院をまた構えなおしていた。

明治三十二年三月に卒業試験に失敗した清白は、それでも追試験に合格し、六月、京都医学校を卒業した。それから程ない六月二十三日に、清白は月蝕を見た。「三十年前の思ひ出、浪華青年文学会と月蝕の夜の事」という文章は、白鳥省吾の個人雑誌「地上楽園」に、昭和三年夏に寄せられたものである。

それはまず、明治三十一年十一月に奈良油坂の霊厳院でひらかれた浪華青年文学会のことを伝え、次に明治三十二年一月三日の堺高師の浜での近畿文学同好者新年会、四月の神戸垂水での関西青年文学同好者大会、三十三年一月三日の堺高師の浜での関西文学者新年大会のことを回想したものである。この三十三年正月の会で、清白は鳳《ほう》晶子とはじめて出会った。

昭和の初めになって、記憶をたぐりながら書かれたのだろうそんな追想の筆は、三十二年六月二十三日夜の会合に特別に触れた。

次に三十二年の夏の事、酔茗君の宅の離座敷で、堺の人々と集つた事がある。座敷の前には庭園がありまた奥庭といつたやうな庭もあつた。樹木は繁つてゐたが、立つとお月様はよく見えた。当夜は満月で月蝕皆既、丁度九時頃から小一時間程、月は見る〳〵黒くなつた。この陰惨な天象は驚き易き少年の心を戦かした。酔茗君は「月のはえ」を作つて夜雨君に寄せた。「月蝕の夜常陸なる夜雨を懐ふ」と註のある夜雨君の処女詩集『夕月』の序詩として載つてゐるのがさうだ。其内の二節、「あらゆる星の現はれて、月をいさむる銀河、河波清くながるれど、又仰ぎ得ぬ光かも、葉山しげ山おもひ入る、筑波の山は深けれど、浮世に浅き男子の、今宵も月に対へるを」とある。エンヂミオンの神話を織りこんだ美しい詩である。後年の作、「月が痛む、光を失うた月の亡骸は赤銅色をして気絶した。滅びてしまうやうであり、生きかへるやうであり、萎えはてた月の面は苦痛にあへぎ、絶望にうめく（後略）」は当夜の印象から胚胎したかどうか、この夜の集ひは実に劇的、どうしても忘られない。私の月蝕の詩は、其のち南洋を題材にしてかいた。夜雨君にもあるだらうが、手元に詩集がないのでわからぬ。

酔茗、夜雨、清白という、「文庫」派を代表する三人の詩人が、奇しくもある夜、「月蝕」を介して虚空にたがいを映しあった。

横瀬夜雨は明治十一年、常陸国真壁郡横根村の豪農の子として生れたが、幼時に健康を失い、傴僂となった。二十八年四月頃から「少年文庫」に詩の投稿をはじめ、「文庫」が創刊されると酔茗や清白同様、その常連となった。夜雨は明治三十年、秋暁の「宝湖の文は夜の如く雨の如し」の評をえて、宝湖の号を夜雨へ改めたという。

酔茗と夜雨と清白とは、遠く、まったく異なる境遇あるいは資質にへだたりながら、「少年文庫」や「文庫」や「よしあし草」をとおしてたがいを読み、便りを交わし、作の批評ばかりではなく、実生活上の厳しいアドヴァイスまで惜しまなかった。紙上の兄弟ともいえる間柄である。その彼らが、月を介して、たがいを映しあう。このとき月は、いわば三人兄弟の母でもあった。しかし、その月は、黒く蝕していた。

夜雨の処女詩集『夕月』に、酔茗はどういう気持で月蝕の詩を贈ったのだろうか。清白はなぜその月蝕の一夜を、三十年ののちにも「どうしても忘られない」のであったか。

こんな疑問は、すぐにも解けそうでいて、しかし、即答のあとにもなにか不明を残してしまう類のものであろう。理由には、答える側と問う側とで、すでに明らかな「月」のありかたのちがいがあるから、ともいえるだろうか。明治の夜は黒く、月はそれだけ冴え冴えとしていた。旅路は遠く、月はそれだけ近々と空に懸った。

その二十一――月蝕して

明治三十一年は、京都にあって秋暁との八カ月にわたる論争を経験した。翌三十二年は、卒業と紀伊木本への帰郷とのあいだに月蝕を見た。しかし、この年、ついに一篇の詩も発表していない。この頃の清白は惑いでいっぱいであったということであろう。だが、それだけではない。自分の中に潜む、詩作を廃してしまおうという傾きに、清白は早くも気づいていた。

卒業試験に失敗し、追試験に臨む羽目になった清白が酔茗に宛てた手紙が伝えられている。

親切なるわが友よ、われは君の懇篤なる忠言によりて豁然開悟するところありき。君よ君よわれは永久に詩を廃せざるべし。われの詩才なきはいふもいとはづかし、されど詩才なきに失望して詩を廃するがごとき愚をなさざる可し、われは自己の力に安んじ悠々として詩にあそぶこと夫れ山水にあそぶがごとくならむ、われますます刀圭の業に勉むべし。詩は以て其余暇の雅具に供せん、あゝわれはおろかなりし、他人と競走せんとして其力足らざりしをかなしみしは。

詩を廃することが、ここでも主題として潜んでいるが、詩を医業の「余暇の雅具」として考え、文学的功名心を恥ずべきものとして斥けている。「われは永久に詩を廃せざるべし」——このことばは、清白の生涯に照らしたとき、これ以上ないまでに複雑な反響を起すものであろう。

この明治三十二年秋に酔茗に宛てた手紙によれば、秋山光子とのことで事態の紛糾があった。光子の感情に制せられて卒業の時期を誤った、と書いている。光子の家には信用を失し、そのために厳父の面目を汚瀆したとも告げた。「凡百の俗事之を纏綿して潰爛瓦解又収むべからざるの境遇に陥りぬ」というのがいかなる事態か分らないが、相手の家の寛大と父の叱責で迷夢から醒めた、と酔茗に書いた。

追試験の結果、五十九名中五番目の成績で卒業が決る。その足で酔茗を訪ねて、六月二十三日夜の月蝕を見るという経緯であったが、その翌日、高師の浜の一力楼で句会がもたれた。「よしあし草」には「月の二十四日伊良子すゞしろのや、都をあとに古里遠き紀山に皈るの途次、いさよふ月を高師の浜に観んとす、即ち同人相会して詩を語るの約あり」とある。

「いさよふ月」を高師の浜に見ようとした句会だったが、昨夜の月蝕の印象が、清白の目に残って離れなかった。いや、この句会の連中はおそらく、前夜の集まりにもいた人々と思われるから、みなその残像をもって会したのにちがいない。明治三十二年七月二十五日刊行の雑誌「よしあし草」に「ＳＳ」の号で出ている句は、伊良子清白の句と推定される。

月蝕して不毛に陳す胡茄の声

「月蝕して」は「げしょくして」とも読めるが、「つきしょくして」と私は読みたい。そのほうが句に時間が流れ、句の背筋が通るからである。「陳す」は「陳ず」と濁りを補う。「胡茄」とは、もとは中国のもので蘆の葉を巻いて吹く笛のことである。すると、「胡茄の声」が見えてくる。その名「よしあし草」の同人たちの声、つまり、座の人々の声、という意を負っていることが。「いさよふ月」を観て句を詠もうというのに、昨夜の月蝕が残っている。なにやかや句をつくり立てても、その強い残像の前に虚しい。――そんな句だが、これでは座をひっくり返すようなものだろう。清白の癇のつよさもあらわれている。

「古里遠き紀山」とは、紀伊木本西川町、現在の熊野市を指すが、そこは故郷ではなく、借財を抱えて苦しむ父がいるというだけの町であった。卒業したばかりの清白は、堺を経由してそこへ向った。「月蝕して」にはさらに、清白の若い「不毛」がかさなった。詩にも医にも、彼は希望と呼べるものしかもっていない。いや、ふたつともに対して希望をもたないでいることができないまま、立ち尽していた。清白の姿自体が、見えない未来から金縛りにあったように、蝕していた。

その二十二――うたゝ寝のまに

清白の『孔雀船』の諸篇のうち、もっとも早い制作になる「初陣」は、明治三十三年九月の「文庫」誌上に発表されている。六連でなる全体は、出陣する若武者が、家に残る老父に語りかける結構となっている。この語りかけは一方的で、父の応答は聞えない。初めの二連を引く。

父《ちゝ》よ其手《そのた》綱《づな》を放《はな》せ
槍《やり》の穂《ほ》に夕日《ゆふひ》宿《やど》れり
数《かぞ》ふればいま秋《あき》九月《ぐわつ》
赤帝《せきてい》の力衰《ちからおとろ》へ
天高《てんたか》く雲野《くもの》に似《に》たり
初陣《うひぢん》の駒鞭《こまむち》うたば
夢杳《ゆめはる》か兜《かぶと》の星《ほし》も
きらめきて東道《みちしるべ》せむ

父《ちゝ》よ其手綱《そのたづな》を放《はな》せ
狐《きつね》啼く森《もり》の彼方《かなた》に
月細《つきほそ》くかゝれる時《とき》に
一《ひと》すぢの烽火《のろし》あがらば
勝軍《かちいくさ》笛《ふえ》ふきならせ
軍神《いくさがみ》わが肩《かた》のうへ
銀燭《ぎんしよく》の輝《かゞや》く下《もと》に
盃《さかづき》を洗《あら》ひて待《ま》ちね

明治三十二年、京都医学校を卒業した清白は、医術開業免状を受けた。木本に帰ったのは八月のことである。父と並んで開業し、傾くものを支えようとした。だが、小さな町では、二人のうち一人は手余りとなるほかなかった。そこで、年来の希望の実現を父に懇請した。九月、姫路を通って山越えで曳田へ、じつに十四年ぶりの帰郷を果した。

「我は第二の生命を失へり」から、この帰郷は次のように語りなおすことができる。

春風秋雨十五年、故郷は変っていた。時勢の波はこの小さな村から富と人とを奪い去っていた。古い豪家は退転して家も倉も他村に引かれてしまっていた。人は糧を求めて他国へ稼ぎに出た。草の生えぬばかりに荒れている故郷は、帰郷者の胸を傷めた。

伊良子暉造は、この荒れた故郷での滞留の中で、なにかを見定めようとしていた。弱年にして耐えてきた家ごとの漂泊の厳しい境遇を思い合せれば、これはただの懐郷心のなせることではなかった。医師としての出発点を得たばかりの日々に、もう立ち竦んでいる。それはなぜか。彼はもっと深い出発点へ自分を押し戻しでもするかのように、その地に、雪の降るころまで滞在した。

父《ちゝ》よ其手綱《そのたづな》を放《はな》せ
髪皤《かみしろ》くきみ老《お》いませり
花若《はなわか》く我胸《わがむね》踴《をど》る
橋《はし》を断《た》ちて砲《つゝ》おしならべ
巌高《いはたか》く剣《つるぎ》を植《う》ゑて
さか落《お》し千丈《ちやう》の崖《がけ》
旗《はた》さし物乱《ものみだ》れて入《い》らば
大雷雨《だいらいう》奈落《ならく》の底《そこ》
風寒《かぜさむ》しあゝ皆血《みなち》汐《しほ》

父《ちゝ》よ其手綱《そのたづな》を放《はな》せ
君《きみ》しばしうたゝ寝《ね》のまに
絵巻物逆《ゑまきものぎやく》に開《ひら》きて
夕《ゆふ》べ星波間《ほしなみま》に沈《しづ》み
霧深《きりふか》く河《かは》の瀬《せ》なりて
野《の》の草《くさ》に乱《みだ》るゝ蛍《ほたる》
石《いし》の上悪気《うへあつき》上《のぼ》りて

亡跡《なきあと》を君《きみ》にしらせん

「初陣」の第三、第四連は、第二連の凱旋の夢から転じて、戦さの凄まじさへの、身ぶるいをともなうような予想と、戦死への不吉にも静かな予感のあいだを揺れている。ことに第四連の凶兆のあらわれを描く詩句の見事な並びは、「うたゝ寝《ね》」の一語を介して、未来の景色を「逆《ぎゃく》に開《ひら》」くかのようなあやうさで、自分の死後を物語った。

その二十三——広野

次の連は、若武者である語り手が、幽界の人となって故郷の、早くに失った母を菩提寺の墓所へ尋ねていくところである。

父《ちゝ》よ其《その》手綱《たづな》を放《はな》せ
故郷《ふるさと》の寺《てら》の御庭《みには》に
うるはしく列《なら》ぶおくつき
栗《くり》の木《き》のそよげる夜半《よは》に
たゞ一人《ひとり》さまよひ入《い》りて
母上《はゝうへ》よ晩《おそ》くなりぬと
わが額《ぬか》をみ胸《むね》にあてゝ

ひたなきになきあかしなば
わが望《のぞみ》満《み》ち足《た》らひなん
神《かみ》の手《て》に抱《いだ》かれずとも

暉造の帰郷は、第一番に村外れまで走って来た乳母によって迎えられた。彼はそれから正法寺の段々を上って、母の墓前に額ずいた。下の小川から閼伽《あか》の水を汲んできてくれる乳母のつつましい姿、花を手向け香を炷いて供養する甲斐甲斐しい振舞いを目にすると、暉造はあたらしい涙に誘われた。

乳母との語らいにみちた日々は、のちに「此年位私の生涯の内で幸福を感じたことはない」と回顧させた。しかもその幸福感がつよければつよいほど、「母」の非在はいよいよ明らかとなっていくことに、暉造は気づかされた。

「初陣」の詩句の中の「母」は、田村すみの姿からはよほど遠い。実母と乳母と、二重の「母」の迎えに幻惑されたかのように、詩の中でつくられる「母」の像はいつも、観念に近い面立ちをしていた。

「父」はどうか。「父」もまた「初陣」という詩の中でその声を返さず、若武者の意気と不安とに消されてその容貌すら朧げである。だがこちらは、彼岸の観念にかかる遠い朧でなく、手前の、いわば視界の外れにあるものの近すぎる朧である。「父」に呼びかけながらその語りは、「父」の応答を期待してもいない。近すぎるからである。そして、その近すぎる者にむかって、「手綱《たづな》を放《はな》せ」という。くり返して、「放せ」という。

明治三十二年の秋から冬の日々、故郷滞在というわずかな猶予の時間の中で、青年暉造は自分の出発の機を、静かに計りなおしつづけていた。

幼時からの漂泊の軌跡を、もう巻き戻すことはできない。木本での父との協働は、ただちにその破綻を予見させたばかりである。彼は上京を考え、決断した。そこに医師としての成功と、詩人としての功名とがないまぜの希いとして懸けられたかもしれない。詩における功名とは、しかし、逆説を帯びている。「初陣」は次の連で終っている。

父《ちゝ》よ其手《そのた》綱《づな》を放《はな》せ
雲《くも》うすく秋風《あきかぜ》吹《ふ》きて
萩芒《はぎすゝき》高《たか》なみ動《うご》き
軍人《いくさびと》小《こ》松《まつ》のかげに
遠祖《みおや》らの功名《いさを》をゆめむ
今《いま》ぞ時貝《ときかひ》が音《ね》ひゞく
初陣《うひぢん》の駒《こま》むちうちて
西《にし》の方《かた》広野《ひろの》を駆《か》らん

その二十四 ――「明星」

鳳晶子を識ったという明治三十三年一月三日の関西文学者新年大会では、「幻覚について」という話をした。「よしあし草」に載った大会の報告文によれば、その話の要は「医学上より立論して、鏡花一輩の作物を病的なり不健全なりと断下した」ものであった。

一月の二十日頃だろうか、彼は上京するとすぐに筑波山麓まで足を伸ばして、横根村の横瀬夜雨を訪れた。清白は、夜雨の純潔に打たれた。初めての対面で、滞在は一ヵ月に及んだ。二人が「日々火燵に踏み込んで詩作を闘はし」た成果が、二月十五日の「文庫」誌上に「常陸帯」という合作としてあらわれたりした。

二月、東京に入って北品川に仮住いした清白は、日本赤十字社病院内科の医員試補としての勤めを得た。「月俸拾弐円」だった。

同じ月の二十日には、与謝野鉄幹を訪ねた。その弟修とは京都時代に親交があったが、これも初対面であった。翌日、堺の人河野鉄南に宛てた便りにはこう書いた。

昨夜、与謝野君訪問、快談数刻、或は万葉を論じ、或は業平西行を議し、新体詩の詩形より、和歌の機運に到るまで、獲る所尠らず候ひし、氏は今度月刊雑誌発行の計画の由にて、内容は律語の創作、談理に加ふるに外国文学の評釈を掲載せらるゝ趣に候。

「今度月刊雑誌発行の計画」とは、もちろん「明星」のことを指している。手紙は、鉄幹から鉄南への上京の勧めとその際の注意を伝言し、さらに酔茗の出京計画にも及んだ。関西から東京へ、詩人たちが次々と移りはじめた。

北品川の仮寓から、三月にはいったん麴町区上六番町の与謝野鉄幹宅に身を寄せた。さらに日赤病院に近い、同じ「文庫」派の詩人清水橘村宅に同居した。

六月には、横浜海港検疫所検疫医員となった。「月手当四拾五円ヲ給ス　内務省」の辞令が伝わっている。

七月、横浜の戸部に転居した。これも植手喜三郎という人の家への間借り住いである。烏水の家が近くなった。

四月に「明星」が刊行されると、それは大きな事件となった。五月にはつづいて河井酔茗が堺から出京、「文庫」詩欄の編集の中心を担うようになった。酔茗はまた七月に、清白の長篇詩「巌間の白百合」を巻頭にして先の「文庫」派のアンソロジー『詩美幽韻』を編んで刊行した。「明星」の初期には、「文庫」派の詩人たちも、多くそこへ執筆した。一時期、鉄幹宅に寄寓した清白は、このまま「明星」の編集に参与しつづけるかとまで思われた。敬慕する島崎藤村から、「小諸なる古城のほとり」とはじまる詩を受け取るという幸福は、しかし、つづかなかった。

八月、大阪に下った鉄幹は晶子とはじめて出会った。

明治二十七年の日清戦争から三十八年の日露戦争までのこの大きな過渡期には、多くの詩人と詩風とがあらわれたようにみえた。彼らを先導したのは柔らかに七五調を調えた島崎藤村と漢音を五七調に生かした土井晩翠であった。つづいて、「象徴」というより近代的な詩意識を導入しようとする薄田泣菫と蒲原有明の時代が来ようとしていた。藤・晩の時代は『落梅集』と『暁鐘』が出る翌三十四年で終ろうとし、三十三年春のこの「明星」創刊ではじまる次の時期、泣・有の時期へと詩史的シーンは遷りゆくようだった。

新体詩の誕生から数えてようやく成年を迎えようとする時間は、やみくもな、あるいは一途な欧風の開化への希求から変って、日本語というものへの根本的な反省すら生み出そうとしていた。初めに夢見られた「新体詩」というものが、日本語の特性上、不可能なものではないか、という疑いさえ兆してきたからである。すなわち、ヨーロッパの言語に比して母音が多く音楽性に欠けること、中国語のように平仄・押韻もなく、ひたすら七音五音の音数律に膠着すること、などである。

薄田泣菫は、前の年十一月に第一詩集『暮笛集』を刊行していた。版元は大阪の金尾文淵堂で、ここから出ていた雑誌「ふた葉」の新体詩欄も同じ頃から担当することになった。明治三十三年八月、大阪に下ってきた鉄幹と初めて会見、十月には「ふた葉」が「小天地」となり、その編集主任となった。十一月の「明星」誌に、「破甕の賦」が、雑誌の詩としては画期的な四号活字の大きさで掲げられた。第二詩集『ゆく春』(明治三十四年)以降、藤村以後の詩人と目されるようになっていく。

蒲原有明は、この年一月に「新声」誌の詩壇の選者となっていた。「新声」は佐藤儀助、のちの佐藤義亮によって編集された。「文庫」に倣って投稿誌として二十九年に発刊されていたが、日清戦争後の新文学勃興の気運とともに、次第に詩歌から小説にわたる総合文芸雑誌の色を帯びた。有明は島崎藤村、田山花袋らと親交を深めながら、明治三十年代半ばにかけて淡い藤村調を残した『草わかば』(明治三十五年)から、『独絃哀歌』(三十六年)の独自の韻律へと移ろうとする。このような泣菫や有明の展開は、「明星」の舞台があって可能となった。

清白にとって三十三年という年が特別な意味をもったのは、「明星」を軸にしたこのようなロマン派的詩精神の開花を背にしながら、みずからも習作のくり返しの中から清新な踏み出しを果したことが挙げられる。その成果が七月発表の「巌間の白百合」であり、九月発表の「初陣」であった。

もうひとつを挙げるならば、父の気圏をふり切るようにしての上京である。先の鉄南宛の手紙にも「小生もムリヤリに出京して今の所いさゝかおちつき申候」とある。

清白が書いた月蝕の詩とは、「巌間の白百合」という一千行にも及ぼうという長篇詩だった。明治三十三年七月に刊行された河井酔茗編のアンソロジー『詩美幽韻』（内外出版協会刊）の巻頭に掲げられた。

波の穂あかく海燃えて、
　西にくづるゝ夕雲の、
　　名残はまよふ岩の上、
　　　今日の別を告ぐるらむ。
南の洋にたゞよへる、
　百千の島は一つらの、
　　潮のけぶりやつゝみたる、
　　　うかぶ翠も見えわかず。

こうした歌い出しにすでに見られるように、南洋の島が舞台となった構想の大きな叙事詩的作品である。「大亀うかぶ湊江の、／陰に散りうく花片は、／浪に環をつくれども、／またみだれ行く潮の泡。／イヤライ草の漂ふを、／摘む児の影も見えざれば、／下に群れよるうろくづの、

／鰭こそ水をさわがすれ。」と叙景も細部をつめたものになっている。清白の詩にかねて見え隠れしていた南洋への指向がひといきに開花をみせたという意味でも、期を画する長篇である。

叙事詩としてその粗筋は、およそ次のようなものである。

夕日が落ちるころの南洋の孤島である。島の王は欄干に立って夕雲を仰ぎ見ている。姫は母とともにそぞろ歩きに出た。そこへ雨が篠をつき、あたりが小暗くなる。どこからか調べの美しい歌が聞えてきた。姫はクンナット花を手に巻いて神に祈りをはじめるが、終わると額ずいていた巌の岩穴がそこだけ白昼のように輝く。見れば、一本の枝ごとに七百花が咲くという百合で、それを摘みとれば神の祟りがあるといわれている花である。姫は、自分は神の子であるから、姿を飾るために折るならば神も恕すことだろうと、ふたつ摘みとって乳房にかざす。すると、月が隠れて闇の世界となる。姫は罪の心を抱いて、神の生贄となるため、ひとり海上へ漂い出る。月蝕を描くところは次のような詩行である。

かゞみととげる
　おもてより、
ほそきけぶりの
　たなびきて、
ひかりかくさふ
　つきのみや。
花の香たへに
　咲きにほふ、

大木のかつら
　みきさけて、
みる〳〵月は
　かけにけり。
月のみうたを
　とのふれど、
たかきみやゐに
　かよはねば、
くらくなり行く
　天地や。
天の河瀬の
　夕波は、
みふねのともに
　かゝれども、
八重のさぎりの
　ひらかんや。
あかがねなせる
　あらがねの、
こりてはながれ
　ながれては、

うづまきかへる
　月のおも。
かゞやきわたる
　もちづきの、
花のみやゐは
　とこやみの、
よみぢの水に
　沈みたり。
月の底より
　わきいづる、
くろき炎は
　ときのまに、
千尺の上に
　もえあがり。
火を吐く山の
　いただきの、
洞よりのぼる
　こむらさき、
むらさきうすき
　色なせり。

叙事詩の中で歌われる清白の月蝕は、その欠けていく様を物の相でとらえるめずらしいものである。けっして情感の相には立たない。まるで月面観測をしているかのような眼差しがはたらいている。

「雪月花」は古来きわめて歌われやすい対象であり、共同体の記憶の中に観念化された美でもある。だが、変化を記述するだけの長さをもたぬ和歌や俳句では、このように月蝕による月の変成をとらえることはなかった。

その二十六――一九〇〇年

それでも、ただ「新体」の詩形が時間の変移をふくみやすかったという理由だけで、清白の月蝕の詩の意義が尽きるのではない。

酔茗の「月のはえ」では、月の欠ける様子は次のように、理性の平衡を通ってきた調べである。

つきの女神の星の上を
いたく哀とおぼしつゝ
憎みたまふや人の世に
光かくさふ雲召せど

雲はかへらずひめ神の
自らひそみたまへれば
月はみる〳〵影失せて
闇になりゆくあめ地や

酔茗においては、月蝕のうしろにひそむ物語が語られるのに対して、清白では、物語の裂けめに月蝕が現象している。月の面のイメージが、後者の場合ほどつよい物質的な襞を帯びて詩に現前したことはかつてなかった。

夜雨の月は、酔茗のそれともまたもう少し違って、情緒纏綿としたものである。「ちぬの浦曲」と題された詩は、あきらかに酔茗の「月のはえ」に答えたもので、「八重《やへ》の潮路《しほぢ》の沖《おき》つ浪《なみ》／辺《へ》にたつ浪《なみ》に誘《さそ》はれて／ちぬの浦曲《うらわ》に友《ともざね》と／君《きみ》が見《み》してふ月《つき》かこれ」という第一連の「友」には、清白が思われた。四行八連のうち六連に「月」の語があらわれる作だが、酔茗のする物語からも、清白のする観察からもへだたる、夜雨特有の感情が漂った。夜雨では「月」は、物を明らめる光ではなく、曖昧模糊とした雰囲気を醸し出すほうに加担している。夜雨自身の姿が、「月」にかかる雲のようだ。

干《ひ》潟《がた》漁《あさ》りてみてづから
拾《ひろ》ひ玉《たま》ひし貝《かひ》みれば
潮垂衣《しほたれごろも》まだ着《き》ぬに

をぞや袂《たもと》に月照《つきて》れり
厭《いと》はれざらば舵枕《かぢまくら》
君《きみ》と重《かさ》ねて住《すみ》の江《え》に
行《ゆ》きてもがもな岸遠《きしとほ》く
晴《は》れゆく月《つき》の影浴《かげあ》びて

「月」はあくまで、歌い手の身体にまとわりつく。身体にまとわることではじめて「月」となる、というかのようだ。

三羽烏と呼ばれるなどして、「文庫」派を代表していくことになった酔茗、夜雨、清白が、自然現象の単一な鏡をとおして、たがいを際立たせた。しかしそれは、少し角度を変えるときには、近代に入ってからの「月」という詩的イメージそのものの分裂をあらわしてもいた。いわば、「雪月花」や「花鳥風月」の「月」が、言葉という場所で、これまで蒙ったことのない「蝕」を蒙ったということである。

そして、清白の月蝕の詩にとくに鋭くあらわれたそれは、時代の詩が喚び入れはじめたあたらしい観察の力であり作用だった。

明治三十二年六月の自然現象の観察から、三十三年前半の詩作に至るまで、「月」という詩的イメージはその言語上の変成を、避けられない試しとして清白にもたらした。西暦でいえばちょうど、一八九九年から一九〇〇年へと明ける、なにかが満ちわたり、なにかが欠けわたっていくような時期だった。

その二十七——実験

「巌間の白百合」の反響のひとつはこうだった。

〈巌間の白百合〉は近来の長篇で、国詩の性質上単調に失し易い叙事詩として空前の佳作だ。瑕を探せば無いでは無いが藤村の〈農夫〉に比して此は確かに成功に近い作だ。（中略）この作に由て謂ゆる〈文庫〉派の詩人として第一位にあるすゞしろのやの手腕を十分に認識することが出来た。

「明星」誌上での与謝野鉄幹の批評である。こうして清白は、叙事詩の可能性へ踏み出していた。九月の「文庫」に発表した「初陣」も、十一月から十二月にかけて「文庫」に分載発表した長篇「南の家北の家」も、さらに翌三十四年一月に「文庫」に発表した「駿馬問答」という特異な詩も、この叙事詩の可能性の壮大な追究であった。

一連の清白の果敢な仕事ぶりは、「文庫」の仲間たちからも新鮮な驚きをもって迎えられた。酔茗は次のように清白を見ていた。

すゞしろのや君従来より「文庫」一派の調子が、到底今後の詩壇に覇を争ふこと難きを観破し、更に斬新なる律語を藉りて来りて、大いに「文庫」詩壇を騒がさんとす。宜い哉、此れや、長く同一の調子を墨守して研究的態度の必要を覚らざる人々よ。願はくは此際、倦眼を攪破して更に吾一派の為に新しき形式を工夫せよ。

小島烏水は次のように見た。

酔茗は、飽くまで酔茗調を固守せよ、夜雨は亦頑として夜雨の好む所に従へ、その他の諸君亦応に斯の如くなるべし。今日藤村を加味し、明日晩翠を調合する如くんば千万年に亘りて底止を知らざらむ。況んや覇を称ふることをや。今日の計、破格でも晦渋でも、大醇大疵でも何でも彼でも、自己流を遠慮なく極端にまで推し進むるにあり、而して文庫派万歳ならむ。

五十嵐白蓮は次のように見た。

今若し文庫派詩人の中に就きて、才の敏なるものを求めむか、酔茗にあらず、夜雨にあらず、露子にあらず、和郷にあらず、まさしくすゞしろのや君其人なり。こゝに所謂新詩形の造出が先づ君に依りて試みらるゝを見るもの怪しむに足らず。余輩は遥にその成就の日を予想しつゝ楽しんでこれを俟たむと欲す。

いずれも九月十五日の「文庫」にあらわれた清白への短評である。三所に共通しているのは、今風にいえば詩的実験への欲求である。酔茗の「新しき形式」の「工夫」、烏水の「極端」な「自己流」の推進、白蓮の「新詩形の造出」の「試み」、いずれもそこには、旧態依然とした詩調への憤懣と、その打開への呼びかけがあった。明治二十八年から数年は、新しい詩形をめぐるさまざまな論が湧き起った。新体詩とはなにか、詩形とは、詩と散文との関係は、と問うかたちの詩論である。明治三十三年には、数々の新体詩作法の類の刊行が多く見られた。どのようにしたら、あたらしい形式の詩をつくり出せるのか。

比較して全体に穏やかな抒情詩としてくくられることの多い「文庫」派の詩風の内部にあっても、この時期には、なにかやるせないほどつよい、未知の形式への欲望が、詩人たちを批評家たちをとらえていたのだと思われる。

その二十八——無口

明治三十三年九月に「文庫」同人が大挙して箱根に遊んだときの記録がある。千葉江東、五十嵐白蓮、小島烏水、滝沢秋暁、山崎紫紅、横瀬夜雨、河井酔茗、当時の名で伊良子すゞしろのやに山縣悌三郎先生、その弟の山縣五十雄の十人連れだった。

まず烏水の記録から語りなおすと、こうなる。

すゞしろのやがゆくてに立ち塞って、大手をひろげてヤアと挨拶をした。ヤアとヤアの鉢合せがよろしくあってから、すゞしろのやの服装を見ると、洋服に長靴という拵えで、烏水の編み襯衣、単衣、単羽織、日和下駄に調和しないこと甚しかった。すゞしろのやの長靴たるや、当日の天気予報が悪かったための準備であった。

白蓮の描出は次のようである。

枕合せに一室八人、二列に寝床を布いたので、こっち側がすゞしろのや、白蓮、江東、紫紅、向う側が酔茗、秋暁、夜雨、烏水である。これをまず類別すると寝相の悪いのが江、すゞ、秋の三人、いい方が残る四人。枕には布団の外へ退去を命じて、横に伏せた額の際まで夜具を引き被り、ぶっちがいに重ねた両足を危いかな股まであらわにしているのがすゞしろのや。

烏水の文章も白蓮のも、堅物で不器用で一途な、それだからどこか親しみもてる暉造青年の生身を伝えて、からかいよりも愛着を示している。

夜雨は足が悪くて、玉簾の滝へ皆と同道することができなかった。「お土産はこれだよ」とすゞしろのやは夜雨に、「玉簾の滝の写真」を渡した。

清白みずからがいう「無口の山出し」という表現が、自己戯画化の過ぎるものだとしても、大筋をそんなには逸れたものではないと知られる。「無口」がいったん詩に口をひらくと、反対する「対者を説き伏せるまでは止まなかつた」のだし、「古典を引拠として真正面から芸術を説いた」同じ青年が、若くして「世故」に通じている面も、ある苦さとしてその風貌に染みつかせていた。無口と噴火と――清白のもったこの二つの性質は、じつはさまざまなかたちに変りながら彼の生涯にくり返された。

それを詩の活動という方面にだけ限っても、「噴火」のほうではすでに触れた「暉造の詩」の激情が明治二十八年満十八歳にあり、秋暁との論争が明治三十一年満二十歳のときに勃発してつづき、明治三十三年からの「南の家北の家」「駿馬問答」の試みも、「噴火」と呼ぶに足る、人を驚かす質をもった発表であった。ここと決めたら黙ってのめるように進むところが、彼にはあった。

それは彼の長くはない青年期の詩的活動に、たびたび訪れる沈黙の間断である。この「無口」

は、旅先からの音信不通となってあらわれたり、「詩を廃する」考えの、酔茗らへのひそかな披瀝となってあらわれたりした。無口と噴火とではなく、無口という噴火である。明治三十二年の月蝕の年の一年間、一篇の詩文の発表もなかったのはその最たる例だった。同じように、一年の長きにわたる詩作の中断はこの先にも起った。

その二十九――丸潰れ

明治三十三年、清白の詩作は上京とともに、前の年の月蝕期から一転して潑剌となった。五月、河井酔茗がいよいよ堺を捨てて出京してきたことも、七月、小島烏水の住む横浜に移って親交が深まったことも、詩作を刺激した。

「巌間の白百合」「初陣」と、大作で話題を呼んだあとさらに、十一月から十二月にかけての「文庫」の三号にわたって、「南の家北の家」を分載発表する。「巌間の白百合」に並ぶ一千行の長篇である。しかも、当時としては大胆な破調を展開して、擬自由律といってもよかった。

清白の意気込みの背景には鳳晶子、山川登美子ら女流の活躍もあったかもしれない。夜雨はのちの随筆『太陽に近く』で、酔茗、清白から短歌をつくることを勧められたことをいい、つづけて二人のこんな言葉を伝えている。「鳳晶子さんの評判が馬鹿に高いが、世間で女だから珍らしがつて騒ぐのだ、負けぬ気でやり玉へ。」

また清白が十一月十日発行の号に短歌を寄せている「関西文学」（旧「よしあし草」）には、編集者の中山梟庵が、「過日、伊良子すゞしろのや来遊、晶子、登美子等女流詩人の跋扈を憤慨して、緊褌一番せざるべからずと力味被居申候」と書いている。

「明星」創刊に力を添えた清白だが、微妙な齟齬もそこにはあった。これをただちに、あたらしい「女流」たちへの勢力的な対抗と見るのは早計である。花やかな彼女たちに対して、堅物の山出し青年の姿をそこに描いて対照を試みるのもたやすい。だが、清白はもっと別のなにかに苛立っていた。それは「山崩海立の快文字」「叙事詩の雄篇」の実現についてであり、こうしたヴィジョンそのものは、晶子らの、自己に即いてする感覚の開放の歌とは、ひとまず次元を異にしあうほかはないものだった。

律師《りし》は麓《ふもと》の
　寺《てら》をいでゝ
駕《が》は山《やま》の上《うへ》
　竹《たけ》の林《はやし》の
夕《ゆふべ》の家《いへ》の
　門《かど》に入《い》りぬ

親戚誰彼《うからたれかれ》
　宴《えん》をたすけ
小皿《こざら》の音《おと》
　厨《くりや》にひゞき
燭《しよく》を呼《よ》ぶ声《こゑ》

背戸《せと》に起《おこ》る
小桶《こおけ》の水《みづ》に
浸《ひた》すは若菜《わかな》
若菜《わかな》を切《き》るに
俎板《まないた》馴《な》れず
新《あたら》しき刃《は》の
痕《あと》もなければ

菱形《ひしがた》なせる
窓《まど》の外《そと》に
三尺《じやく》の雪《ゆき》
戸《と》を圧《あつ》して
静《しづ》かに暮《く》るゝ
山《やま》の夕《ゆふべ》

『孔雀船』に収められた「華燭賦」は、「南の家北の家」の終章であった。右に引いたのはさらにその初めから六分の一ほどである。

「南の家北の家」は、七五あるいは五七調をまだまだ主流としていたそのころの詩調に、微妙な破調や変調をもたらそうとした。この「華燭賦」の部分では、七音と六音を変則的に組み合せて、それでなお格調と形態を持している。

若い木樵と山の娘との、恋から華燭の典までが歌われる。「華燭賦」の部分ではとくに、簡素な山家の生活と花やぐ式とがかさなって、淡い美しさを醸した。

掲載がはじまると、秋暁がこの大作を「文庫」誌上で批判するという噂が、清白の許に流れてきた。すると、夜雨の許に清白から、こんな便りが届いた。

秋暁が〈南の家北の家〉を評する由、物騒に候。山の人に手ヒドク攻撃せられて南北の家共に丸潰れに候。極端に奔らざれとの忠告は有難けれど、少々迷惑。僕は今少し乱暴に試みて一新調を樹てんと考へをれり、勿論今の所試験中なれば疵瑕満幅自分乍ら無茶なやり方には呆れをり候。これも改革の一方便なれば致方無し。

山の里から送られてきた秋暁の批評は、精細をきわめていた。「文字が第一に候へば、片端から詮議して行くがよろしいかと存候」とはじまり、長篇の一々の句を引いては「申さば出任せの文字に候」「何といふたるみの句に候哉、丸で散文に候」「西詩がりて、然も煮え切れず候」「必ず改めたきものに候」「突飛に候」「折角の印象混雑致し候」「不熟かと存候」「少々舌たるく候」「不穏の句と思はれ候」「木魚調なるが忌はしく候」「不了解」「「に」を重ねたる耳たちてうるさし、多分活版屋の所業なるべく候」「絶悪詩詞也」「嬉しからぬ句」「噴飯に候」「まづしと申度候」「着眼よし、言葉わろし」といった調子で仮借ない。

あいだに称讃の挿まれないわけではないが、全体に清白の惧《おそ》れたとおり「南北の家共に丸潰れ」となった。

ところが、叙事の段どりが恋の成就として尽きたところからはじまる先の引用箇所から、秋暁の批評は「一転」する。

これより以後は詩調一転、落付いて味ひ深く、作者が本領全く顕れて、千万有り難く候。好箇の華燭賦。これだけ切り離ちて一篇の好詩を得べく候。かけねなしの絶妙好辞に候。

四年後、清白はこの批評を素直に受けとって、題も秋暁の口をついたままに「華燭賦」として一篇を截り出し、『孔雀船』に編み入れる決意をした。

秋暁の批評は忌憚のないものであった上に、正確だった。山の生活だけを材に長篇を成した意欲を評価し、叙景の堪能や、造語を清新にしようとする勇気を褒めたが、冗長な散文化を難じ、奇を好むあまりの耳あたらしい形容を責め、調子の浮薄ぶりは薄田泣菫にかぶれたものと見た。「叙事詩の雄篇」は失敗に終っていた。しかし、叙事詩が物語の運びを尽きさせたところから浮び立つようにして、賦が生れていた。この賦は、「かけねなしの絶妙好辞」と秋暁には映った。ただし、その絶讃の直後に秋暁は、パーレンをつけて次のように書かずにはいられなかった。

(但し此詩は半分五言律のやうで、半分は箴言のやうで、奇態なものに候)

「華燭賦」の中盤は次のように流れる。

律師《りし》席《せき》に入《いつ》て
霜毫《しやうがう》威《ゐ》あり
長人《ちやうじん》を煩《わづら》はすに
堪《た》へたり夕《ゆふべ》

琥珀《こはく》の酒《さけ》
酌《く》むに盃《さかづき》あり
盃《さかづき》の色《いろ》
紅《くれなゐ》なるを
山人《やまびと》驕奢《おごり》に
長《ちやう》ずと言《い》ふか

紅《くれなゐ》は紅《くれなゐ》の
芙蓉《ふよう》の花《はな》の
秋《あき》の風《かぜ》に
折《を》れたる其日《そのひ》
市《いち》の小路《こうぢ》の

　店《みせ》に獲《え》たるを
律師詩《りしし》に堪能《たんのう》
　箱《はこ》の蓋《ふた》に
紅花盃《こうくわはい》と
　書《しよ》して去《さ》りぬ

紅花盃《こうくわはい》を
　重《かさ》ねて
雪夜《せつや》の宴《えん》
　月出《つきい》でたり
月出《つきい》でたるに
　島台《しまだい》の下暗《もとくら》き

島台《しまだい》の下《もと》
　暗《くら》き
蓬萊《ほうらい》の
　松《まつ》の上《うへ》に
斜《なゝめ》におとす
　光《ひかり》なれば

五音七音の定型を崩すのに、漢詩訓読体のそなえる文語自由詩のごとき律動が持ち込まれた節もあった。改行による変則も駆使されたが、静かさの方へその力はあつめられた。静かな魔法のうしろには、山家の生活と、木々や蔓草や巌や渓流やを纏った山の地形があった。あるいは、それらを細かに描きながら、語りながら、捨てられた八百行があった。ちょうど『孔雀船』が二百篇から十八篇を採ってあとを捨てたように、その典雅な光学のうしろには節くれ立った生が捨てられてあるように思える。

私は必ずしもここで、生と作品との関係や距離をいおうとしているのではない。むしろ作品そのものの中に、荒い生活を地としながらそれを背後に沈め、簡素な光学をして魔術的に浮き立った柄とするような、あの「概念の精霊」のはたらきを見る者である。清白の秋暁詩への批評によれば、それは情念や思念が内側に沈めこまれた理性のことであった。ここ清白の詩にあっては、その情念や思念はさらに一人の人間のそれであるところからひろがりでて、ざらついた野の生として沈められた。

北《きた》の家《いへ》より
　南《みなみ》の家《いへ》に
来《く》る道《みち》すがら
　得《え》たる思《おもひ》は
花《はな》にあらず
　蜜《みつ》にあらず

花《はな》よりも
　蜜《みつ》よりも
美《うつく》しく甘《あま》き
　思《おも》ひは胸《むね》に溢《あふ》れたり

雷《いかづち》　落《お》ちて
　藪《やぶ》を焼《や》きし時《とき》
諸手《もろて》に腕《かひな》を
　許《ゆる》せし人《ひと》は
今相対《いまあひむか》ひて
　月《つき》を挟《はさ》む

「北の家」は新婦の実家、「南の家」が婚家である。婚姻の仲人である僧官が去って、新郎新婦が二人になる。

律師《りし》駕《が》に命《めい》じて
　北《きた》の家《いへ》に行《ゆ》き
月下《げつか》の氷人《ひようじん》
　去《さ》りて後《のち》
二人《にん》いさゝか

容儀《かたち》を解《と》きぬ
夜《よ》を賞《しよう》するに
律師《りし》の詩《し》あり
詩《し》は月中《げつちゆう》に
桂樹《けいじゆ》挂《か》り
千丈《ぢやう》枝《えだ》に
銀《ぎん》を着《つ》く
銀光《ぎんくわう》溢《あふ》れて
家《いへ》に入《い》らば
卜《ぼく》する所《ところ》
幸《さいはひ》なりと

婚礼の夕べという架空の背後に山の生活を抑えきった「華燭賦」は、右のように終ることになった。仲人である律師の残していった詩は月を歌っていて、その月の中には中国の神話のように桂の香りやかな木がかかっている、という。そのたくさんの枝々には銀のような雪、あるいは雪のような銀の光が着いている。雪に映えた月光、白に白を打ちかさねたその光りがあふれて二人の家に入るなら、家の行く末は幸福となるであろう、という詩である。月と雪がひとつにかさなったように、自分の引く律師の詩行とこの詩篇も、ひとつになって終っている。

半分は五言律のようで、半分は御籤の言葉のように奇態だ、といった秋暁の評は、じつはこの律師の詩のことを直接には指すものである。しかし、律師の詩はそれをふくむ「華燭賦」という詩と、その終りでひとつになっている。韻律は連続していて、後者に五言律のようだとはいえない部分もあるが、五七からも七五からも微妙にはずされている音律構成は、その形式的な優美さにもかかわらず、当時の詩の常識からは実験であり、微妙に奇態といえるものであった。

内容をいえば、「華燭賦」をふくむ長篇詩「南の家北の家」は、山中の「賤」の暮しの中に「貴」なるものを沈めた。まだ家庭をもたぬ清白にとって、この詩をもってひとつの倹しい理想とする心ははたらいたはずである。だが、わが身がどちらへどう転がっていくものか、「トする」ものはなにもなかった。

その三十一——日記とともに

次男の伊良子正さんと三男の岡田朴《すなお》さんとから、彼らが分担して所有していた清白の日記が二十五年分、私に貸与されたのは昭和五十八年のことであった。

それまでは明治三十八年日記や三十九年日記が知られていたが、一挙に生涯の全貌を見渡せるほどの分量があらわれた。

私が文芸誌に評伝を書くというのが、お二人の期待であった。そこで私はさっそく日記の読解にとりついたが、それは途方もない読みがたさであった。正さんも朴さんも、難渋の経験を隠さなかった。お手上げ、ということばも呟かれたことがある。

たしかに、しばらくそこに浸っていると、朧げに文字が浮び、文字の運びがあらわれた。やがて、とある生活のひとこまが焦点を結ぶことがある。そこで、すべては読みえぬままその一日から次の一日へ移ると、ささやかな時間の流れがふと読み取りを助けるようなことが起る。

正さんと私は、東京と鳥取で電話をとおして、ときどき力をあわせて難読点を検討した。潜水のようだと語り合ったこともある。長い時間にわたって読み解きに浸っていると、いつのまにか深い水中へ下りはじめていて、水底の景色が像を結びはじめることになる。ところが、なにかの用事で日常に引き戻されると、もう一度のぞく水面は解読不能の文字の羅列でしかない。

清白の筆跡は正統的な筆遣いに則ったものであるが、大変に癖のつよいものでもある。日常の物事の片付け方につねに気合のようなものがあり、それは字画にまで沿って走っていると思えた。

評伝の掲載を予定した雑誌の編集部の仲立ちで、私は古文書学の権威、故北小路健氏をお訪ねし、解読の指導を仰ぐことになった。先生は文書としての貴重さをいつもくり返された。だが、いわゆる古文書とは性格がちがうということで、先生でさえも、すらすらと読めるものではなかった。私は許しを得てテープをまわしたが、思案投げ首の沈黙が挿入され、次第に愚痴のようなものがそこに混じることにもなった。

長い時間、評伝が実を結ばなかったのは、ひとえに清白日記のこの読みがたさにあった、というのはしかし、口実といわれてもしかたがない。

昭和六十年来、私はじつはもう少し微妙な心理の中に傾いていた。なまなかなことでは読みえない日記であるにもかかわらず、その複写されたものを傍らに置いて生活をつづけるうちに私は、清白の生とのあいだに、基底における同調のようなものを感じはじめたのである。それはまず、あの「詩を廃すること」にかんしてであったが、次第にそれとはまたちがった意味合いになっていった。清白から伝播したのはからりとした逸脱といおうか、私はごく自然に、詩人たちのいる場所から逸れていく自分を感じた。

永年の漂泊をへて鳥羽小浜に至る清白の生が、中央詩壇からの流離や隔離を本質とすること、そこに同調を感じるとは、これは評伝執筆者としても危険なことだった。案の定、というべきか、伊良子正さんに曳田へ案内され、その書斎で『孔雀船』を手に取った昭和六十年三月から、いたずらに十八年余りが経ってしまった。あの日、詩集のページをめくっては返す私を見つめたときのように、正さんは私が日記に真向う様子を、辛抱づよく見守っているようだった。

ところで、伊良子正さんはあの日から一年もしないうちに、詩人となった。昭和六十一年三月、書き下ろしで詩集を刊行して周囲を驚かせたのである。伊良子清白という主題を憎悪愛ともいえる強度で抱えつづけてきたからというように、詩集には現代の詩への愛憎が漲っていた。正さんはその後、清白に対して畏敬のこもった復讐をするかのように、続々と詩集を刊行して五冊に及んでいる。その特異な散文体のうちに、正さんが育った鳥羽小浜時代の清白があらわれるのを、私は幸いとした。

これを書きながら、その最初の詩集『十二月の蟬』をぱらぱらとめくっていて、「三月二十八日」という文字が目にとまった。「一冊の詩集」と題された散文詩の中に、散逸をまぬがれた『孔雀船』を手に取る「若い詩人」の姿が書き込まれていた。訪ねて来た「寡黙な若い詩人」は詩集を手にして、不機嫌にルビの誤植を指摘した、と書かれている。不機嫌であった覚えはないが、忘れかけていた一日が目の前になった。

長い時間をへだてて二人の詩人が親近しているとか、出合っているとかいったことではない、とその詩の語り手は語り、ゆくりなくも現出したわが書斎における風景そのものをいっているのだ、と畳み掛けている。それによれば、「若い詩人」が不機嫌にルビの誤植を指摘したとき、「置換のきかない緊張が風景を固定」したという。「凝縮も拡散もしない原寸大のこの風景に、背筋を走る戦慄を覚えて」、書斎の主は窓の外へ思わず目を逸らしたという。黄砂に汚れた城下町を、スーパーの売出しやアイドル公演の宣伝カーがなりたてていて、その景色が、彼の戦慄を消した、という。

その三十二——胆を奪ふ

清白が実験の意志のもとに成した叙事詩の例としては、明治三十三年十二月発表の「南の家北の家」(「華燭賦」をふくむ)とともに、三十四年一月の「駿馬問答」が挙げられる。「華燭賦」をロココの優美とすれば、こちらはバロックの雄麗ともいえる。

駿馬として誉れ高い馬の飼い主に、城主から献上を迫る使者が送られる。詩は、使者と馬主との交互の口上という簡素な仕組である。だが、文字面は綺語のきらめきにみちた。

月毛《つきげ》なり連銭《れんぜん》なり
丈《たけ》三寸《ずん》年《とし》五歳《さい》
天上《てんじやう》二十八宿《しゆく》の連銭《れんぜん》
須弥《しゆみ》三十二相《さう》の月毛《つきげ》
青龍《せいりゆう》の前脚《まへあし》
白虎《びやくこ》の後脚《うしろあし》

忠《ちゆう》を踏《ふ》むか義《ぎ》を踏《ふ》むか
諸蹄《もろひづめ》の薄墨色《うすゞみいろ》
落花《らくわ》の雪《ゆき》か飛雪《ひせつ》の花《はな》か
生《はえ》つきの真白栲《ましろたへ》
竹《たけ》を剝《は》ぎて天《てん》を指《さ》す両《りやう》の耳《みゝ》のそよぎ
鈴《すゞ》を懸《か》けて地《ち》に向《むか》ふ双《さう》の目《め》のうるほひ
挙《あが》れる筋《すぢ》怒《いか》れる肉《しゝ》
銀河《ぎんが》を倒《さかしま》にして膝《ひざ》に及《およ》ぶ鬣《たてがみ》
白雲《はくうん》を束《つか》ねて草《くさ》を曳《ひ》く尾《を》

この馬は、めずらしくも月毛で連銭だという。使者の詞は一頭の馬を讃えつつ詩的楚辞を最大級に尽そうとしている。一頭の中に、龍、虎、花、雪、白栲、竹、鈴、そして銀河や白雲があらわれる。「銀河《ぎんが》を倒《さかしま》にして膝《ひざ》に及《およ》ぶ鬣《たてがみ》」のところに「山崩海立の快文字」がくっきりと浮んでくるようだ。新体詩におけるマニエリスムといえるほどのものが見える。

御馬《おんうま》の具《ぐ》は何々《なに〱》
水干鞍《すゐかんくら》の金覆輪《きんぷくりん》
梅《うめ》と桜《さくら》の螺鈿《かながひ》は
御庭《おには》の春《はる》の景色《けしき》なり
韉《あをり》の縫物《ぬひもの》は

飛鳥《ひてう》の孔雀《くじやく》七宝《はう》の縁飾《へりかざり》
雲龍《うんりゆう》の大履脊《おほなめ》
紗《きぬ》の鞍帊《くらおほひ》
さて蘇芳染《すほうぞめ》の手綱《たづな》とは
人車記《じんしやき》の故実《こじつ》に出《い》で
鉄地《かなぢ》の鐙《あぶみ》は
一葉《えふ》の船《ふね》を形容《かたどつ》たり

詩篇の後ろには、「この篇《へん》『飾馬考《かざりうまかんがへ》』『驊騮全書《くわりうぜんしよ》』『武器考証《ぶきかうしよう》』『馬術全書《ばじゆつぜんしよ》』『鞍鐙之弁《くらあぶみのべん》』『春日《かすが》神馬《しんば》絵図《ゑづ》及解《およびげ》』『太平記《たいへいき》』及《およ》び巣林子《さうりんし》の諸作《しよさく》に憑《よ》る所《ところ》多《おほ》し敢《あへ》て出所《しゆつしよ》を明《あきらか》にす」とある。

よく見れば、右に詩集名となる「孔雀」と「船」とが暗号のように嵌め込まれている。鞍の下に垂らした韉には、飛ぶ孔雀が縫いつけられ、足を入れる鐙のかたちは、一葉の船につくられているのである。ただし、ここには暗喩も仕掛けも読みとることはできない。ただに言葉の過剰の結果である。

清白の詩的青春は、日清戦争と日露戦争とのふたつの戦争の谷間にぴたりとかさなった。「駿馬問答」の主の語りの部分のみせる半ば儒教的かつ半ば日本主義的な秩序と価値への意識は、よくも悪くも、この時期の日本人の「日本的なるもの」についての意識の限界を露わにしているかもしれない。

しかし、それは必ずしもイデオロギッシュな意識というのではない。この時期、清白が求めた「山崩海立の快文字」あるいは「叙事詩の雄篇」という夢想は、時代の詩の奥深いところからの欲求でもあったが、滞りなく流れ出て形をとれるほどには、その欲求の通路や出口をもたなかったからである。

だが、清白の叙事詩的実験には、古いともあたらしいともいえる性格があった。同じ意味で、「駿馬問答」の、これは最終の主の語りの部分の、歌い出すような五行もまた、あたらしいともいえず古いともいえない奇態なものであった。

道々《みち〱》引《ひ》くや四季《しき》縄《なは》の
春《はる》は御空《みそら》の雲雀毛《ひばりげ》
夏《なつ》は垣《かき》ほの卯花鴾毛《うのはなつきげ》
秋《あき》は落葉《おちば》の栗毛《くりげ》
冬《ふゆ》は折《を》れ伏《ふ》す蘆毛《あしげ》積《つも》る雪毛《ゆきげ》

叙事詩、史詩、譚詩の試みは、詩の本流と連なることはなかった。「文庫」派の殉情詩人たちの中では、高踏的な非情はまったくの例外で、むしろまず遠ざけられた方法だった。「駿馬問答」が発表されてすぐあとの「文庫」明治三十四年二月一日の号には、匿名の「三寸舌」欄に「すゞしろのや〈駿馬問答〉此君ルビをきらふこと甚しかりき、今は要なき処に用ひて人の胆を奪ふ怪しからずや」との戯評が出た。「南の家北の家」「駿馬問答」とつづいた清白の暴れぶりに、横瀬夜雨もまた「僕は南北の家それ程わろく思はねど〈駿馬問答〉はどこまでも反対なり」と反応した。

その三十三 ――『日本風景論』

明治三十四年一月に、日本赤十字社病院を辞した。検疫医としての本務と横浜慈恵病院勤務とを兼ねた生活に入ろうとしていた。それは九月までつづく。

四月三日、上野韻松亭で恒例となった春期松風会に出席した。「文庫」関係の懇親会で、七十九名の詩人、歌人、俳人、小説家などが集まった。

十月から十二月までは、北里伝染病研究所で講義を受けた。細菌学と衛生学は生涯の専攻テーマとなる。

明治三十五年三月、横浜海港検疫所は廃止されて、彼はその任を解かれた。四月からは内国生命保険会社の正規の診査医となった。月俸は四拾円。併せて四月から九月まで、独逸協会学校独逸語専修科へ籍をおいて、あらためてドイツ語の勉強をはじめた。すでに清白は、明治二十八年に創刊された雑誌「もしほ草紙」に、ドイツの詩人ルートヴィヒ・ウーラントの長篇詩を「盾持ちローランド」として訳載し、また「ウーランド」と題する長文の解説的評論を発表していた。また、森鷗外への崇敬が拍車をかけ、医学と文学との二つながらの追究が、ドイツ留学を熱望させた。清白はハイネやシラー、ウーラントの翻訳に取り組み、その成果は、明治三十六年と三十九年に「文庫」に発表された多くの訳詩にあらわれた。

だが、鷗外に比べるまでもなく、清白は貧しい医師だった。検疫医員という仕事、生命保険会社の診査医という仕事は、開業医の位置からも学問の場所からも遠かった。

明治三十五年六月十三日から八月五日にかけて、清白は東北地方へ長い旅に出た。「文庫」にあらわれた手紙や日記形式の文章によれば、その旅程は福島、米沢、山形、大石田を経由し、最上川を下って清川、そこから庄内平野に出て、鶴岡、酒田などを拠点に保険診査の仕事をして廻る、というものであった。「言語のわからぬには職務上大きに閉口いたし居候」など、庄内平野での一カ月半近くの滞在の消息は比較的細やかに、小島烏水はじめ「文庫」の人々へ伝えられてきた。

地方廻りの診査医という、保険への勧誘も兼ねた仕事を当時の清白がどう考えていたかは、よく分らない。ただ、帰京した八月、彼は依願してその職を辞し、九月には東京外国語学校本科独逸語学科に入学した。ここで清白は武内大造教授に師事し、レクラムの十銭本と呼ばれた文庫でグリム童話を教わった。古典を好んだ武内大造は、グリムをドイツ語の本流、メールヘンをドイツ精神の根源として、清白のことばでいえば、宝物拝観といった格好でためつすかしつ上から下から右から左から丁寧親切に教授した。

八月にいったんは辞しながら、十月に、ふたたび内国生命の診査医の辞令を受けた。今度は嘱託として、「診査一名ニ付壱円ノ手当ヲ給ス」というものであった。

明治三十五年九月、「しがらみ草紙」と「めさまし草」に掲げられてきて前年に完結をみたアンデルセン作、森鷗外訳『即興詩人』が、長原止水の装幀で刊行された。清白がこれをいつ入手したかは分らない。しかしそれは、やがて生涯の愛読書となる。くり返される旅のように、ページは翻されることになる。

この十月、かねて論文を提出していた京都医学校から「医学得業士」の称号を許された。十月三十一日、「征北移文」という文章に記すことになる信越地方への十日ほどの旅に出たが、これも診査医としての仕事が要請したものであった。しかし、彼の目は地勢や風光に凝らされ、半ば以上は詩文を書こうとする者の目となった。奇妙な旅人というべきだろう。

小島烏水といえば日本アルピニズム草創の人であり、日本の山岳文学の泰斗となった人である。清白より四年年長であった烏水は、二十五年に横浜商業学校を卒業後、二十九年、横浜正金銀行に入社した。兼職として投稿雑誌「文庫」の記者となったのは、三十一年のことである。幼少のころから萌していた烏水の山岳熱は、明治二十七年十月に刊行され、翌年彼の手に落ちた志賀重昂の書『日本風景論』によって急速に昂まった。

日清戦争勃発直後に発行の日付をもつ志賀の本は、日本の近代登山史を画する「名著」とされる。それまでのいわゆる御雇い外国人による日本アルプスの登頂時代が、この本の爆発的普及によって終り、日本人自身による高山挑戦の時代へと移ったという意味もある。

明治の初めまで、山は概ね文人墨客による嘆賞の対象であった。山に憑かれた人間は古来あとを絶たなかったが、それは深山幽谷の畏れへの例外的な侵犯としてであって、深い意味でのスポーツとして、社会的に意識化されることはなかった。イギリス人ウェストンらの日本アルプス登山は、自然に対する意識的なはたらきかけとしての登山の概念を日本に持ち込んだ。『日本風景論』は、そのような登山意識の根づきを背景に、日本の地形に対する近代科学的な認識と、雄渾な美文調による国粋主義的な感情の刺激とを、当時の多くの青年たちに与えた。青年たちは「日本三景」式の古風な自然観を払いのけ、この特異な地学書を聖典として、日本の自然のもつ、意識されなかった微細と雄壮とにめざめていった。

『日本風景論』によって槍ケ岳に目をひらかれた烏水はやがて、三千五百メートルが槍のように尖っている幻に、日夜苦しむようになった。そしてさまざまの情報に登路を探ったあとの明治三十五年八月、とうとう槍ヶ岳登頂を為し遂げた。彼の大作「鎗ヶ岳探険記」が「文庫」に連載されたのは明治三十六年のことである。

清白は、烏水の快挙のすぐあとである明治三十五年十月末から、十日ほどの信越旅行に出た。同年十二月の「文庫」に掲載された「征北移文」は、その旅先から信頼する親しい友人に宛てられた書簡であり、日本列島の中央の地形に詩的な精神と視線をもって挑んだものであり、かつそれに求めて、山博士烏水からの評や相槌や半畳を、文章中の要所要所にパーレンで挿入させたものである。「征北移文」のころの烏水は、槍ヶ岳登頂を果した興奮とそれを紀行文へと定着する作業のさなかにあったと見られる。

清白もまた、当時の青年たちに共有の感覚的地盤として『日本風景論』を手にしていたが、この烏水をとおして、より直截に山岳熱を帯びていった。だが、それは登山熱というよりも、詩的地理学熱というようなものであった。彼もまた、列島の隆起褶曲、そして噴火の幻に日夜苦しむようになった。

その三十四――秋和まで

明治三十五年の秋十月の晦日、清白は診査医の旅に出た。しかし、汽車に乗るときは風韻の旅人の心、そしてやや気負った自然観察者の目となっていて、「征北移文」が詳細を伝えた。

赤城、榛名、妙義と車窓から観察し、碓氷峠を過ぎていった。妙義山には「小刀細工の痕歴々、どことなく厭味あり」と反応し、烏水の反駁を買った。浅間山には「天日蕭条として運行するさま、死せる月界の平原を思ひ出し候」と呟いた。ここにも清白の「月」があらわれた。月蝕を見た経験が残っているともいえるし、地学や天文学に親しい者の視線もある。月はここで嶮しい。清白の詩の中の「月光」には、嶮しさがいつも背後に沈められていた。

山博士小島烏水という絶好の相手を得ているせいか、清白の地形観察は美文調の候文に昂ってやまず、このあと、長野、直江津、鉢崎《はっさき》、柏崎、鯨波、佐渡、信濃平野、弥彦山一帯、新津、沼《ぬっ》垂《たり》とつづき、信濃川の広い河口に至った。

駅に下りれば席を温かくする間もないような保険診査医の奔走の連続である。旅人となるのはもっぱら車窓においてだった。見えるのが山ならば山博士に胸を借りるような記述となり、海ならば、いささか説くような調子が出た。

十一月四日の手紙はこの辺で終った。二通目の「征北移文」は「十一月八日　信州にて」と添えられたもので、こちらは口語体で書かれた。人里を精緻に描くのは口語体のほうがふさわしい、という判断でもありそうである。烏水は次のようにはじまる条りを評して「芭蕉再生して言文一致を試むるとも、おそらくはこの以上に出づる能はじ」と褒めた。

併し上田で下りて秋暁君を秋和の里に訪ねる積りなので、此日は朝方から時雨模様で寒気も相応だ、高田、新井と急な勾配を登つて行くと、今太陽が嬉しさうに雲を破つて、雨に濡れた山々を照らす。北海の天気は実に奇妙で、何時の間にか青空に成つて仕舞つて、絵にかいたやうな海が深碧に澄み渡つて居る。佐渡は雨が降つた後の光線の反射で鮮かに見える。愛らしい能登の岬が小さな手を出して居る。米山の尖つた帽子は薄茶を帯びて居る。荒川の両岸に碁布する中頸城の村落は、圧し潰されたやうに低く成つて眼の下に見える。黄ばんだ秋の草の野は朝日を受けて美しく輝いた。関山に来るともう山間の寒駅で、円陀々たる茶臼山が横臥した麓に並木道がある。其道を緒にして数珠繋ぎに家があるのだ。家のとぎれた所に茶店があつて、白菊の垣根に鶏が求食つて居る。二十恰好の若い妻が針仕事をしながら旅人と話をして居る。道を行く人を見ると、一番先きに麻の黒衣を着た僧、二番目が塩俵を背負ツた馬を牽く男、三番が袴を穿つて古い中折を被つた役場の書記といつた人、両脇の樹立は黒く寂びた松で、真紅な蔦紅葉が匍ひ上つて居る。水車が廻つて居るのだらうガタリ〳〵と音がする。たちまち学校通ひの腕白が石盤を抱へて走つて行つた。

移りながら、清白は秋和の滝沢秋暁に便りをした。出発前夜に葉書で旅程を知らせたのを、さらに追いかけたものだった。旅程とともに、「ここまで参りてお伺ひせざるもいかゞ、且は今度何時都合よき時機到来するやも難計致につき是非御訪問申度と存候」と願いあげた。

実際に清白が上田に下りたのは十一月七日だった。桑畠を何里という間通り過ぎて、午後二時前に上田で下り、秋暁に迎えられた。久しぶりに再会した二人は上田城の城跡を訪ねた。そこが秋暁の家のある秋和へと向う通り道でもあった。

「征北移文」は城跡を次のように語っている。

千曲川の河道が変化したことは著しいもので、以前は此城の櫓下に流れてゐた河流が何時のまにか南にいざつて、今では彼是十町も隔つて居る。石垣の下に竜も棲むべき深潭が湛へて居たといふのは三百年前の夢で、名残の蘆が一叢二叢ざわついて居るばかりだ。桑摘む少女の歌が昔の水底から響いて来る日は、櫓のあたりを彷徨ふ城の精はどんなに泣くであらう。

「何といふ静かな国だらう」と溜息をつかせる土地に辿りついて、清白はようやく夢想の中に旅の疲れを癒した。

巨きな城跡に、どのくらい語らい歩いていたか。城郭の北西の外濠にかかる高橋という橋を二人は渡ったはずである。日は暮れかかった。渡ったところに米万と呼ばれた造り酒屋の酒倉が、私の訪ねた昭和の終りにも形ばかり残されていた。秋和はそこからほんの少しの歩きで足りる、蚕を飼う一帯である。

「征北移文」は「秋暁君に詩が出来た」として、城の荒廃を歌った彼の篇を引いて終った。旅装を解いた清白は「文庫」の十二月十五日の号に、「霜柱」の題の下、三篇の詩を発表した。うち一篇が、おそらくかたみに詩作して見せあったのだろう「秋和の里」で、末尾には「(秋暁に贈る)」と付されていた。

月《つき》に沈《しづ》める白菊《しらぎく》の
秋冷《あきすさ》まじき影《かげ》を見《み》て
千曲《ちくま》少女《をとめ》のたましひの
ぬけかいでたるこゝちせる

佐久《さく》の平《たひら》の片《かた》ほとり
あきわの里《さと》に霜《しも》やおく
酒《さけ》うる家《いへ》のさゞめきに

まじる夕《ゆふべ》の鴈《かり》の声《こゑ》

蓼科山《たでしなやま》の彼方《かなた》にぞ
年経《としふ》るおろち棲《す》むといへ
月《つき》はろ〳〵とうかびいで
八谷《やたに》の奥《おく》も照《て》らすかな

旅路《たびぢ》はるけくさまよへば
破《や》れし衣《ころも》の寒《さむ》けきに
こよひ朗《ほが》らのそらにして
いとゞし心痛《こゝろいた》むかな

静まりと閃きとをともにもったこの月の光は、二年前、壮大な失敗作に終りかねなかった「南の家北の家」の試みの中から、「華燭賦」の月光を切り出してくれた秋暁の批評への、長い旅をへての、詩人からのつつましい返礼のようにも読める。

その三十五 —— 愚鈍者

「文庫」明治三十六年一月の号に「山岳雑詩」と題して出された「陰の巻」「山頂」「浅間の烟」

の三篇も、十二月発表の「秋和の里」につづいて、明らかに旅の土産だった。そしてまた、明治三十三年七月に横浜に移り住んでから、いよいよ身近に烏水からもたらされた山岳幻想の産物でもあった。

この「山岳雑詩」組詩には小さな献辞がつけられていて、

行者烏水は山博士
都出づれば秋風の
信飛の境に雪を啣み
水晶の骨齎らしぬ

即ち彼の手に編める
年のはじめの此巻よ
興獲て玆に題は成る
卓上の山高からず

とある。三篇のうち「陰の巻」が、のち改題されて『孔雀船』に入る「鬼の語」である。

顔蒼白《かほあをじろ》き若者《わかもの》に
秘《ひそ》める不思議《ふしぎ》きかばやと
村人《むらびと》数多《あまた》来《きた》れども

彼《かれ》はさびしく笑《わら》ふのみ

前《きそ》の日《ひ》村《むら》を立出《たちい》でゝ
仙者《せんじや》が嶽《たけ》に登《のぼ》りしが
恐怖《おそれ》を抱《いだ》くものゝごと
山《やま》の景色《けしき》を語《かた》らはず

伝《つた》へ聞《き》くらく此河《このかは》の
きはまる所滝《ところたき》ありて
其《そ》れより奥《おく》に入《い》るものは
必《かなら》ず山《やま》の祟《たゝり》あり

蝦蟆《がま》気《き》を吹《ふ》いて立曇《たちくも》る
篠竹原《しのだけはら》を分《わ》け行《ゆ》けば
冷《ひ》えし掌《てのひら》あらはれて
項《うなじ》に顔《かほ》に触《ふ》るゝとぞ

陽炎《かげろふ》高《たか》さ二万尺《まんじやく》
黄《き》山赤山黒山《やまあかやまくろやま》の
剣《けん》を植《う》ゑたる頂《いたゞき》に

秘密《ひみつ》の主《ぬし》は宿《やど》るなり

盆《ぼに》の一日《ひとひ》は暮《く》れはてゝ
淋《さび》しき雨《あめ》と成《な》りにけり
怪《け》しく光《ひか》りし若者《わかもの》の
眼《まなこ》の色《いろ》は冴《さ》え行《ゆ》きぬ

劉邦未《りうはういま》だ若《わか》うして
谷路《たにぢ》の底《そこ》に蛇《じや》を斬《き》りつ
而《しか》うして彼《か》れ漢王《かんわう》の
位《くらゐ》をつひに贏《か》ち獲《え》たり

この子《こ》も非凡山《ひぼんやま》の気《け》に
中《あ》たりて床《とこ》に隠《こも》れども
禁《きん》を守《まも》りて愚鈍者《ぐどんじや》に
鬼《おに》の語《ことば》を語《かた》らはず

山岳への近づきが清白に吹き込んだ怪異の息吹きは、かくも清新だった。

「鬼の語」は、神秘の言語を平明な言葉に語る。怪異そのものを語るのでなく、怪異を身に浴びたと噂される一人の若者を、その蒼白い表情や寂しい笑い、怪しく冴える眼の色などをとらえて語るのである。間接性がかえって、背後の怪異を読む者に伝える。小さな魂が海辺の大自然と交響する名篇「安乗の稚児」に通う構造とともに、語りの技巧は卓越していて、ひとつの神話を生み出している。

清白がこの佳篇を得たのは、前の年の上信越の旅からだけではなかった。父のいる紀伊の国に帰省をつづける中で彼は、すでに日本の山水窟の神秘に「項《うなじ》」や「顔《かほ》」を触られていた。だから、海と山との攻めあうようなこの国の地形への本能的な共鳴から、その襞に住む者たちの住みかたを直接につかんでいた。彼らの住みかたの中にこそ、鬼の棲むことをつかんでいた。

山の生活者たちと詩人との距離が前提になっている。清白の語りは、旅人の目の、後ろへ引いた客観を保持したままでいる。明治期のこの種の詩の多くが陥ってしまう朦朧や湿潤の文体から清白の作が隔絶するのは、旅人の目に維持された客観に主たる因があった。

山の生活に対するその場限りの同情や思い入れと、清白は無縁である。むしろ反対に、「村人《むらびと》数多《あまた》」を「愚鈍者《ぐどんじや》」と呼ぶことを憚りもしない。こんなところに「非凡」が、すなわち「鬼」があらわれた。なぜならば清白にとって、鬼とはただの怪異ではなく、ある名づけえぬ高さだったからである。

「顔蒼白《かほあをじろ》き若者《わかもの》」は、村の「愚鈍者」たちから「鬼《おに》の語《ことば》」をへだてる。綺語はなく、ここでは平明な語りが「鬼の語」を隠そうとしている。それによってこそ、「鬼の語」はその名づけえぬ高さをあらわした。

清白はその「語《ことば》」を「詩」の高さとして直覚していた。そして、「愚鈍者」という呼びかたの中に、確かにおのれの生の辛酸を、一瞬の力で込めたのだった。

明治三十六年の一月から三月までに、「鬼の語」「花売」「旅行く人に」など重要な作を次々と発表した清白は、四月からはシラー、ハイネ、ウーラントなどドイツ語の詩を翻訳する作業に没頭した。十一月の発表までに、二十六篇を数えた。

横浜市戸部町から神田三崎町に住居を移し、ひきつづき東京外国語学校本科独逸語学科の学生でもあった。生活をつねに質素に切りつめていた彼は、内国生命保険会社の嘱託診査医として得た資のうちから、月々きまった額を、「文庫」の版元、内外出版協会の山縣悌三郎先生に預かってもらうことにしていた。先生はこれを出版事業の資金にまわし、ほかからの借入れの場合と同じように月一円五十銭の利息をつけてくれる条件だった。

三月二十七日、大阪へ博覧会見物に出る途次の夜雨は、神田に清白を訪れようとして三崎座への曲り角で、外国語学校の制帽を冠った相変らずいかめしい顔に出会った。

清白にとって、この三崎町時代の生活がもっとも自分の夢に近づいていた。念願のドイツ語学習を果せる東京外語も、そこで詩作や訳詩を自由に発表できる「文庫」の編集局も、住いに近く同じ神田区にあった。「文庫」に出した訳詩への評価も高く、ある匿名時評では「詩壇近来の神品」「楚々として原作の神韻を伝へて殆ど一句双語も洋臭を帯びてゐない」「君の学殖亦与つて力あるもので、先づ現今鷗外を除いては匹敵するものはなからう」「柔いうちにも勁い処がありて、句々にたるみが無い」「一頭を抜いて居る」と絶讃に近かった。なにより、崇敬する鷗外の名を引合いに出されたことが嬉しかったはずである。

清白の幸福のはじまりを破ったのは、父窮す、の報である。青年の手ひどい幻滅は、「和歌山県古座及和歌山一件の記録」という覚え書に残された。それによれば、三木里浦の負債は計千四十円、木本町の負債は百八十円、古座の負債は計三千二百六十五円、藤木薬店への借財は計四百三十円、和歌山市にての借財は計二百六十五円、総計五千百八十円にのぼった。

山縣先生の許に積った額は、七百五十円に達しようとしていた。和歌山市へ父を移転させ開業させようと、うち三百円を引き下ろし、古座に送金したのはついこの夏のことだった。酸苦をへて、流浪の境遇からようやくに、一家を建てなおせるところまで漕ぎつけたかに思えていた。三十三年一月の上京以来、彼は厳しい節約のうちにこの計画を地道に遂行してきた。

ところが、和歌山市に家が決ったというのに、開業の朗報は秋が深まっても息子の許に届かなかった。そこに、むしろ破綻の報が来た。父は借金の事情で古座を離れることができないでいる、と分った。窮地を救わなければならない。

島本久恵はそこからの清白の離京を、「根は短気の彼のことで、鳥が立つように下宿を引払い、友達へはちょっと行って来るとばかりで、独り一途に西に向って汽車に乗りました」と描いている。しかし、翌三十七年一月一日の「文庫」誌上に発表された長大な詩「海の声山の声」をつぶさに読みすすめる者は、伊勢志摩の海と山、さらには伊賀の山中という、東京と紀州とのあいだに漂う旅人の歩みを深々と読むことになる。

ほんとうに父の許へ急行したのか、あるいはいったん急行したあとの保険医の出張仕事によるめぐりなのか、秋から冬へ、志摩から伊賀へ、この旅は意外にも長い時空をもっている。

その三十七――月日の破壊

この長篇詩「海の声山の声」は「序歌」二章、「上の巻」二章、「下の巻」二章で成り、全体で七百五十行に及ぶ。「上の巻」は熊野灘を望む海辺の景色、とくに先志摩の入り組んだ湾の地形を中心に歌った。「下の巻」は松阪、相可《おうか》と過ぎて宮川の流れを大台ヶ原へ溯る深い山路を歌った。このうち「上の巻」の一だけが、末尾を改稿され「海の声」と名づけなおされて、詩集『孔雀船』に収められることになる。

「序歌」には都落ちのこころが露わで、

もとより家は埴生《はにふ》にて
名もなき賤の物狂《ものぐるひ》
破《や》れたる窓にうづくまり
破れたる歌の作者なり

という自棄をみせた。家の破れと歌の破れがかさねられた。また「序歌の二」はこの長篇が小島烏水の結婚祝いに捧げられていることを明らかにする。

山の博士《はかせ》と渾名して

行者《ぎやうじや》となのる君なれば
とにもかくにもこの歌の
山の条《くだり》をよみたまへ

山への導き手に返礼をするように、こんどはみずからの負う地勢として紀伊の山塊を友に示した。しかし、新妻を娶って都会にあたらしい家を構える銀行家烏水と、父の借金を片づけようと難路を行くいまの清白を対照させようともした。

花の和子《わくご》を娶る夜は
君も美少に若がへれ
若がへるともわが歌を
老いしれたりといふ勿れ

こは酔興ぞ旅に病み
われは枯れたる老なれば
せめては人の物笑ひ
さびしきひげをほこらんか

「さびしきひげ」を誇らんとする、このとき清白は二十六歳である。
「序歌の二」などによれば、まず「山の声」である「下の巻」が書かれ、つづいて海の人清白の本領を抜《ひら》くものとしての「海の声」が、雪ごもりの伊賀の旅路で加わって全体が成立した。

父の事態は危急を告げていた。しかし、だからといって、今日の旅のような素早さで古座へと向えたわけではない。当時汽車の便は津、松阪をへて多気まで、そこからは馬や船や歩きであった。そのためばかりか、彼は迂路をとった可能性さえある。「海の声」は次のようにゆるやかにはじまる。

いさゝむら竹打戦《たけうちそよ》ぐ
丘《をか》の径《こみち》の果《はて》にして
くねり可笑《をか》しくつら〱に
しげるいそべの磯馴松《そなれまつ》

ここからひろがるのは、広くは志摩半島の隆起海蝕台地であり、狭くは溺れ谷が樹枝状に入り組む英虞《あご》湾南側の先志摩半島である。

御座《ござ》の湾西《いりうみにし》の方《かた》
和具《わぐ》の細門《ほそど》に船泛《ふねう》けて
布施田《ふせだ》の里《さと》や青波《あをなみ》の
潮《うしほ》を渡《わた》る蜑《あま》の児等《こら》

「海の声」は、英虞湾から紀路をはるかに熊野へととる旅人の眼差しとともにあった。だが、その全篇を書きあげたのは雪の伊賀の山中であった。これらのはるかな景色をゆるやかな波のリズムで歌いながら、背中ではきりきりと、紀州での家の大事が見据えられていた。

見《み》ずやとも辺《べ》に越賀《こが》の松《まつ》
見《み》ずやへさきに青《あを》の峰《みね》
ゆたのたゆたのたゆたひに
潮《しほ》の和《なご》みぞはかられぬ

和《なご》みは潮《しほ》のそれのみか
日《ひ》は麗《うら》らかに志摩《しま》の国《くに》
空《そら》に黄金《こがね》や集《つど》ふらん
風《かぜ》は長閑《のどか》に英虞《あご》の山《やま》
花《はな》や郡《こほり》をよぎるらん

明らかに清白は、熊野灘を南にした先志摩のリアス式海岸と、さらに広く太平洋を見晴るかす多気から大台ケ原へつたう雄大な峯とを歌いに来ている。もちろん、それは家の大事に呼ばれた勢いであるほかはない。しかし、長大な詩篇をつらぬく悠揚とした視線と野太い声とに従ってこの大きな光景を眺めわたしていくならば、私たちはいかに清白が、海と山とをひとつかみに摑む握力にすぐれた詩人であったかをゆっくりと理解できるのである。この七五調の、しかし清白にはめずらしい理に詰めない自然体の歌いぶりは、彼の詩の祖型とも土台ともいうべき地形を、言葉の塊りとして紙の上に打ちひろげた。
海山を見る目は、ひとたびそれをもちえた人において、生涯変ることはない。二十年ののち、定住を決めるのが同じ志摩半島の海のほとりである。その家からも、この詩と同じ質の光が見えたものであろう。

白《しら》ら松原《まつばら》小貝浜《こがひばま》
泊《は》つるや小舟《をぶね》船越《ふなごし》の
昔《むかし》は汐《しほ》も通《かよ》ひけん
これや月日《つきひ》の破壊《はゑ》ならじ

この洋々たる叙景は、次の四行の中に、みずからの生の根元の揺らぎなど隠しきって終った。見事に、というべきだろう。

今細雲《いまほそぐも》の曳《ひ》き渡《わた》し
紀路《きぢ》は遥《はる》けし三熊野《みくまの》や
白木綿《しらゆふ》咲《さ》ける海岸《うみぎし》に
落《お》つると見《み》ゆる夕日《ゆふひ》かな

父の苦況が差し迫ったものであったとき、その地へ向わないでいられる理由には、金銭のことが第一であるほかはない。しかし、彼の務めが旅ながらのものであったときはじめて、熊野灘を南に望む海浜とその背後の山間を、七百行をもこえて歌う奇妙な猶予が与えられた。清白の旅は、ここで、生計の旅と風雅の旅とで綯《な》いあわされたまま、分裂している。

「下の巻」で山に入ると、詩句はとたんに冷え冷えとした気をたたえ、寂寥感を濃くしてくる。

鉾杉立てる宮川《みやがは》の
源近く分け入れば
昨日の夢のわだつみは
八重立つ雲にきえにけり

草分衣霜白く
故郷こふる旅人が
枕に通ふ山の声
海の声とやきこゆらん

高みへ登りゆく詩行は嶮岨と怪異を過ぎて頂に至り、八方の峰と四界の雲とを眺めながら、蹠《あしうら》に「名も恋も」「快楽も酔も」捨てて立つ、ということで終った。

この「下の巻」すなわち「山の声」が、『孔雀船』に収められなかった理由は、長短の均衡のほかにいくつか考えられる。ひとつは、宮川沿いの山間の一帯が、故郷曳田の千代川の流域によく似ていたということである。「下の巻」の山間の流れの寂寥は、やがて「漂泊」という一篇に洗練されることになる。山の生活なら、「華燭賦」も「鬼の語」もある。清白は山が勝ち過ぎて

「漂泊」が際立たぬのを嫌ったのかもしれない。

付け加えれば、紀伊山地に発し伊勢湾にそそぐ宮川は、昭和二十年七月、鳥羽小浜から疎開して住むことになる三重県度会《わたらい》郡七保村にも流れた。昭和二十一年一月十日、この山あいの川のほとりに清白は、六十八歳で終焉を迎える。

その三十八――幻想

明治三十六年十二月二十五日に、清白は古座から和歌山市に着いた。経緯はともあれ、そこから父とともに、過去の清算といま一度の開業のための、文字通りの南船北馬の日々を過しはじめた。山が海に迫るこの地方では移動も輸送も、交通は船であった。

明治三十七年二月十六日、一家はようやく移転することを得た。工事修繕の費用、器械薬品の代価、披露の宴会費で、清白が東京より送った三百円はまったく消費し尽されていた。こんどの医院は三月二日落成、五日ようやく開業した。抑留、密偵、強奪、虚言、いやしき男など、不穏なことばの混じるてんてこ舞いがつづいたとされるが、これらの綿密な記録において清白は、怒りを抑えきろうとするように冷静だった。借金の始末のあいだにも、また憮然として借金をかさねた。岡田政治の浪費癖にはやはり尋常でないところがあり、かくなる事態に及んでなお、僮僕下婢を置き、広告を配布しようとした。

家が一応の落着きをみせたころ、五月十五日の「文庫」に、一月の「海の声山の声」以来、久しぶりに清白の名が出た。「播磨だより」と題されていた。「雨に晴れに、熱情燃ゆるがごとき、暮春の天に候はずや」とはじまり、蕪村の「梅咲いて帯買ふ室の遊女哉」の句を引くなど風流な客遊を告げる通信である。だが、客遊といえるほどではなかった。この年一月、彼は内国生命保険の嘱託を辞し、二月には帝国生命保険の辞令を受けた。診査一名につき一円の手当てをもらっていた嘱託医から、四十五円の固定給がある正規の診査医へと転じることで、少しでも父の借財をきれいにしていこうと努めた。

「文庫」に詩を送るゆとりはなかった。せめてとしたためた四月十五日過ぎの右の便りには、数日後にはあわただしく和歌山に帰って、債権者との会談に臨まねばならぬことなど匂いもない。しかし、明治三十七年八月二十八日、私信で盟友酔茗に宛てて書かれたとき、内情があふれた。「殆んど半ケ年も御無沙汰いたし候　これは罪もとより小生に有之候得共　境遇のためいつもいつも発信のをりを失ひ遂に今日に及びたるに御座候」

居どころは伯耆の米子だった。故郷の因幡にも立ち越したいと思うが、近頃の心の悶えは一入だと弱音が書かれた。

かゝる価なき生活は或る罪悪をつくりつゝあるにひとしく候　旅といへば翁の所謂「茶の煙」にあこがれて　残月に夢の遠きをこそ辿るには是あるべけれ　人間の屑にひとしき極悪低下の男女を相手として臭色共にいたる談話応対に忙殺せらるゝ旅行の苦痛は恐らく知らぬ人の驚かるゝ所と存じ　小生は日夜一種の絞首台に坐せしめられつゝありといはゞ形容を獲たりと存じ申候　この荆叢毒芯の内にも美しき花の蕾なきやと　日夜趣味ある方に喘ぎ寄り申候　職業は授けられたるものに候へば　之をさくるは神の意志に背くものに候　ソレ故小生はいかにしてか心の安きを得んと苦しみ居候

東京は恋しく候「心の故郷」は彼処に有之候　なつかしき友は彼処に住ひ居候　わが趣味を満足せしむべきあらゆる設備は彼処に有之候　今はソレをすら思ふいとまなき身に候　旅より旅の風狂の子は病むともなし心衰へ居候

文庫に怠り居候は　さきにも申し上げ候通り心の衰へたる為めに候　若うして力無きは笑ふべききはみに候

川柳を募集するようになった「文庫」への危惧、そこに記者となり電報新聞社にも勤めるようになった酔茗へのご機嫌伺いなどは、末尾の体裁ばかりという苦衷の手紙である。

だが最後に、夢うつつの中のような、ひとつの恋を伝えた。

旧暦十六日の夜は月が冴えわたった。美作《みまさか》より伯耆の奥に越えて根雨の里に宿った。宿の少女は懐かしいまで心も姿も美しく、深山の気の、仮にここにあらわれたのではないか、と思い惑わされたことだった。橋の袂、森の蔭を二人で歩みながら、稀れなる幻想に耽りもした。この少女、ほんとうははした女なのだろうが、自分の久しい旅の月日のうち、稀れにもこのような気高い女性を見たことはない。これも心衰えたための愚かなる夢に過ぎないと思う。ただしそれは一夜のみ、いかにおしひろめるも一夜のことにすぎない。──

「価なき事に候」と話を収め、「この手紙は取り乱したるところもあり　見苦しき醜体もあり断然御やきすて下され度候　くるしめる　伊良子生」と結んだ。

島本久恵によればこの手紙の用紙は、「いつもしたような巻紙でも白紙でもなく、帝国生命保険株式会社大阪支店の刷り込みのある、おそらくは契約用紙にもなるのであろう十行の青刷り罫紙」だった。

明治三十七年の清白の足どりは、こうして、清白自身が残した父の借財にかんするメモ、河井酔茗宛の書状、「文庫」にあらわれた短い便り等によって、かろうじて辿ることができるだけである。おそらくは「文庫」の仲間たちにしても、漂泊する友人の仕事の中身を想像しながら、しかしついに想像しきれぬまま、彼の姿をだんだんに遠く見失っていったのであろう。

とはいえ、この年の清白の足どりの先が彼の「故郷なる因幡」であることには、なにか暗合めいたものさえ感じられる。五年前、明治三十二年における十四年ぶりの帰郷を思い合せてのことである。あのとき、青年清白は見えない未来の中に立ちつくしていた。しかしいまは、あの帰郷の中で決意した上京ののちに、医と詩とを共に立てるという理想にいっときは近づきながら、いつかまた転々と漂泊の旅に押し返されていた。その「価なき生活」は「心の故郷」と酔茗にむかって書いた東京を遠く離れて、もつれた足で倒れ込むように、ほんとうの故郷へと、出張のついでのような帰郷を果しつつあった。二度の帰郷はいずれも、清白にとって人生の危機といえるほどの「心の衰へ」の中で行なわれていた。

「播磨だより」から半年ぶりのことである。明治三十七年十一月三日の「文庫」は「開き封」欄に、これも短い便りの形式の「我が産声を挙げたる」があらわれた。「一週の後には、因幡の国に入るべく候、此国は、わが産声を挙げたる小さきなつかしき故郷のある所に御座候」とはじまり、景物に注がれる視線は、やはり母の墓の方へと向った。

山翠に水清き里にて、生垣めぐらしたる古き藁葺の、伊良子家あり、小学校教員某といふ人の、借家に相成居候。村の辻の里標のかたはらには、荒物鬻ぎ居る懐しき乳母も健在せり、小高き丘には、母上の御墓おはし候、いつとせ前に、熱き涙を流したる細路を、今年も又辿るべ

く候

近郷の伯父岡田謙造の家の人々との再会に、昔の面影の移りを嘆じたあと、筆はまたわが身の不如意の方へ走った。

あゝ懐しきは故郷に候、われは愚にして、志を成す能はず、何の面を以てか故郷の人を見ん、あゝ悲しきは故郷に候、懐しく悲しく実に定めなき我胸よ、兄よわが熱情のやるせなきを察したまへ。

二十歳でみまかった、朧な写真のほか面影すらない母の墓を中心にして、山里の曳田村はひろがった。懐かしい乳母がいて優しく迎えてくれはしても、母の非在によってこそ、この村は彼の故郷であった。母ばかりではない、父もまたそこにいなかった。父は遠く流竄に遭っているばかりか、その破綻がまた、息子を漂泊に駆り立てるつよい素因となってきた次第だった。

その三十九――「漂泊」

明治三十七年十一月十五日の「文庫」に匿名の短文が出ていて、「伊良子清白の詩が此頃トンと出ないのはどうしたのだらう。山陰の景、山陽の勝、到る処の偉大なる自然に接して、君の奚囊は慥に満ちてある筈だ」とあった。苦悩の手紙を受け取っている酔茗が、いたわりをあえて隠しながら返す励ましだった。

清白がようやく詩を東京へ送ることができたのは、十二月も半ば過ぎである。明けて一月一日の「文庫」にかろうじて間に合った。詩は「月光日光」「漂泊」「無題」の三篇で、全体は「冬の夜」と題されていた。待ちわびた一篇、と酔茗を深く頷かせたのが「漂泊」だった。待ちわびた、とは、「海の声山の声」以来一年ぶりの作という意味あいだけではなかった。酔茗には、清白の詩がついに苦い達成を果したと思われた。酔茗は割付のことで、少なくとも段組みからは外したいとして山縣悌三郎らと掛け合ったが、詩の欄以外があらかた固っていて、希望は叶えられなかった。その夜、酔茗は清白に宛てて弁明を書き送った。もし詩が主の雑誌であったら、「漂泊」はこの出し方で済まして満足できるものでない、と。このとき酔茗の中に、同居に甘んじない独立の詩誌の構想が急速にふくらんできていた。

「文庫」は青年向けの総合誌で、詩の専門雑誌ではなかった。また「文庫派」として詩史に通称されても、文壇の中央からみれば傍流にすぎなかった。酔茗はやがて、詩だけで立つ雑誌「詩人」を構想し、版元詩草社を実現しようと動きはじめることになる。

「漂泊」など三篇は、こうして、「文庫」詩壇の片隅へ三段組みにして押し込まれた。のちに、清白の生涯を象徴する名篇とまでいわれる作品は、このようにして世に出た。

蓆戸《むしろど》に
秋風吹《あきかぜふ》いて
河添《かはぞひ》の旅籠屋《はたごや》さびし
哀《あは》れなる旅《たび》の男《をとこ》は

夕暮《ゆふぐれ》の空《そら》を眺《なが》めて
いと低《ひく》く歌《うた》ひはじめぬ

亡母《なきはゝ》は
処女《をとめ》と成《な》りて
白《しろ》き額月《ぬかつき》に現《あら》はれ
亡父《なきちゝ》は
童子《わらは》と成《な》りて
円《まろ》き肩銀河《かたぎんが》を渡《わた》る

柳洩《やなぎも》る
夜《よ》の河白《かはしろ》く
河越《かはこ》えて煙《けぶり》の小野《をの》に
かすかなる笛《ふえ》の音《ね》ありて
旅人《たびびと》の胸《むね》に触《ふ》れたり

故郷《ふるさと》の
谷間《たにま》の歌《うた》は
続《つゞ》きつゝ断《た》えつゝ哀《かな》し
大空《おほぞら》の返響《こだま》の音《おと》と

地《ち》の底《そこ》のうめきの声《こゑ》と
交《まじは》りて調《しらべ》は深《ふか》し

旅人《たびびと》に
母《はゝ》はやどりぬ
若人《わかびと》に
父《ちゝ》は降《くだ》れり
小野《をの》の笛煙《ふえけぶり》の中《なか》に
かすかなる節《ふし》は残《のこ》れり

旅人《たびびと》は
歌《うた》ひ続《つゞ》けぬ
嬰子《みどりご》の昔《むかし》にかへり
微笑《ほゝゑ》みて歌《うた》ひつゝあり

島本久恵の『明治詩人伝』の目次は、清白、鉄幹、藤村、夜雨、有明らをそれぞれ一人一章として立て、三木天遊と児玉花外で一章、そして「若い一群」として北原白秋、三木露風、川路柳虹らをとりあげて終章としている。最初の章に伊良子清白があてられ、冒頭に「漂泊」を掲げる理由を著者は、「わたくしは、まことにまことにその漂泊を明治詩人の全体感として受け取っており、それ故に清白のこの「漂泊」に一層の親近感を持ち、一層の愛をおぼえるのである」と書いている。

詩篇のもっとも大切な要は、この旅人がいま故里にあって止宿しているということである。第一連の「旅籠屋《はたごや》」は、ただの旅先の宿ではない。やがて明らかになるように、そこは彼の谷間の故郷で、帰郷した旅人に、迎えてくれる家がなかったことを示している。けれどもまだこの連では、そこが故郷だということが語られていないために、このはじまりは、ごく穏やかに流れ出る歌い出しの自然さのうちにある。

ところで、「いと低《ひく》く歌《うた》ひはじめぬ」という行は、歌われるその歌が、この詩篇そのものでもあることを、さりげなく暗示している。「旅《たび》の男《をとこ》」を詩人自身にかさねながら、詩の二重性はもうここにはじまっている。

「漂泊」の基調は、故郷からの、より正確には自分を生みなした存在からの流離の感覚にある。しかし、「旅の男」はいま故郷に止宿しているのだから、この流離は逆説的であると同時に二重の不幸を帯びている。故郷にあってさえ故郷から流離している、自分を生みなしたものからへだてられている、その「さびし」の感情は、河のイメージとなって野を流れわたる。それはあたかも、河によってへだてられた向う岸に、自分を生みなした存在をより鮮やかに浮びあがらせるため、というかのようにである。

「旅の男」が流離の歌をうたいはじめることによって、この河はいよいよ太く流れ、故郷は宇宙的なイメージに浄化された母あるいは父となって眼前にひろがってくる。

それが、美しい第二連である。

清白の実人生の例からみれば、「亡母《なきはゝ》」の語は事実に則し、「亡父《なきちゝ》」のほうは事実に反しての虚構である。しかしこの虚構を成立させる内心には、それだけの必然性がある。十二歳で戸主に立たされた清白は、父岡田政治の浪費癖をそのきわまるところまで見、いまやその禍を全身にかぶっている。伊良子家の再興は、もう彼の肩にしか懸っていない。父は失墜している。

それが明治三十七年暮れという逼迫の日にあって書かれたと確定するならば、「亡父は」と書きつけた瞬間、清白は少しく身を震わせたのにちがいない。それは、詩の生れる過程の必然、たとえば対句表現を介して求められてくる別の必然として、あっけない仮構でもあったが、それだけではなかった。一方では、失墜してしまっている生身の父を、詩の中でそっと殺したことにもなっていただろうからだ。

第一連の平淡な語り起しに比して、第二連の調子はなお抑制されているものの、イメージは幻想的になり、時間ははやくも渦を巻いている。「亡母」や「亡父」は無時間的な記憶の像でしかないはずのものだ。だが、詩人は彼らの像を思い出として、生きている時間の中へ連れ戻そうと試みているのではない。そこへ、いわば明晰な死後を与えようとしている。だから、「母」は母の否定としての処女となり、「父」は父の否定としての童子となる。生きた全身像が欲しいのではない。白い額が月にかさなり、まるい肩が銀河を横切るだけで充分である、というのだ。

笛の音は、銀河を反映した「夜《よ》の河《かは》」から流れてくる。その音は「旅人《たびびと》の胸《むね》に触《ふ》れ」て、詩人である彼に歌をうたわせるもの、その喉をあふれる歌とひとつになって「故郷《ふるさと》の／谷間《たにま》の歌《うた》」となるものである。

のちに河井酔茗は、この一篇をふり返って、「象徴詩とも云へるが、また抒情詩とも云へるので一種微妙なる諧調を奏してゐる」として、その「超越した感動」「不思議に男性的な感激」を指摘している。抒情詩でありながら、という意味あいである。

当時のかなり固定的な語義では、抒情詩とは、詩の語り手の感情吐露に則した、一人称性のつよい詩のことであり、象徴詩は、それとは逆に、歌われる対象が属する宇宙の、総合的な暗示のほうに力を注がれた詩といったような、漠とした対照があった。

「漂泊」は平明な文庫調の抒情詩として歌い出されながら、宇宙的なひろがりの方へ半ば越えかかった歌となって終っている。第二連の清新な幻想が作の高さを決めたのだが、だからといって、象徴詩としてその幻想が綾をなされていくのではない。

　抒情を支えるつよい一人称性といえるものが、なにものかからのきつい問いかけにあって、壊れている。そのことが、「漂泊」という詩を、現実感の濃い試煉を介して、明治の詩全体に通わせたのであろう。明治三十七年という日露戦争の年に、破《や》れたる家を旅に支えながら、詩人は父と母とを身籠ってしまった。自分を生んでくれるはずの詩の形式を、破《や》れたる歌として身籠ってしまったのである。

その四十――啄木

清白はそのころ、「明星」の詩壇にあらわれたばかりの石川啄木に注意を払って、好意を示していた。啄木は弱冠十八歳、清白とは九年の齢のひらきがあった。啄木が「明星」を舞台に毎月のように詩を発表していたころで、明治三十八年五月の詩集『あこがれ』にまとまる、当時としては新鮮な、自我の戦きにみちた、しかしそれだけ他からの影響や揺らぎの多い言葉の旋律をくり出してきていた。

　驚くべきことは、清白の名篇「漂泊」が、じつは啄木の明らかな影響のもとに書かれていることである。「明星」の三十七年十二月の号には「のぞみ」という啄木の詩が掲げられた。「漂泊」は三十八年一月一日の「文庫」であった。「のぞみ」の初連は次である。

やなぎ洩る
月はかすかに
額《ぬか》を射て、ほの白し。
かすかなる『のぞみ』の歌は
砂原にうちまろぶ
若人《わかうど》の琴にそひぬ。

三節八連の作で、夢を砕かれ「白き額」を垂れた若者が、その絶望の中からもう一度立ちあがるまでが歌われる。最終連はこうである。

わかうどは
きれたる絃《いと》を
星かげにつなぎつつ、
起《た》ちあがり、又勇ましく
ほほゑみて、砂の原
趁《お》ひ行きぬ、生命《いのち》の影を。

この時代の詩人歌人における影響関係のはげしさは、今日の比ではない。素材や着想、詩語そのものが狭く限定されていたし、日本語の韻律をどうあたらしくするかということの方へ、工夫は等しなみに向いがちであった。この工夫はときとして、ひとつの同じ着想やイメージを、いかに豊かに歌に直すかということの、競争にも共同作業にもなっていった。清白の「漂泊」が、啄木の「のぞみ」に倣っていることは明らかである。そして、「漂泊」が「のぞみ」をさらに高く超えたことも確かである。「漂泊」が明治期の詩人たちの共通の心情を代表するような風合いをもつとされるのにも、ひとつには、このような詩人間の影響関係をとおした、明治期の詩そのものの自己形成があったと見ることもできる。

ともあれ面白いのは、清白が啄木という、当時未だ熟さないでいた詩人の情熱に惹かれていたということである。彼における「象徴主義」からの距離が、ここにも感じられる。

その四十一──零度

清白におけるロマン主義的詩風の達成の高峰は、「漂泊」とともに一月一日の「文庫」に発表された「月光日光」である。より正確には、高踏派的な非情をふくんだロマンティシズムといえる。清白独特の五五調の六連で成るこの詩は、月光と日光とが、それぞれの見た二人の姫について交互に語るという、簡素だが深い構成をもっている。

月光《げつくわう》の

語《かた》るらく
わが見《み》しは一《いち》の姫《ひめ》
古《ふる》あをき笛吹《ふえふ》いて
夜《よ》も深《ふか》く塔《あらゝぎ》の
階級《きざはし》に白々《しらぐ》と
立《た》ちにけり

日光《につくわう》の
語《かた》るらく
わが見《み》しは二《つぎ》の姫《ひめ》
香木《かうぼく》の髄香《ずゐかを》る
槽桁《ふなげた》や白乳《はくにう》に
浴《ゆあ》みして降《ふ》りかゝる
花姿天人《はなすがたてんにん》の
喜悦《よろこび》に地《つち》どよみ
虹《にじ》たちぬ

月光《げつくわう》の
語《かた》るらく
わが見《み》しは一《いち》の姫《ひめ》

一葉《ひとは》舟湖《ぶねこ》にうけて
霧《きり》の下《した》まよひては
髪《かみ》かたちなやましく
乱《みだ》れけり

日光《につくわう》の
語《かた》らく
わが見《み》しは二《つぎ》の姫《ひめ》
顔映《かほうつ》る円柱《まろばしら》
驕《おご》り鳥尾《どりを》を触《ふ》れて
風起《かぜおこ》り波怒《なみいか》る
霞立《かすみた》つ空殿《くうでん》を
七尺《せき》の裾曳《すそひ》いて
黄金《わうごん》の跡印《あとつ》けぬ

月光《げつくわう》の
語《かた》らく
わが見《み》しは一《いち》の姫《ひめ》
死《し》の島《しま》の岩陰《いはかげ》に
青白《あをしろ》くころび伏《ふ》し

花《はな》もなくむくろのみ
冷《ひ》えにけり

日光《につくわう》の
語《かた》るらく
わが見《み》し二《つぎ》の姫《ひめ》
城近《しろちか》く草《くさ》ふみて
妻覓《つまま》ぐと来し王子《みこ》は
太刀取《たちとり》の耻見《はぢみ》じと
火《ひ》を散《ち》らす駿足《しゆんそく》に
かきのせて直走《ひたばせ》に
国領《こくりやう》を去《さ》りし時《とき》
春風《はるかぜ》は微吹《そよふ》きぬ

月と日との二つの非人称的な視線は、姉妹であるだろう二人の姫を、対照的な光線のもとに照し出している。月光の見た「一《いち》の姫《ひめ》」は死と悲痛に色どられている。日光の見た「二《つぎ》の姫《ひめ》」は生と歓喜に縁どられている。そして「一の姫」の乱れ髪、「二の姫」の白乳の浴みなど、それぞれに異なったエロティシズムが、そこここに帯電している。

生の姫と死の姫とのあらわな姿の交互の客観は、たがいの微妙な際立ちとずれとを起し、大きな歳月を感じさせながら最終連に入っていく。

月光のもと、島の岩陰に死骸となった「一の姫」に対して、「二の姫」は妻を探し求めてきた王子によって、人さらいのように連れ去られる。最終行の、

　春風《はるかぜ》は微吹《そよふ》きぬ

という詩句は、この素朴な婚姻への抑制した叙述がする抑制した頌《ほめうた》である。この微かなるものへの頌に絶妙の陰翳を与えているのは、いうまでもなく「一の姫」の亡骸である。

七五調または五七調の縛りをなんとか解き放ち、より複雑で自由な感情をとらえようとしてきた日清戦後から明治三十年代にかけての詩は、薄田泣菫においては、西洋のソネットに範を求めた、四音四音四音二音の八六音を一行とする「絶句」と称する十四行の詩形に到達した。一方、蒲原有明は四七六の十七音を一行とする「独絃調」と称する律調をまず発見した。さらにそれを追いつめて、七五七の行と五七五の行とが交互にあらわれ、結びは五七七となる複雑な十四行詩を編み出しもした。

この同じ時期に、伊良子清白がある高みで生み出した詩形は、ほとんどすべてが五音五音ですすむという、単純だが、じつは驚くべき詩形だった。「淡路にて」「月光日光」「五月野」「花柑子」がそれだが、どれも出色の作である。だが、この詩形の深い意味に気づいた者はなかった。

もちろん、清白のほかに五五調を試した人はいて、そのもっとも名高い成果は上田敏の「落葉」、すなわちポール・ヴェルレーヌの詩「秋の歌」の翻訳だろう。明治三十八年六月の「明星」に掲載された。

秋の日の
ヸオロンの
ためいきの
身にしみて
ひたぶるに
うら悲し。

これに先駆けていた「月光日光」の五五調は、けれども本質的に性格を異にするものだった。「落葉」の五五調には叙事のふくみがなく、その場に沈み込むような抒情が支配する。これに対して清白の五五調は、鷗外や藤村に学びながらも、叙事の展開に耐えうる種々の声調や音律を試す中で獲得された。すなわち、五五調の中に「文」の推進力を放つものだった。

それは文語と口語とが争闘し、言と文とが和解しては弾きあい、定型詩と自由詩とが角逐しあう時代の渦の中での、音数律の零度を示した。それは日本語の詩の混沌の中、またとあらわれない可能態のひとつだった。

躍動も解放もない五五調という禁欲的な律動の中で、先へすすもうとする力を撓められ、「文」はいっそう美しく緊張する。「月光日光」という詩ではそこに、抒情と叙事が化合しあい、殉情と非情がひとつになって、類を見ない詩的歳月がとらえられた。

清白の五五調は一行というプリズムの中で、月光をも日光をもとらえることのできるリズムだった。だが、だれも、その真価を測り逃した。

その四十二――存外複雑な

夜来の雪万瓦の上にあり　一天拭ふが如く清潔無比なる新年なり　今日より日記をかゝんと思ひ立つ

残された清白の日記は、現在では、二十六年分二十五冊の存在が確かめられている。昭和五十年代に入るころまでは、明治三十九年のものがもっとも古いとされてきたが、その後、明治三十八年の一冊が見出された。これも他のほとんどの日記帖と同様、博文館の「当用日記」が用いられている。その一月一日の書出しが右に引いたもので、内容から、それまでの清白は、持続的に日記をつける習慣をもたなかったらしいと分る。

ここで断っておけば、私のこの「評論」とも「評伝」とも、むろん「小説」とも呼びにくいだろう書きもので用いる清白周辺の「描写」は、すべて清白をふくむ過去の文学者による記述に依拠している。私が想像して付け加える「描写」は、なにもない。もし、それが清白を外側から描くものであれば、たとえば河井酔茗のそれのようにその生身を伝える一次的証言か、たとえば河井酔茗夫人であった島本久恵のそれのように、一次的証言者の保証を得たと思われる叙述に基礎を置いている。

だが、清白の視点をとおした日記の場合は、いささか注釈を要する。主観による記述をもういちど客体化しなければならない。しかも清白の日記はほとんど文語で書かれているために、これを引用する場合以外は、私による、いわば翻訳が行なわれている。この書きものの「その二」、あの瀬戸内を行く船旅の記述においてすでにそうしているように、私は文語による清白の日録文を自分の文章のうちに溶かし込み、最低限の措辞や説明を補って口語文として組み替えている。そしてこの場合も、私はいわば直訳を心掛け、あらたな「描写」は付け加えていない。もし大きく叙述を補う場合は、改行を行なって私だけの叙述の領分と区別を明らかにするように努める。以後もこのように行なっていくつもりでいる。

明治三十八年、すなわち一九〇五年の元日は次のような日だった。

午前九時会社に出頭した。年賀交換のためだった。支店長の演説があって退社後、同僚の玉崎の宅に立寄り、酒肴の饗応を受けた。三人の諸氏も同伴だった。宴半ばにしてさらに三人が来席し、主人の朝鮮視察談を聞いた。愉快だった。辞して帰宅するとすでに点燈に近く、すぐに「よしあし草」で親しくなった小林天眠を訪ねたが不在で、失望した。天眠の家は、心斎橋筋で毛布屋を営んでいた。

新刊の「文庫」を読んだ。烏水の「文庫の歴史」を面白いと思った。父上はまだ帰られぬのか、と嘆息した。年末に帰阪以来、依然として貸本屋の二階に蟄伏する状態を自嘲しにかかった。但し今朝は、と思った。今朝は家主の主婦より雑煮を祝われ、いささか新年の暖か味を生じえたではないか、と。

長く不明とされ、和歌山に父とともにあったろうとも推測されていた清白の三十八年の正月は、こうしてじつは大阪であった。政治の和歌山での開業は、またまた頓挫してしまったものらしい。三十九年をかけて父は、紀伊半島をひとめぐりした。明治三十九年日記の巻末の住所録では、その在所は下関市となっている。

一月二日は、旅順の敵軍降伏すとの号外が配達された。天は琉璃のように晴れていて、歓声が四方に起った。

翌三日は文楽を観に行くが満員で入れず、天眠をふたたび訪れた。文士天眠は、元日の夜に「玉の如き男子」を得たばかりで、面に喜色があった。

彼に借りて「明星」を読んだ感想が記されている。表紙は、三重県尋常中学校で美術教師だった藤島武二である。ここはそのままを引くと、「藤島氏の表紙画凄艶を極む　有明君の「朝なり」措辞着想共に妙、啄木氏の二篇情熱あり　晶子氏の短歌例に因て異彩あり　其他は言ふに足らず」

蒲原有明を清白がどう眺めていたか、わずかに窺える資料である。有明の代表作のひとつといえる「朝なり」と、清白の「漂泊」「月光日光」という、これまた代表作としていいものとは、ほぼ同じ時期に書かれた。

朝なり、やがて濁川《にごりがは》
ぬるくにほひて、夜《よる》の胞《え》を
ながすに似たり。しら壁に——
いちばの河岸《かし》の並《な》み蔵《ぐら》の——
朝なり、湿める川の靄。

「江戸橋から荒布橋、あの辺を綜合した情調によつた」(『有明詩集』自注)というこの詩は、醜いもの穢れたものを詩の素材にしたということで、当時の読者をいささか驚かした。

流るゝよ、ああ、瓜《うり》の皮、
核子《さなご》、塵わら。——さかみづき
いきふきむすか、靄はまた
をりをりふかき香《か》をとざし、
消えては青く朽ちゆけり。

この詩は評者たちから、象徴詩性が稀薄で客観描写に終始しているという批評や、自然主義風潮の影響があるとする指摘などを受けた。有明は別の自注めいた文章で、これらに対して次のように述べている。

当時の自然主義は正格な客観に帰納したものではなく、多分に絵画から刺戟を受けた印象派的のものであつた。その印象描写にはわたくしも一時傾倒した。それが自然にあの作の根調をなしているのであらう。もちろんその他にもパルナッシアンの非人情、無痛無感の哲理などが情調の浮動を牽制してゐたところも少しはあつたらう。いろいろのものがあの作に混流してゐる。存外複雑なものであつたと考へられる。印象派風といへば、地味ではあるがあの作では色彩の移ろいをも注意したつもりである。とにかく正面切つての象徴詩とはいはれない。わたくしはあの作のみならず、どの詩をもことさら象徴詩として言挙したことは一度もなかつた。

象徴詩ということば自体、もともとは移植されてきたひとつの観念を示すほかはなかったとき、その観念と実作とはあからさまな距離を生んでいた。典型的な「象徴詩人」と見られる有明の中にこそ、この距離ははっきりとあらわれた。空洞のような「象徴詩」という観念の中を、印象派風の手法から自然主義的心情までが渦巻いたと見たほうがよい。「いろいろのものがあの作に混流してゐる」——その混流こそ、あたかも作の中の「濁川」のように、明治三十八年に入る当時の詩の勢いの、ひとつの「存外複雑な」節をつくっていたのである。清白もその「いろいろのもの」のうちのなにかに惹かれていたが、「象徴詩」という観念に、必ずしも惹かれていたのではなかった。

その四十三——家長

明治三十八年一月三日、播州から帰宅した政治は、四日、息子の結婚について「種々の話」を切り出した。「吉田君の令閨の妹」「播磨にて会ひたまへる某々女」の話などである。のちにも多くの縁談をもたらし、清白のほうからも他の人に話を求めた。「赤穂の高橋氏の女」「鳥取市津田氏の女」などである。「美にして賢、家も富みたれば」と、薦められる話の細部を、彼にしても真剣に確かめたり、「高橋氏の女佝僂の病女なりしとぞ」と後日の判明を、事実だけ書き留めたりした。

清白がなぜこんなにも結婚を急いだかには、やはり家のこと、とくに父との確執があった。父もまた開業を諦めて保険医となっていた。

結婚話をもち帰ってきたばかりの政治に対して、一月九日、今度は清白のほうから「別居すべきこと」を切り出した。父政治、その後妻しまとの三人の、貸本屋二階での「蟄伏」に、清白は苛立った。義母には宿痾があったらしく、「喀血、咳嗽」が増しつつあった。「食事の周旋を受くること痛ましきを以て下宿を求めんとして諸所を捜索」したのは、その二日前の土曜日のことだった。思わしい所は見つからなかった。

別居を切り出された政治は不快の色をつよくあらわしたが、やがて「伊良子家のため汝の別居は望む所なり」と答えた。「汝に係累あつては伊良子家の興隆難ければなり」という理由の背後には、依然としてふくらむ政治の多大の借財があった。ついに政治はこのとき、「死す迄汝の世話にはならじ」と誓った。清白はこのことばを、和歌山以来のなりゆきから、清白が経済上非常に厳格であるのを煩わしく思ってのものだ、という解釈を添えて書き留めた。

十日、清白の許を発った政治は、あたらしい開業の地を探りながら播磨に行った。清白は十九日、京都に出張した。「八坂の塔を朝靄の向に見る　わが心に幻影のやどるが如きをおぼえぬ」と書き出された二十一日には、宿に播州の父からの手紙が届いた。「一家の団欒面白からず　老齢の頼るものなき故会社を辞職して帰国するやも難計　亦之につきて再言せず　質問する勿れ」とあった。清白の心は少なからず騒いだ。

二十四日は、帰阪した政治を、大手通りの貸本屋の二階に訪ねた。別居を切り出した翌々日に清白は、「一夕五十銭の居料」の島町の宿屋に転居していた。しかし、その日のうちにも二日後にも「不快」を日記に書き記した。一週間後の十八日には、大阪支店に転勤してきたばかりの東京で旧知の三輪と、同じ島町の洋服屋の大崎方に同居した。

一月三十一日も、夜、大手に行った。分離非分離について不愉快な議論があった。「コレも背後に或物の存するあるがためなり」と清白は考えた。挙句は父と相携えて帰宅し、三輪を挟んで懇談した。父が帰ったあと三輪の忠告があった。峻厳が過ぎる、というものだったろう。「一々御尤なれどわが偏屈は之を容るゝこと能はず」「余は実に今日寂寞の感に撲たれつゝ不愉快なる煩悶を重ねつゝあるものなり」と日記に書いた。

「背後」の「或物」が負債ばかりを指すのか定かではない。ただいえることは、「一家の団欒面白からず」という政治のほうが蕩児としてあり、「わが偏屈は之を容るゝこと能はず」という清白のほうが厳格な家長の姿をしていた。

清白にとって結婚は、この顚倒した父子関係の奇妙さを解消する唯一の方途であった。

その四十四――顕微鏡

「不愉快なる煩悶」に加えて、別の憂鬱が清白を襲った。「終日腹工合悪し」という類の記述が頻りに連なる。

「数日来の腸胃加答児」が治ってきたかと思うと、今度は下痢がはじまり、「ヨクヨク弱くなりたるものなり」と呟いた。一月二十六日には大阪病院の内科部に行って診査を乞うた。これは前年十一月に京都で診査を受けたときと同じだという。「未だ病となすに足らざれどもAnormalなり」と日記はいう。

腸胃カタルが、清白に生涯つきまとう病となった。

鬱々とした日の中で心を慰めるものは読書、文楽ぐらいのもので、送られてくる「文庫」や「明星」、ほかに小島烏水からの坪内逍遥『新曲浦島』は楽しんで読んだ。休日には府立図書館に行き『萩之家遺稿』など三冊を読んだ。十五日発行の「文庫」に窪田空穂の「鴿」を読んで傑作と讃えた。

古典を読もうともした。『万葉集』をそれまで、巻の順に読みついできたらしい。五の巻を一月十四日、六の巻を十五日、七の巻を十六日に読んだ。

二月の四、五、六日は京都への出張で、宇治にも廻り、保険医としての診査の仕事数件を果したが、滞在した浮舟園という宿が随分と風雅であった。五日の日曜日には部屋に閉じ籠り『源氏物語』浮舟の巻をひらき、平等院から聞える鐘の音に耳を澄した。「皆夢のごとし」と日記に記した。

出張について、不公平や旅費削減など、帝国生命保険会社の内部では医員らの不満が募っていた。清白にとっても、支店長や同僚との軋轢、宴席への違和感などがあった。会社との折合いは、むろん円滑なものではない。しかし、彼にとって、出張はまず旅であった。日録の文章は、旅に出る日になると、煩悶を忘れたように光彩陸離となる。

旅のほかに清白の心を躍らせるものがひとつ、それは西洋の、とくにドイツの文物・玩具であった。

堂島には商品陳列所があって、一月十五日、観覧した。「独逸の玩弄品あり　彼国の民俗最も小児を重んじて這の些々たる遊戯品に工夫を凝らせること驚くべし」と感嘆し、二十九日に再度出掛けていって、「参考品は例に因て趣味津々」としながら、「内地品は目なれたるためか俗気紛々たるをおぼ」えた。森鷗外や自身の翻訳を介したドイツへの憧憬が、鎮められないままつづいている。

ある日、寄宿先の姉妹に肺結核の疑いをもった清白は、衛生試験所員に頼んでみずから検査を行なおうとしたことがあった。その一月三十日の日記にも、西方への憧れがあらわれた。

一年振にて顕微鏡を覗く　結核菌はなし　ツアイスの上等品にて美麗なるものなり　試験所の各室を参観す　高価なる薬品の山のごとく堆積したるは頗る注意を牽きたり　研究室の薬品はこと〲く舶来品にてスリ硝子に薬名をスカシたるコレも美麗なり

生命保険の診査医員であった当時の清白には、舶来の薬品はおろか、顕微鏡さえ遠ざかりがちなものであった。

二月に入ると、「播磨市川のほとり柳河氏の女」「中村重吉氏の令妹」「某歯科医の妹氏」との縁談が入った。清白は仲介の人に頼んで、彼女らの書簡を見ることを求めた。顔写真はともかくとして、「筆跡文章にして余の意に反かずんば」と考えたのである。

「婚礼のことにつき彼是と思ひ惑ふ」と一行だけ書かれた二月八日を過ぎて、二月十二、十三、十四日は、女たちの書簡を品定めするのに費された。「令嬢の筆蹟」を見ると、「中々旨いものだ併し文章（手紙の）は少しハイカラだ」と、めずらしくもここだけ口語文と化したりした。「高等小学卒業としてはウマイ、文章のおとなしさ、しとやかさ、ソシテ気が利いておる塩梅、僕は真実この手紙には牽きつけられる気がした　後日のため抜萃しておかう」

抜萃は日記帖の二月十二日から十三日の項へと、見開きページのノドを跨いでいて、十三日には、なお思い惑いがつづいた。「今日は角田さんの春子さんとかつゑさんとを心の中に比べて見たが春子さんは学問があるが少しハイカラだ　かつゑさんは玉のやうに美しい心を持た方だが惜しいことには教育がない」

春子さんかかつゑさんかと、終日、思案をめぐらした二月十三日に、出張が命ぜられた。伊予の吉田への長旅となるものである。「昨日まで蕾で居た鉢植の紅梅が唇を綻ばして、ほんとうに可愛らしい、さながら自分と別をしむかのやう」と優しいことを書き付けて、清白は船の上の人となる。

明治三十八年二月十五日、朝九時三十分、安治川だろうか、川口を出帆した。竜田川丸は四百八噸であった。海上は頗る穏やかだったが、寒いので甲板に出なかった。室内に籠って、あるいは眠り、あるいは起き、あるいは読書し、あるいは他の乗客と談話を交じえた。冨士川丸の船長及び家族、愛媛県警部長、大阪市の商人などだった。夕景より夜にわたって『十六夜日記』を読んだ。不審の点には『旅行案内』広告欄の古紙をちぎって貼った。『万葉集』十巻十一巻をも一気に読了した。高松、多度津は夜になったので遠望はさやかでなかった。空までも曇りはじめると、さすがに旅情が胸に迫るのを覚えた。

二月十六日は終日海上にあった。船は夢のように今治を過ぎ、夜が明けると高浜の湊にあった。南に当る高山には積雪が皚々としていた。襟許は吹く風に寒さを感じた。船室に入ってからはしきりに空腹を覚え、胃腸については調子はよいと思った。

毛布にくるまって読書に耽った。『万葉集』十二、十三、十四を読了した。十四東歌の巻はひどく解き難く感じ、果てはうるさくなった。流盻《りゅうけい》過眼するうちに、紙を翻すことさながら風のようであった。別府で船長が下り、大分で商人は去った。警部長はすでに高浜で下船していた。さらに別府より乗船した官員らしき人と宇和島のことなど物語った。この人からは、自分の目的地と同じ土地に帰るところと聞いた。佐賀関にさしかかるころから波がやや強くなった。「毛布引きかつぎての梶枕、夢の翼ははてもなし　面白の旅寝や、心持無しように美し」と日記に書いた。

陸上では、清白の心境が快活になるのはめずらしかった。船は清白にとって、やはり特別な場所であったらしい。二月十七日、宇和海《うわかい》に入り、伊予吉田の港に入った。午前三時のことであれば、闇は深い。「寒星光剣のごとく海水亦氷のごとくに滞りて端舟にある程身の内こゞゆる心地す」とある。一年に一日二日あるか、という寒さであると、地元の人から聞いた。

清白を迎えたのは、旅館と思われる今治屋の主人と帝国生命の当地の代理店主木原であった。この日、木原とともに早速往診に出て、二名を診査した。

陸に上がれば、不愉快が待っている。翌十八日の日記には「代理店主芝幸吉氏のひたすら診査を緩やかにせんことを乞はるゝに似たるは大いに不快を感じたり　技術は神聖なり犯すべからず」とある。診査を厳しくすれば、保険の契約が成り立たなくなる。代理店主たちは皆、少しでも契約本数を増やしたい。しかし、峻厳潔癖な清白には、そんなことは耐えがたい。

不愉快は先々に、いろいろと起った。

「木原氏と共に某料理店に於て小宴を催す　ゼンゲルン四五名　土地柄とて顔も衣装も共にきたなし」（二月十九日）、「此代理店は無遠慮なる男にて礼儀をしらぬ痴者なりといふも酷評にあらじ」（二十一日）、「伊予屋といふ木賃にやどる　万づ不潔を極めたり」（二十三日）

船の中や宿で『万葉集』二十巻までを読了した彼は、次には『枕草子』にとりかかった。右のような日々に「すさまじきもの」「こゝろづきなきもの」「きたなげなるもの」を読んでいる次第である。読書はこのほかにも、『紫式部日記』『更級日記』『方丈記』にも及んだ。

三月一日午後、汽船に乗って、今度は八幡浜へ移った。診査の日がつづいた。六月には宇和島へと、また船で返した。

豊後水道の気象は風も大いに吹き変り、気団の移ろいがはげしい。「朝来粉雪紛々　四山白尽寒気また甚し」（二月十九日）とか、「此夜疾風急雨光景転た凄然たり」（二十六日）とかいった記述には、厳しい天候をむしろ好む清白の資質が出た。

その四十六――蔣淵

それでも春は近づいていた。吉田の西にある奥浦というところに往診した二月二十三日には、風は少し寒く感じられたが浪は静かで、島山の眺めが面白く思えた。磯近い山々は頂まで開墾されて畠となり、麦の青みのここかしこに、黒い人影の眺められるのにも興趣を覚えた。三月三日には、気候は彼岸近い東京のようであった。雨がしとしとと降って、「若草のもゆらんさへゆかし」といっている。かと思うと、四日には時化模様、五日、六日と雪さえ降った。冬と春の混じりあいは、豊後水道の荒波とリアス式海岸の静かな入江との入組みにも通って、清白の心に陰翳をつくった。

三月七日の日記には、海村の詩人としての彼の視線が、のびのびと感じられる。七日八日の日記は、清白の生涯の傾きをはしなくも象徴するものである。それで、原文のままに引く。

空晴れて心地よきに便船を請ひて遊子《ユス》といふに渡る　やがては蔣淵《コモブチ》に行かむとて也　入江の景色艶に長閑なり　白魚を漁る子や四手網の所せく列びたる洲崎をすぎ九島にかゝりて沖にいづ　大島小島松ある島松なき島とり〳〵にをかし　遊子より丘を越えてシタバに出づ　高下駄にて攀ぢたるに路の程険はしく下りがけは荷持の草履をかりからくして下る　この村にて昼げをしたゝむ　舟子の家なり　純朴なる風俗単簡なる生活うらやましきほど也　又舟に乗る　磯近く行くに海士の少女ども鹿尾菜をあさる　こゝの岩角かしこの木陰一村をくつがへしたるかと思はれていと賑はし　遠く汐干たるに貝採るもあるべし　一時ばかりして志す里に着く　宇都宮といへる家をかりてやどる

翌朝八日の朝は、船出の声を聞いた。

起きいでゝ見るに海士の囀とや船よそひする声いとかまびすし　妻子は立ちいでゝ見送る　櫓声勇ましくこぎいでたるもあり　此里は半島の先端にてさゞえの底のごとくうねりたる入江の内にあればうしろは山高くめぐらし前は海深く入りこみて冬暖く夏涼しく住まほしき土地也、診査十名、風邪にて其半数は再診と成る、午後雨ふりいでたれば急に帰途につく、屋根葺きたる舟に乗りて三時間が程に帰着す、こたびは遊子を経過せず小さき丘を越え外海より直行したるなり、雨篠束くばかりにて夕暮になりてかへる、

この二日間は、清白にとっては稀な、芯から旅を愉しむ流れであった。「純朴なる風俗単簡なる生活」、しかもそれが、海と山とに同時に護られているという地勢での、季感と野趣にみちた

生活である。清白は、これを理想とした。このような清白は、貧しい人々の愚昧や不潔を忌み嫌う清白と、相反すると見られるかもしれない。けれども、両方がひとつであると分るとき、嫌厭の意味合いの深いことが知られる。

宇和島と八幡浜とを拠点にし、近在の村々に保険の診査をしながら、清白はあわただしく船で動いた。行く先にときに郵便物が届く。大阪島町の家主大崎の妻君に頼んだ本の一束であったり、曳田村の祖母と、乳母の息子で幼馴染の田村虎蔵とからの便りであったり、「文庫」のあたらしい号であったり、縁談のその後についての、父からの手紙であったりした。小島烏水は消息とともに「明星」を送ってきたが、約束なのか、読了した清白は十六日、すぐにそれを返戻している。

補足して、同じ地への私の旅を記しておきたい。八十数年後のある夏、その地を訪ねた。宇和島に着いて、蒋淵の唯一の宿である釣り宿に電話を入れたが、食べ物がないということで、翌日の泊りになった。よく晴れた朝、宇和島港から小さな船で宇和海を走り、細木運河を抜けて蒋淵に着いた。陸路をとれないわけではないが、細くくねり伸びる半島を行くバスは、今日でも手前の高助《こうすけ》までしか入れない。おまけに、一日に数便と来ている。海は澄み渡り、宿の枕許は一晩中波音にみちた。一帯が真珠の養殖を営むようになっていて、海士の少女の見えぬほかは、海村の眺めはそれほどに変貌していると思えなかった。

烏水に返したこの「明星」が新刊の号だとすれば、巳歳三号つまり明治三十八年の三月発行号となる。有明や泣菫そして啄木の詩篇がそこに掲載されていたが、注目すべきものがもうひとつあった。青木繁の「海の幸」が、別丁のページに単色の写真版で印刷されていたのである。「海の幸」は前年の夏に制作された。新進気鋭、名を高めつつあった画家青木繁は、蒲原有明との交流を深めていた。

この絵に寄せる有明の詩「『海の幸』」が発表されたのは、明治三十七年十一月の「明星」であった。有明は展覧会場で観て感嘆し、青木を訪問して詩「『海の幸』」を書き、さらに三十八年七月の詩集『春鳥集』刊行に際しても、絵の図版を併録した。

あらぶる巨獣《きよじう》の牙《き》の、角《つぬ》のひびき、——
（色あや今音《ね》にたちぬ。）否、潮《うしほ》の
あふるるちからの羽《は》ぶり、——はた、さながら
自然の不壊《ふゑ》にうまれしもののきほひ。
すなどり人《びと》らが勁《つよ》き肩たゆまず、
胸肉《むなじし》張りて足《た》らへる声ぞ、ほこり、
よろこびなるや、たまたまその姿は
天なる炉《ろ》を出でそめし星に似たり。
かれらが海はとこしへ瑠璃聖殿《るりせいでん》、
わだつみ境《さかひ》を領《し》らす。さればこの日
手に手にくはし銛《もり》とる神の眷属《うから》、
丈《たけ》にもあまる大鮫《おほざめ》ひるがへるや

魚《な》の腹碧《あを》き光を背《せ》に負ひつつ、
上《のぼ》るはいづこ、劫初《ごふしよ》の砂子《いさご》浜べ？

有明の改作癖は初出から『春鳥集』さらに大正十一年の『有明詩集』へとこの作を変化させていった。その変成も併せて、ここには、清白の詩法にはない抽象性と主観性との、力動的なうねりがあるといえる。清白が詩に客観する人であるならば、有明は詩において徹底した主観をつらぬこうとする詩人であった。

　おそらく青木の絵を当時の粗末な単色印刷で見た清白は、有明とはちがったしかたで、そこになにかを見た。同じものの中に別のものを見たのであったか、同じものを別の視線で見たのであったか、そこのちがいは、明確にはいえない。しかし、しばらく経った明治三十八年九月に「文庫」へ送られてきたあの「淡路にて」という五五調の一篇には、はっきりと有明との拮抗を示すものがあった。

鳴門《なると》の子海《こうみ》の幸《さち》
魚《な》の腹《はら》を胸肉《むなじゝ》に
おしあてゝ見《み》よ十人《とたり》
同音《どうおん》にのぼり来《く》る

「十人《とたり》」は青木繁の絵の中の裸の漁夫たちの数と合致している。絶唱というべき「同音《どうおん》にのぼり来《く》る」までの最終四行は、有明の詩を凌いで「海の幸」と共鳴しえた。

それにしても、清白がその絵を、刷り物として、展覧会場ではなくて四国の海村を往き来する旅の暮しの中で見たらしいことには、なにか因縁さえ感じられる。この詩人はすでに、中央からのへだたりを受け入れていた。このころからその生は、海村の「純朴なる風俗」「単簡なる生活」の領分へ、浅からず踏み入っていたのかもしれない。

その四十八——空腹

読書はさらに、『曾我物語』『土佐日記』『伊勢物語』『宮殿調度図解』『装束甲冑図解』『神皇正統記』『西洋史講義』『地理学講義』『樗牛全集』などに及んだ。

ときに雨つづきとなる気候に「くさ〳〵して仕舞ふ」こともあったが、彼岸の入りの頃になると、いよいよ春らしくなってきた。軒端に綻ぶ桃や杏、山際に煙る柳、麦畠の上に燃える陽炎に恍然とし、漁舟が島々の影を縫いつつ帰集してくる光景を、夕方開け放った窓から眺めていると、陶然とした。

三月十九日、船で磯つづきの周木というところに行った。火山岩の露出に目を惹かれ、澄んだ海の底に藻草が靡きあう様子を覗き、草木の生えぬまま峙立する絶壁を見上げた。

「かゝる巌鼻にて釣したらんにはいかにをかしからまし」などと思った。

三月二十六日、清白は大阪からの航路をとって返して、讃岐へ向うことになり、天竜川丸に乗船した。二十八日朝三時に高松に着港して、いったん宿に眠り、十時に車で三本松へ向った。二十九日は、三本松の代理店から中学校へ診査に出、午後は白鳥へと移った。讃岐白鳥は阿波との境に近いから、このとき松原に出て白鳥伝説を想った清白の目には、鳴門の潮も触れていた。帰路は高松に泊り、栗林公園を見てから汽車で琴平、善通寺と詣で、多度津から緑川丸という船で、また八幡浜へ返した。

西の海の旅、といってもじつは保険診査医としてのあわただしい出張である。それが終りに近づいた四月五日、桜のさかりの宇和島の屋敷町に至り、旅籠で古代の雛人形の精巧な一組に感嘆した。翌六日、ひと月前に訪ねた蒋淵での再診へ向った。「住まほしき土地」と感じた、宇和海に突き出したリアス式の半島の先端の海村である。もう一度、清白とともにこの島山を眺めておきたい。

蒋淵に行く　かしこの山には一重のさくらちりがたになりて若き葉さへあらはれたるをかしこゝのいそべには鶯の時を得顔にさへづりたる海のうしほにとけや入りなんこゝちす、章魚をつく船あり　かく海の平なる日底の巌をのぞくにガラスの箱を水の面にかざしつゝ長き竿のさきにつけたるモリもてつくこと也　見るがうちに一つ二つは獲つ、コモブチにて診査をおへ、かへりはシタバに立よりて宇和島につきたるは日昏方なりき

この村を清白は、二度と訪れることはなかった。翌日には八幡浜に返して、日記にはこう書いた。「今日は雛の節句なるにかくあはたゞしき旅すること身のさだめいとあさましきこゝちす」

四月十四日、帰阪が決り、その日の午後三時にはもう緑川丸に乗船した。船に乗ればきまって腹が減ることに気づき、妙なものだと苦笑した。海上は至って平穏だったが、乗客の多いのには少しうんざりした。

四月十六日に大阪に戻った清白だが、命じられて十八日には尾道へ出張するなど、仕事の上でのあわただしさは相変らずだった。ひきつづいての縁談もいくつかあり、写真だ、筆蹟だ、と忙しかった。在宅中、先方の令嬢本人が仲介者の大家の細君を訪ねて謝絶に来たところに応じてしまうなど、小難にも遭って、不快はつづいた。

五月二十日、政治の兄謙造の長女で鳥取の医家吉田久治に嫁していた伴代から届いた縁談の手紙が、疲れている清白をとらえた。「筆蹟も添へてあつた　僕は何かなしに心が傾いたからこの人こそわが妻と心の中で思ふた　併しソコ迄にはそれ相当の順序がある　ソノ順序はふんで行かねばならぬ　例の通りねられぬ」

浜寺に日露戦争のロシア人俘虜を見に行く記述が、二十一日日曜日の欄にある。九百人の行列だった。先頭は楽器を奏し歌を歌って、面白そうに練って行く。バラックの板塀の節穴から二、三人と話を試みたが、さっぱり通じなかった。「浜辺に出て塀の線に並んでおる運動時間の彼等を見舞ふた」とある。「中に唱歌をうたふ奴があつてそれは少からず興味を感じた」

万事相談がまとまった、と鳥取から電報が着いたのは、その翌日の二十二日である。二十三日、なにを思ったか、明治九年の母の写真を引き伸ばす手配を、むつかしいだろうがと思いつつ、友人の重地に頼んだ。

二十五日には大阪を出発した。結婚のため、またその前に播州の佐用にいる父と懇談するためで、裁縫中の衣類もひきくるめて行李に投げ入れるような、飛ぶがごとくの出発だった。

二十六日、佐用を出発して平福を過ぎるころ、雨がしきりとなり蒸し暑さが次第に加わった。古町を過ぎ志戸坂峠にかかるとき、雨雲が山を擁し、逡巡して進まなかった。陰陽の大障壁はこの水蒸気を防遏《ぼうあつ》して北進させないのだな、と観察した。駒帰で昼餉をしたためた。雨の美しい暗々たる智頭の谿谷を下った。若葉青葉は生い茂り、谷水はあらたに勢いを加え、名も知らない小禽の啼くのなどを喜んだ。故国の水音の耳近く聞えるようでそぞろに懐かしさを覚えながら、用ケ瀬《もちがせ》から八東谷に越え、船岡、隼をへて花に到着したのは夕方の七時だった。ここが、岡田政治の兄謙造の家のあった集落である。久しぶりに親族の親密さに囲まれて、清白は人心地がついた。

待っていたのは、鳥取市東町二百三十一番屋敷、漢学者森本歓一・なかの長女幾美《きみ》だった。鳥取県女子師範学校を出て、その附属小学校の訓導として勤めていた。

五月二十七日、鳥取市内に出て小銭屋という旅籠に泊した清白は、二十八日、幾美と会見した。日記に次のように書いた。「森本氏の厳格にして古学者の風あるは掬すべし　令嬢は体格大顔色良快活にあらざれども憂色なし」

それから幾美と、少し談話を交わした。双方は合意の旨を洩らして別れた。午後、清白は種々準備に忙殺させられたが、あとでまたその姿を思い返して、「幾美さんの容貌は美ならざるも愛嬌あり　常に笑をふくみつゝあり」と手許に書き留めた。

曳田に帰ったのは、二十九日の午後である。山河は昔のままで大いに情感を惹いた。ことに潤いのある緑が鬱蒼としている間を早瀬が穿っていて、初夏の景色に一段の姿致を添えていた。乳母、祖母、幼馴染の虎蔵と集まったところで結婚のことを詳らかにし、橋の際に住む産婆のかアアをも呼んできて、祖母を中にして寝ながら、昔の日々を語り合った。

三十日早朝、八上姫を祀った売沼《めぬま》神社に詣でてから、正法寺に母の墓参をなした。「母上の御墓に立てば常に涙催さるゝはあやしき也」という日記の記述にも、母の遠さがある。そして、遠さ以上のものがある。彼は母とだけは言葉を交わせず、またその記憶ももたなかった。母が、あるいは売沼神社の八上姫のようにも思われていたのかもしれない。

『古事記』には、大国主命が八上姫の許に通って結ばれるという神話が記されている。「因幡の白兎」の神話はその通い路での話とされている。今日の売沼神社は、『延喜式』には「売沼《ひめの》神社」と訓まれ、その後「八上姫神社」や「稲羽八上姫命神社」と呼ばれた社である。清白晩年に親交のあった鳥取の人蓮佛重壽は、詩人が八上姫を主題とする一大叙事詩を書きたい欲求をもっていたと証言している。

婚礼の儀は五月三十一日に、鳥取の吉田家で行なわれた。室内の装飾は、旅中のことなのですべて略式に従った。酌人のほかの列席者として日録に挙げられているのは、岡田の伯父に、「森本岳父、吉田氏夫妻」だけである。

初めの夜を不眠で過し、窓の外にヨシキリの声を聞いた。Menstruation のために拒絶したものと思われる、と日記にはドイツ語を混じえて書くことになる。

六月一日、幾美は頭痛と嘔気を訴えて半病人となり、清白は連夜を不眠で明かした。

二日夜、はじめて結ばれたことが、「生涯忘るゝこと能はず　余も泣きぬ　彼女も亦泣きぬ」という日記の行間から推察される。翌六月三日は妻隠の一日である。「風雨起る　涼気頓に至る　二人うち解けて物語る　種々戯態あり　屋外は凄々たれども室内は融々たり　幾美のひろげたる女学世界をよみて余も亦種々の詩作あり」

この時期の清白の詩の発表は、九月一日と十五日とに刊行された二号分の「文庫」に七篇を数える。「北のはて」「無題」が二十九巻第五号に、「淡路にて」「戯れに」「花柑子」「かくれ沼」「安乗の稚児」が同巻第六号に出た。「かくれ沼」は「五月野」と改題され、「夕蘭集」と総題された五篇の傑作は、いずれも『孔雀船』に収められた。

その五十――好める魚

「夕蘭集」のうちの「戯れに」という詩は、あるいはこの六月三日の「種々の詩作」の中で成った一作かもしれない。少なくとも、新婚の夏のあいだに書かれたと思える。

わが居《を》る家《いへ》の大地《おほづち》に
黒《くろ》き帝《みかど》の住《す》みたまひ
地震《なゐ》の踊《をどり》の優《いう》なれば
下《くだ》り来《きた》れと勅《ちよく》あれど
われは行《ゆ》きえず人《ひと》なれば

わが居《を》る家《いへ》の大空《おほぞら》に
白《しろ》き女王《めぎみ》の住《す》みたまひ
星《ほし》の祭《まつり》の艶《えん》なれば

上《のぼ》り来《きた》れと勅《ちよく》あれど
われは行《ゆ》きえず人《ひと》なれば

わが居《を》る家《いへ》の古厨子《ふるづし》に
遠《とほ》き御祖《みおや》の住《す》みたまひ
とこ降《ふ》る花《はな》のたへなれば
開《あ》けて来《きた》れとのたまへど
われは行《ゆ》きえず人《ひと》なれば

わが居《を》る家《いへ》の厨内《くりやうち》
働《はたら》く妻《つま》をよびとめて
夕《ゆふべ》の設《まけ》をたづぬるに
好《この》める魚《うを》のありければ
われは行《ゆ》きけり人《ひと》なれば

詩篇「鬼の語」などに見られた超自然的な怪異の域が、ここでは家の中にとり入れられている。そのことで、生活感と呼べるものと怪異の域とが近しく隣りあうということが起った。清白はここで、「鬼の語」とは反対に、異界との隣接というこの状態をユーモアに変えた。怪異の次元からの妖しい誘いを、舞わせるだけ舞わせておいて、それを袖にした。夕餉の一尾の魚の方へ行く「人」の姿は、なるほどいじらしい。行くも行けぬも「人《ひと》なれば」の同じ理由で押し通しているから、幻想と現実とがかえって、危うい蝶番でつながってしまった。

ライト・ヴァースとしての上質のユーモアを生み出しながら、しかし、この一篇は、幻想を客観する幻視者としての清白の、その詩業全体にとっての危うい蝶番ともなるものであった。怪異や幻想の域から背を向ける、向けてみせることで、かえって家のうちは、超自然的な事象がたゆたう奇妙な空間となった。それが、この詩のあえてとる構えである。しかし、「地震の踊《なゐをどり》」や「星の祭《ほしまつり》」や「とこ降る花《ふはな》」よりもわずかにつよく、一尾の「好める魚《このうを》」のほうを求める清白の、この詩篇の家の中での動きは、彼の精神のもつ基本的な方向をも示した。

「厨内《くりやうち》」の方へ行くことをさりげなく選んだとき、清白はこの巧まざるユーモアの詩篇、愛すべき新婚の詩章をその外へ、抜け出しかねないところにもあった。詩の乾坤を袖にして、というところへである。

その五十一——底

六月四日、朝七時に鳥取市を出発して、幾美とともに九時、曳田に着いた。宮参り墓参りを済ませると、祖母や田村の人々のほかにも村人たちが多く集まってきて喧囂《けんごう》をきわめた。田村すみは幾美をわが子のように見ていた。幾美は田村すみの人柄に感銘を深くした。

午後二時、曳田を出発した。佐貫に道をとり、川を渡って智頭に着いたのが五時だった。先曳を雇って一気に駒帰までやりつけ、黄昏に及んで峠を越えた。九時に大原に着いて、宿に泊した。この夜、窓の外では涼水のように、ホトトギスが水車に和して鳴きつづけた。「真に新婚旅行のこゝちせり」と書き留めえた。
佐用、久崎と、父政治の播磨における寄留地を訪ねたが、不在だった。別の地を教えられたが、もう訪ねようとしなかった。

休暇を終えた清白を帝国生命保険株式会社大阪支社で待っていたのは、東京転任の命だった。性質が外交に適さず学問的であるため、という理由が、日記には記されている。だが、新婚の二人は、「楽しみ限りなし」としてこれを喜んだ。とくに清白にあっては、一年半ほど前に心ならず離京してよりの辛酸が、消えていく心地がしたのかもしれない。

六月十四日、烏水の文集『不二山』、二十二日、酔茗の詩集『塔影』が贈られてきた。二十六日、午後七時十分発で東上の途に就いた。見送りは十一人、父、義母の姿もあった。わずかの移動でも酔いを来すことが分ってきた幾美が、このときばかりはいっこうに車暈《しゃうん》せず、清白は奇妙に思った。

二十七日、午前九時三十分に新橋に着くと、幾美の縁者が迎え、その日本橋区の宇野家に仮に宿らせてもらうと、翌日から諸方を訪問した。

二十八日、その勤め先の電報新聞社に酔茗を訪ねると、久保田うつぼ（窪田空穂）も記者として入社したところで、同席して談じた。二十九日は、山縣悌三郎先生を訪ねて、夫人からも「懇情刺々甘心いふべからず」の応接を受けた。「文庫」はまだ、大きな家族のようであった。五十嵐白蓮を訪ねると、一時間余りも慰藉と忠告とにて持ちきりとなった。どういう事情か、「全く気の毒な男也」と書いている。こうして、周囲は急にまた中央の文学の空気に彩られてくる。

この夕べ、赤坂区新町四丁目二十二番地の酒屋の持ち家を新居と決した。幾美の遠縁の内海辰治が同町内に住んでいて頼りとなった。このころ、月の予算を立てて「経常費中キマリキツタもの」だけで十四円を数えた清白は、この薄給にては幾美にも気の毒なり、と呟いた。

七月五日、酔茗を訪問して、いろいろの詩集を借りて帰った。一年有半に失ったものを取り返そうとしてもいたろうか。それらがどんな顔ぶれだったかは分らない。しかし、明治三十八年の詩歌壇は次のように果を生みつつあった。山川登美子と増田雅子と与謝野晶子の合著『恋衣』は一月刊、太田水穂と久保田山百合（島木赤彦）の合著『山上湖上』、前田林外『夏花少女』は三月の刊行であった。五月には石川啄木の『あこがれ』と薄田泣菫の『二十五絃』が出て、六月には岩野泡鳴『悲恋悲歌』、河井酔茗『塔影』、泣菫『白玉姫』の上梓を見ている。蒲原有明の『春鳥集』はこの七月である。以下、三木露風『夏姫』、平木白星『耶蘇の恋』、窪田空穂『まひる野』とつづく。十月に上田敏の訳詩集『海潮音』、十一月に横瀬夜雨『花守』、というのが一般的な拾いかたである。

明治大正の諸書諸誌を丹念に渉猟してできたある年表にあたると、詩書刊行の点数は次のように推移した。明治三十六年三十四点、三十七年二十八点、三十八年七十四点、三十九年六十五点、四十年四十五点、四十一年二十七点、四十二年十八点、四十三年二十四点、四十四年は十五点である。大正九年が八十一点を数え、以降百点を超えていくようになるまでの時期にあって、明治三十八年の詩書生産の突出ぶりは際立っている。

日清戦争によって国民意識の統一、産業資本主義の発展をみた明治二十年代後半の社会は、急速な西欧化と国家意識の深化とに挟まれて混乱した。三十三、四年の金融恐慌をへて日露開戦に至ると、その混乱はやがて、文章や詩歌の底をかたちづくった。

十六歳で中央の雑誌に詩を投じはじめた暉造は、混乱にあらがいつつ、それを糧ともしなければならなかった。一方では、日本固有の史学、神話学、地理学、古文学史への態度決定を求められた。他方では、近代化にともなうあらたな事物の咀嚼と、都市文化のもたらす感情の固定からの開放が求められた。清白には森鷗外という窓から、理想としてのヨーロッパが見えるようだった。

のちの目からは、清白のおびただしい詩作のうちにも、混乱の振幅が確かめられる。浮薄な欧化と軽佻な国粋とへの同時の傾きは、有象無象の詩人たちにおいてと同様に、この自己についてまず峻厳な詩人の詩作にも起った。だが、清白が気づいたのは、この混乱そのもののもつ逆説だった。「新体」の詩の探究は、詩を超えた広い意味での言語の性質を明らかにすることを詩人に要求する、という逆説である。それを詩作の次元に持ち込んだとき、彼にあって事態の認識はよりいっそうはっきりした。

五七調や七五調を崩さなければあたらしい詩形の探究はありえないこと。しかし、六四、八七、五五、七七、七六調などの奇を探るだけでは変格にすぎないこと。また、詩想と詩形とはじつは不分離で、だからこそ、新古を超える技術が求められるべきこと。詩をあたらしくするためには、新古の論理の外に出るべきこと。

その五十二――十年の先

七月十三日には、酔茗の詩集『塔影』の批評を書いた。

冒頭、ここ一年、小説を圧倒して急速に流行してきた新体詩に対して冷静にその現象の二面性を見究め、真に詩を愛するのではない読者をも排斥することのできない背反について指摘した。

しかも今日の詩人たちは未来の礎の予備事業を為しているにすぎないのに、創始の功名を求めて焦慮しているとも見届けた。そうした詩人たちと一線を画し、優婉な醇酒を醸す詩人として酔茗を讃えはしている。だがここには返す刀でという辛辣な評価がふくまれ、とくに「詩形に工夫なく、措辞に技巧なし」というところには、清白から酔茗へのもっとも根本的な批判があらわれた。

保険診査医の仕事は相変らず旅がつきもので、七月二十四日は日帰りだったが、二十五日にはまた千葉方面へ出た。八月三日までの房総めぐりである。例によって海と陸とが境を競いあう地形への注視や、遺された神話伝承の想起がつづく。地引網に潑刺と翻る群魚、籠を携えて落ちた魚を拾いあらそう海辺の婦人や小児の様子なども書き留めた。

明治三十八年の夏は、よほど雨が多かった。「終日雨　終日閉居、波の音蜑《あま》の声の外音づるものなし」とだけ記されたのは、七月三十一日だが、行間に幸福感が滲んだ。それが帰京後、旅になければ同じ雨も恨まれるのか、八月四日の欄には「此頃の天気クサ〳〵して何事も手につかず」とだけ書きなぐられた。だが、七日の欄には、「文庫」の詩の友人たちと過すときの、また別の歓びが滲んだ。「夕景小島君と河井氏の宅にて会す　山の話詩の話友の話文壇の話戦争の話主人河井氏の温和なる挿話的小談を加へて歓興湧くがごとし」

清白はふたたび詩に本腰を入れようとしたのだろうか。詩の友人たちとの時間は、たしかに、彼の中の詩と詩論を醸成させるのに刺激を与えた。

八月十六日からは、伊豆への出張であった。十八日には伊東の宿で夜雨の詩集『花守』のための序文を書きあげた。二人の親交を縷々語って、夜雨の性情の純粋と詩作の一途さを讃えるという随想風のものであった。だが、その結びに「夜雨君の如きは頭のギリ〳〵から足のツマ先まで、全部詩の化身といふてよいでしよう」と書いたとき、詩から半ば以上覚醒しているほかない自分に、清白は気づいていた。

二十三日の日記には、携えたらしい蒲原有明『春鳥集』を読むくだりがあらわれる。


『春鳥集』を繙く　一ふしあり　措辞と律調とは著者の苦心見えて渾円の域にいたる　結想はいかにや　未だ猝かに賛褒の辞を呈する能はず

音律の工夫や用語法の卓越について、清白には見るべきものは見えていた。しかし、まわりくどい幽玄の趣向や象徴主義的な匂いには、明らかな留保反応を示した。

二十四日に冷川峠を越えて冷川に着き、さらに馬車で修善寺の北の大仁《おおひと》まで行く道は、数日来の雨のためもあってあやうい状態だった。雨雲が重畳して天城をすら見ることができぬ空の下、雨ののちも土砂崩れで石があらわれ、河原に栄螺《さざえ》を転がすようであった。今後けっして馬車には乗るまじ、と思い決めるほどの悪路だった。

大仁から三島には汽車で着いた。駅前の旅籠に宿り、古青い蚊帳のうちに入ると、しきりに夢はわが家のあたりに飛んだ。十年先、と枠づけがあるこんな夢を見た。それは、幾美が清らかな流れのほとりを泣きつつ慕いくると、心は乱れ身も竦んで、古よりのわが罪科の恐ろしいものであることを思い知らされる、というものである。

旅の疲れによるのだろう、と自分を諭しながらも、十年の先を見たらしい夢の、醒めてののちも胸躍る心地がするのを怪しんだ。

私が後代の目の特権で、その時点から「十年の先」を見定めてみると、清白一家は台湾にある。まず五年後の明治四十三年五月、すでに浜田から大分へと転地していた清白は、「妻子を提げて新なる戦場にのぞまざるべからず」と、発奮して台湾に渡っていた。そのとき、彼はすっかり詩壇を離れきっていたし、詩の世界のほうでも彼を記憶から消し去っていた。台北時代をへて明治四十五年四月、台湾総督府台中監獄医務所長となった。ゴシック式二階建ての豪華な官舎に住まい、下女は二人を置いた。生涯でもっとも恵まれた地位と生活であったが、大正四年七月、なんのせいか、医務所長の職を不意に解かれた。そして、一介の防疫医に戻されるという多難の運命を辿る。それがちょうど、「十年の先」の時点である。

降りつづく晩夏の雨の中を、八月二十五日、こんどは三島から小田原を通って三浦半島に入り、横須賀に着いた。二十六日の日記には、雨中悪路の往診を嘆いたあとに、「二三の詩作成る」とある。近来珍妙なりというほどに晴れた翌二十七日は、海軍関係の診断にあたって、「日露軍艦存亡表」をもらうなどした。

出張の最後の日となる二十八日には、終日出張所にあって診査や残務をこなしながら、さらに詩作を行なった。「詩作数篇　夜に及ぶ」とある。九月十五日付「文庫」に出される、あの「夕蘭集」と題された五篇にあたると考えられる。前の日の「二三」と併せて、名篇ぞろいの一群の作が、生命保険診査医としての悪路の出張旅行の最後の宿で、集中的に書かれた。「夕蘭集」は生涯の一冊『孔雀船』十八篇のうちの五篇である、ともういちど強調しておきたい。

「淡路にて」はたしかに、青木繁の「海の幸」を刷り物で見た、春の瀬戸内旅行での作かもしれない。「戯れに」は、妻を娶って大阪に帰ったばかりの初夏の日々に成った作かもしれない。とすれば、「花柑子」「かくれ沼」「安乗の稚児」は、ここでの作という公算がきわめて高いということである。しかも、ここは、安乗岬でも淡路島でもないし、幻想の南国でもいとしいわが家でもない。雨の夏の、日露戦争下の軍港の街、横須賀であった。

伊豆、横須賀の出張から帰ったのは八月二十九日のことだった。久しい留守で妻の笑顔が美しく映え、寂しかっただろうなどと話すうちに空がほのかに曇り、なにもかもたいそうしめやかに見えはじめた、と日記は語る。

夜になって、酔茗を訪ねた。詩集を出せよ、との勧誘に従い、材料蒐集のため過去の「文庫」を借りて帰った。

八月三十一日には、ポーツマスでの日露戦争講和条約締結内容の号外が、市民のあいだに憤りをもたらした。清白もまた、「到底常識を以てしては真実とは思はれず、大屈辱、血涙千行！」と日記にしたためた。

九月五日、日比谷での国民大会をめぐる警察と民衆との衝突、内相官邸の襲撃事件、各所の交番・警察署の焼討ち事件などの動乱があり、日記もそれらを書き留めている。六日にも不穏の形勢があり、街鉄の電車十数台が焼き棄てに遭い、青山線は不通となった。戒厳令が布かれた。七日は外濠線で出勤した。

「南の家北の家」を删正《さんせい》した。『孔雀船』に入れるために、大いに削ってあの「華燭賦」のみの姿としたのは九月八日だった。戒厳令以来、市内はやや鎮静の姿があった。だが、警官に斬られた無辜の市民が多くあり、中には死を遂げた者もあった。この日、「万朝報」「都新聞」「二六新聞」の三紙が発行停止となった。

九月十六日の昼、旧知の若宮舎三という男と七年ぶりに会った。京都医学校の同窓生と推察されるが、さだかではない。北海道で一稼ぎしたが、生来の冒険心抑えがたく、こんどは台湾へ、妻と乳呑児をふくむ三人の子を連れて行くという。その夜は、行水も飯もそこそこにして、幾美を叱り倒しつつ詩集の草稿整理だけを片付けた。

翌十七日、翌々十八日にも若宮に会ってその話を聞き、くり返し日記に記した。「同君ハコレヨリ東京見物ヲナシ京都ヲ経テ台湾ニ渡航シ病院ニデモ奉職センカトイヘリ　冒険的突飛的相変ラズ面白キ男ナリ」とは十六日の記である。「若宮ハ北海道ニテ相当ノ貯蓄ヲナシ都合ヨカリシモ本来ノ冒険的思想抑ヘ難ク且ハ少シノ研究モ積ムタメ台湾ヘ渡航スルコトトナリタルナリ」とは、十七日の筆である。

十八日は、若宮が午後六時の汽車で急に出発と決ったためにろくろく話もできぬまま、停車場まで送り、プラットフォームに別れた。「七年逢ハザリシ友ハ或ハ永久ニ逢ハザルヤモ知レザル難阪ノ荒寥国ニ向ケ去レリ　人生ノ計リ難キ即此ノ如シ　雨ヲオカシテ帰宅　一酌ヲ傾ケテ寝ニ就ク」

五年後、自分の後ろ姿がそれとひとしいものになるとは、さらに計りがたかった。

九月二十一日にはもう、詩集の草稿を手放した。酔茗宅に立ち寄って、手渡した。二百篇から十八篇を精選した、とはのちに酔茗はじめ多くの詩評者からいわれるが、それに手間取った気配は微塵もない。せっかちの性質のせいか、とくに急ぎたい理由があったのか、閃光のような判断力をもっていたのか、いずれか不明である。

彼岸の中日は、朝から不愉快がかさなった。夕飯も小言たらたら食す、とみずからを描いたほどである。「きみ子ノ頭痛目まひ等其他到底カヽル都会ノ地ニハ住ミ難キコトニテ争ヒムシヤクシヤシテ腹立ツ」

妻の持病の頭痛や車酔いなどが、清白を苛立たせた。しかし、彼のほうにも、生来の癇癖と胃腸の弱さがあった。腸胃カタルは慢性化して、みずから黒いゴム管を魔法のように呑んで、しばしば胃洗滌を行なうようになった。その習慣は生涯つづいた、とは正さんの話による。

十月一日は秋雨がしとしとと降っていた。「お腹具合あしく心身不快にて身体の虚弱を感ずること甚しくはては憂慮の余り将来を過慮して幾美と共に泣く」とまで書かれた日である。翌日には、咽喉からの出血もあった。

その五十四――照魔鏡

十月三日、清白の許に重地から、頼んでいた母の写真の複写が届いた。「相当の出来なり」と恭しく受け取った。翌四日の満二十八歳の誕生日には、古くてあたらしい母の肖像を箪笥の上に飾った。写真はしかし、ただ飾るためのものではなかった。やがてはしかるべき画家に託して、その写真から肖像画を描き起してもらうことを、清白は考えていた。

幾美は脚気の症状をあらわして嘔気を催し、呼吸や歩行に苦しんだ。十一日から、同じ赤坂でも交通量の少なくて空気の淀まない高台に家を探して歩いた。つづいて赤坂も出て、十五日日曜の貸家探しは大遠征となった。麹町に至り番町をめぐり、牛込に出て佐内坂、砂土原町、払方町、納戸町より鷹匠町をへて薬王寺、加賀町と探した。市ケ谷仲之町を回覧、四谷荒木町、南伊賀町、学習院裏を検し、電車で葵橋に至った。霊南坂を上り市兵衛町を隈なく捜査し三河台町より幽霊坂上を過ぎ青山に出て、河井酔茗を訪ね休憩とした。青山学院付近を尋ね高樹町に出て、海賀という「文庫」の友人の細君に家のことを依頼した。夜になって霞町から六本木に出て帰宅した。鼻カタルが起って気分が悪くなった。この日、家は一軒もなかった。

やがて原宿の酔茗宅の近くに見つけ、十月二十日に転宅した。ところが、高樹町の海賀が転宅する、そのあとに移らぬか、という話が起った。方違えではないが、十一月六日には赤坂区台町五十八番地へ家移りした。庭が広く日当りのいい家だった。

明治三十八年八月、「文庫」の「六号活字」という小欄に、「明星」が清白を遇しないことを批判する匿名文が出ていた。清白と「明星」との、この時点での疎遠な関係を明らかにしている。

見よ、彼（「明星」）は、我が伊良子清白の一たび其誌上を去るや、今の詩人を数ふるに際して如何なる場合にも清白といふことを言はぬではないか、我輩は私交上清白と必ずしも絶対に親善なる者ではない、併し彼が作詩の伎倆殆んど現今の詩壇に匹儔を絶つほどであることは夙に之を認めて居るので、彼の作に接して、清白そも脳中の何処より斯の如き妙句を吐き来るかの歎を発したことは唯に一回のみでない、「明星」子等詩を愛し詩を論ずるを以て任となすならば、この清白を忘れはすまじき筈である、然るに己れの傍にゆかぬ限り、忘れて居るか忘れたマネをして居るに違ひない、斯の如きは真に文芸を愛する者の態度ではあるまい。

溯って明治三十三年、上京してまもなく、清白は麹町区六番町にあった与謝野鉄幹宅に仮寓し、かつ「明星」編集に参与した。わずかだが、資金を拠出さえした。

明治三十二年十一月に東京新詩社を設立、三十三年四月に「明星」を創刊した鉄幹は、すでに前の年から徳山女学校国語漢文教師時代の教え子林滝野と同棲していた。ところがその夏、関西へ旅した鉄幹は鳳晶子と恋に落ちた。滝野との同棲を解消したのち、晶子と結婚したのが、翌明治三十四年の秋である。それまでのあいだ「明星」は、山川登美子やしら梅と号した増田雅子(のちの茅野雅子)らが才と妍を競う場所として注目をあつめると同時に、世間は鉄幹と晶子二人を指弾した。『文壇照魔鏡』なる怪文書が横浜から出まわって、誹謗のことばをきわめた。やがてだれからとなく噂が立ち、横浜に住んでいた小島烏水、山崎紫紅、清白の三人が著者としての嫌疑をかけられるようになった。言い換えれば、鉄幹の行動を見た清白は、すでに鉄幹の許を離れていたと考えられる。だが、『文壇照魔鏡』とはまったく無縁だった。

明治三十四年六月、「文庫」誌上で烏水のつよい抗議があって疑いは晴れたが、清白はいっそう「明星」を遠ざかった。同誌への清白の寄稿は、三十四年八月、九月、十月に詩三篇と藤村『落梅集』の書評とがつづいたが、以降は絶えた。鉄幹がそれまでの女性を捨てあたらしい女性を娶り、かつその様を詩歌に公然化していくやりかたを、清白の道徳観はどうしても恕すことができなかった。非在の母を聖化してきた清白の女性観は、といってもよかった。

その五十五――哀

「文庫」の異才、という表現は、清白の場合、裏返せばより「明星」的な才質、すなわちロマン主義的な才質という意味合いでもあった。そのロマン主義的な側面をのみ見れば、「文庫」の中での異才とみなされるが、仮に「明星」に置いてみれば、それと対照的な、質実を尊ぶ素朴な抒情詩人としての側面や、熱情に対して冷徹な理智の判断をもってする高踏派的な側面も浮き立ってくる。それでも、有明、泣菫が並び立っていて、清白の才はそこに遜色ないはずだろうと、「六号活字」欄の筆者には思われた。「明星」が清白を遇しないのはおかしい、とはたんなるやっかみでも贔屓目でもなかった。

鉄幹、晶子はもとより、有明、泣菫からも清白は遠かった。「明星」を読みながらの清白の批評は日記に散見するが、どれも厳しいだけのものではなく、ある屈折を秘めた。そこからの冷えた距離は、伊良子清白の逆説である。

明治三十八年十一月十一日、赤坂区台町五十八番地の新居に、小島烏水が来て泊った。いろいろ話すうちに一千円の保険への加入約束を得た。翌日はどういう勢いか、原宿の河井酔茗を誘って、千駄ヶ谷に与謝野鉄幹を訪問した。「晶子女史にも面会す　狂熱の人と見ゆ」と日記には書き留められた。「鉄幹とは五年目の面会也　鉄幹君晶子を娶りたる時余面白からず思ふこと多かりしまゝ殆んど絶交に近かりしが今日亦再会することゝ成れり」

もし明治三十四年の当時、清白に鉄幹をゆるやかに赦すところがあったならば、「明星」は「文庫」とともに清白の舞台となり、泣菫、有明と鼎立する名声がありえたかもしれない。だが、清白は清白で、そのように振舞うことしかできはしなかった。

それにしても、「明星」と「文庫」とのこの時期の再会はなにを意味したか。どちらも、明治三十八年後半に至って、新体詩の異様なまでの流行を経験する中で、それぞれの担ってきた気風や意義を失いはじめていたということを示したと思われる。

十二月八日、詩集の版元に左久良書房が名乗りを上げたと酔茗から聞いた。銀座三丁目にある薬品香料を扱う老舗の店主が趣味で起していた版元で、佐久良とも書かれた。

この年の瀬も、二十九日、出張を兼ねて常陸の夜雨のところへ行った。会えば相変らずの「太古のごとき真人」だった。いきなりの話三昧に閉口したが、それがうれしいのでもあった。雪がちらちらと降りだして黄昏には二寸余りにも積った。翌日は詩の話で午前を持ちきった。古い書簡をまとめたものの中に、十年前の自分の書簡を読みもした。届いたばかりの「文庫」を、首を鳩《あつ》めて読みに読んだ。

夜、夜雨の父に保険のことを依頼した。加入へ誘ったばかりか、近郷の人の紹介や斡旋を求めた。「多忙にして今十日間は尽力六ッかし」という答だった。大晦日は夜雨の伯父にあたる八幡神社宮司に保険加入を勧めた。

清白の性質にこの種の仕事がいかに不似合いであったかは、相手の反応を録した日記が教えてくれる。すなわち、「即答なし、業をにやし、直に帰京と決す」というものである。

しかし、汽車には間に合わなかった。清白はこうして、身籠っている新妻の許に帰れぬまま、親しい詩の友、夜雨の筑波の家で明治三十九年という年を迎えることとなった。

夜雨は夜雨で、身の上を悲しんでいた。

「夜雨君の歔欷する声をきゝ、哀とおぼえたり　かくてことしはくれぬ」と日記も仕舞われた。

その五十六――いそがしければ

元旦は夜雨を揺り起して別辞を告げ、俥に乗った。大宝の森に入るころ、美しい黎明が筑波の上にあらわれた。

赤坂に帰宅すると、幾美は親類とともに雑煮を祝いつつあったが、疲労と腸胃の不快のために、そして保険勧誘のできなかったために、清白は不足たらたら床に入った。

二日の起床は午前二時半である。幾美の心して調理した朝餉も腸胃整わないために食べず、寒星剣を研ぐというごとき深夜の蒼穹を浴びて、凍死も思われるような寒さもこらえて、上野に着いたのが四時半だった。下館に下り、年末からのつづきの保険の往診を、下館ばかりか、栃木との境の村にまで至って行なった。三日も矢部村へ往診したが、この日は腹も心も爽やかだった。夜十一時家に帰り着くと、はじめて正月の心地がした。

会社への不満は、やれカルタ会だやれ箱根だという空気にもあった。父の窮状はつづいていて、清白の知人まで保証人として巻き込んでいる状況では、わずかの派手も忌むべきものとなっていた。一方では、日露戦後、保険会社の経営は冷酷をきわめはじめていて、諭旨免職に遭う者も続出していた。成功せず、不成功、といった記述がつづく保険勧誘と往診の日々である。

一月十五日、「文庫」が届いた。ぱらぱらと眺めて満たされなかった。「「文庫」の誌友の旧きもの追々疎遠せらるゝが如し、不平多し、眠る不能」と書いた。

十六日にも尾を引いた。この日の日記には、「不平のあまり烏水、夜雨両兄に今後は文庫の詩壇にあらはれざる旨申しおくる」と書かれた。清白がはっきりと詩壇との別れをことばにした、あるいは最初であろうか。

一月二十日は土曜日だった。白金に往診して帰ると、烏水の使いがあって、酔茗宅へ向った。


一時間程鼎坐してかたる、烏水君にはじめて文庫の詩壇を去る由をつぐ、これは詩壇の大勢早稲田党に傾かんとする虞あれば也、寒星天にあり明日の空も思はれて心水の如し、夜雨兄よ

り何故に詩を出さぬかとの返事をなす、これは職業いそがしければとて他にことよせつ、

清白はなぜ詩をやめることに決めたのか。その理由をはるばると尋ねてきた私は、この箇所にようやくそれを明確に読むことができる。職業の理由ではなかった、ということも併せられている。だが、ここにいう「早稲田党」を、台頭する「自然主義」の一派とも、「口語化」を唱えるあたらしい世代とも見定めえたところで、なお不明の問が残る。

清白は、なぜそのような理由で、詩壇を去ることができたのか。

翌二十一日の日曜の午過ぎ、松原至文が来て「文庫」につきいろいろと語った。烏水が編集の要を去ったので、これから自分に編集を嘱託された、助力を請うとのこころだった。これに対する清白の反応は不明である。ただ、翌々日の二十三日、本郷の南江堂書店に立ち寄ってハイネの辞書の買値を訊ねた。八円と聞いた。

清白は開業の意図も持ちはじめていた。会社では、菌の標本を検査することもある。そんなとき、「病の理学的症状は少しもなきも菌類は多し　戦慄するばかり也」と思った。そして、医師としてすすむことの自尊を覚えた。

保険医の職務には死亡調査もある。被保険人が死亡すると、その直前にかかっていた医師に尋ね、死亡理由を確かめる。加入当時の診査医を訪問して既往症の隠蔽がなかったかを疑うこともある。契約後年数を経過せずして重篤な病気に襲われる被保険人があるときは、出張中その風評につき注意し解約せしめる、というような務めも与えられた。勧誘業務は、募集員という、契約書類を作成する役職の者がいるので本来ではない。しかし、実際には、勧誘と口頭の契約とばかりならば、診査医がその役をも兼ねた。

二月三日は、あたらしい「文庫」を見て、「烏水氏去りてよりみすぼらしくなりぬ」と思った。

二月五日の朝、与謝野晶子から葉書があって、千駄ケ谷に鉄幹の病室を訪ねた。鼻唇溝のカルブンケルと見立てた。

風の強い日だった。家に帰ると、自分が病を問われた。「幾美わが顔を蒼しといふ　一昨日もいひき」

窓を開ければ、庭一面に月の光と梅の花とがあふれていた。

その五十七――漱石勧誘

二月十日、本所に往診した流れで、順天堂に入院した鉄幹を見舞った。

幾美の出産予定は六月だった。十一日の紀元節には着帯の祝いを命じ、産婆を呼んで胎児を診察せしめた。産婆は、発育佳良を告げて、喜んで帰っていった。小豆の飯をこしらえ、膾をつくって祝いのしるしとした。

二月の終りには、たびたび雛市に興味を抱き、いちどはひとりで、いちどは幾美と二人で出て、銀座に雛人形を買った。

二月二十六日、千駄ケ谷に往診のあったついでに鉄幹を訪問した。「晶子夫人保険に加入す尚多数の紹介書を得たり」と日記にある。

二十八日の夜、幾美と、雇いはじめたばかりの下女との三人で、美しく雛を飾った。官女、三番叟、潮汲などである。

三月に入ると、にわかに保険勧誘の動きを増した。晶子のくれた多数の紹介状に従って動きはじめたのである。

三月一日の勧誘行は、朝、霞町に和田英作、赤坂南町に岡野栄を訪れてはじまった。猿楽町に伊上凡骨を訪ね、席上に在った岩田郷一郎をも保険に入らしめた。十二時に出勤し、麹町と四谷に往診したあとのこと、千駄木林町に長原止水を、千駄木町に夏目漱石を、西片町に上田敏を歴訪し、保険を依頼した。みな不成功だった。

清白は日記に、「長原氏は沈痛夏目氏は洒落上田氏は快活」と書いた。

上田敏の訳詩集『海潮音』は清白を魅了していて、『孔雀船』はその造本に倣おうと考えられた。

漱石は明治三十八年、「吾輩は猫である」の連載でたちまち文名が上がり、年来の問題であった、教師か作家かの二者択一が、いよいよ悩ましくなっていた。新体詩、俳体詩、連句などのその試みが、最後になった年である。また、「猫」と並行して、それと対照的な「倫敦塔」「カーライル博物館」「幻影の盾」「琴のそら音」「一夜」「薤露行」などが書かれ、三十九年五月に『漾虚集』としてまとめられようとしていた。「坊っちゃん」は三十九年四月の発表、「草枕」は九月の発表だから、作家夏目漱石誕生の時期といえる。

与謝野晶子の紹介状を手に、ということは、伊良子暉造ではなく、伊良子清白が来訪したということである。しかし、漱石が清白を読んでいたとは思えない。十歳下の詩人の、その保険勧誘を洒脱な会話で断った夜、漱石は版元の訪問を受けた。『漾虚集』を飾ることになる装画をみせられたのである。翌日、中村不折と橋口五葉に宛てて、感謝の手紙をしたためた。漱石の日記の筆はその流れを記したが、その前に来た客のことになど触れるわけはなかった。

歓迎されなかっただろう客の胸の中にも、造本や口絵の案など、ほどなく刊行されるはずの自著の装丁プランは動いていた。

三月六日、早起きをすると酔茗を訪ねて、詩集の件につき種々の相談をした。会社の帰りには銀座左久良書房の細川を訪ねて詩集発行につき協議した。四六判二百ページ、クロス表紙、四月発行ということを定めた。

三月七日、駒込曙町に岩田郷一郎を訪れ、岩田の親戚の深見という画家の画堂を見ると、この人に亡き母の肖像画を依頼しよう、と思い決めた。

九日の午後、横浜の烏水方に行くと山崎紫紅もやって来た。詩集の造本につき、左久良書房と縁のある烏水に、側面からの援護を頼んだ。それは全文を四号活字とし、厚い質の紙を用い、総じて上田敏の『海潮音』に倣うという注文だった。

詩集の名について相談すると、「五月野」「きらゝ雲」「孔雀船」が出たが、そのうちの「孔雀船」と決した。

賛成多ければなり、と日記は語る。「これは成語として不熟なれど売るといふ点より刺戟多き文字ゆゑよろしからんとなり」

九時に辞して十一時半に帰り着いた。「月清き夜なりき」とその日の記は締めくくられた。

その五十八――求人

三月七日には、詩集原稿の書取りを幾美に頼んで大半が成った。八日、母の写真を添え、岩田氏を通じて深見画伯に肖像画揮毫を依頼した。どこかで呼応しながらも、これは詩集の口絵とは別のことだった。原稿にルビを付したのは三月十日の土曜日、幾美が助手となった。十一日は雨降りのわびしい日で、終日、家で詩集の手入れをなした。十二日の夜も手入れをなした。

十三日、会社の玉崎にした身の上話の骨子を、日記はこう伝える。「要は生活難の故に或は永く会社に止まる能はざるかといふにあり」

十四日、酔茗を訪ねて詩集について話すと、詩集の名をよしと肯いた。酔茗は「文庫」の詩の欄の選者を辞そうとしていた。明治三十八年の初めから「女子文壇」にかかわりを持ち、選者というばかりか全体を任されていくなりゆきにあった。それで、こんどの「文庫」の詩欄選者がだれになるかが、紛糾していた。夜雨にやってもらわなければ「文庫」でなくなる、と酔茗はいう。酔茗去ることの経緯を快く思わない夜雨に選者を託するのは諾わぬ、と清白は返した。

三月十五日、長原止水を訪ねて詩集の表紙、口絵、袋紙カットなどの図案、絵画を依頼した。三週間の余裕がなければ、といわれた。口絵は、「花売」の詩があるところから、花売り娘を油絵でものすることとなった。

西片町に上田敏を訪ねた。小牧暮潮の詩を賞賛すること甚だしかった。「孔雀船」と詩集の名を予告すると、「不穏ならず」という答が返ってきた。

十八日、長閑にてよき日なりしかば、と保険勧誘に渡り歩いた。東五軒町に柳川春葉、角筈に大町桂月、大久保に戸川秋骨、同所に島崎藤村を訪ねた。藤村を勧誘したかは不明である。有益なる談話を聞く、とのみ伝わる。

二十五日日曜、また鉄幹を見舞った。『孔雀船』の広告を依頼した。

上野韻松亭では「文庫」の恒例の春期松風会が開かれた。四十五名が集った。夜雨も参じていて、二次会のあと自宅に連れて帰った。語り合った挙句、夜雨はようやく酔茗のあとの詩の選者を諾した。

二十六日、夜雨を家に残して出勤し、午後は長原止水を訪れたが不在だった。岩田郷一郎宅に至り、深見画伯の保険を依頼したが調わなかった。ただし、過日揮毫を頼みおいた母の油絵が九分までできあがっていたのをアトリエに見た。


原版の写真濛朧として不明なりしかば半ば美術の力によりて我が卅年前の母上は茲にうるはしく再生し給へるなり

幻がこの世にあらわれようとしている、と思えた。

帰宅すると、石津という浜田の人からの急信があった。

二十七日、会社で田原主事の話を聞いた。本年中は俸給を増さず、また清白には出張させず、主に内勤を欲するという口振りだった。

三月二十九日の夕方、家に松原至文が来た。至文は「文庫」における自分のあたらしい立場を説明した。それから清白を「文庫」の編集主任に推すといったが、清白は辞退した。

至文とともに、夜雨が当夜身を寄せるという溝口白羊を元原宿に訪ねると、よほど遅れて酔茗も来た。五人が話したが、「文庫」のこれからについての話は、少しもまとまらなかった。

例によって、夜雨の出す文集の題をみんなで「花守日記」に決めるなど、親密さのうちにあることは変りない。だが、「文庫」そのものの舵取りはもうだれにもできそうになかった。それぞれの中に、向わなければならない方向が、てんでに変ったようである。

三十日、出張の千葉であらたにウーラントを二篇翻訳し、夏の日あの横須賀にて訳していたものと併せて十篇を「文庫」に送った。総題は「きらゝ雲」である。

三月三十一日、出張から帰ると浜田で人を求める原田という人からの書状が、大阪の三輪を仲介して届いていた。則天堂医院医師と浜田細菌検査所所員を兼ねた職務である。条件は六十五円という。清白は就任期日延期と赴任旅券を五十円出すことを願う返書を、ただちに出した。五月に詩集が刊行されること、六月に子供が生れることが、念頭にあったからにちがいない。

その五十九――浜田行

それにしても、明治三十九年は恐るべき年だった。そこから一、二年のあいだに、有明も泣菫も、それぞれの詩の頂点と終点とを同時にもつことになるとは、だれひとり予測できることではなかった、そんな年である。定型詩・文語詩の中で推し進めてきた自分の最高の達成が、最高の達成だからこそ、あたらしく膨らんだ読者の中よりあらわれた自由詩・口語詩を求める次代の詩人たちのはげしい攻撃を浴びた。

それは詩の中だけの出来事ではなかった。この年八月、「文章の混乱時代」と題された談話で漱石は、次のように語っていた。複雑化した時代の思想や感興をあらわしたいという要求に、簡単の時代にできた簡単の言語では不充分なので、日常の言語に接近した通俗文が求められる。しかし、通俗語では歴史的な美感を表現できない。そこで、文章体を保つか、通俗文に向うかというふたつの勢力の争闘が起っている、と。

四月四日、清白は仕事の途中で、本郷に山縣悌三郎先生を訪ねた。林田春潮の後任として編集局に吉川秀男をあたらせようとの構想を聞いた。すでに吉川は甘諾したという。ただし、夜雨を詩の選者となすことは吉川は甘んじない、先生もまたそれを躊躇する、といわれた。

いよいよ「文庫」は「文庫」ではなくなる方向へ行こうとしていた。啓蒙によって社会に寄与しようとしてきた内外出版協会の経営も、営利優先の資本力豊かな出版社によって駆逐されはじめていた。

深見画伯の許へ寄り、油絵を受け取った。九分までのところを見ていて心待ちにしていたが、できあがったものは落胆させた。

全体このゑは似ず　十時帰家　この油絵もとゝなりてあらそひをはじめつひに別に室を分ちていねたり

幻がこの世にあらわれることはなかった。

七日、浜田との条件交渉が大詰めに来た。先方は、県への申し訳から四月中には来てもらわねば、といった調子、清白は「五ガツチューナラユク」と、この日打電した。大阪の三輪を介して、赴任旅費五十円を出すこと、県の補助が減じても年俸八百円を出すこと、を条件として伝えた。清白の気持はもう固まっていた。

帝国図書館で研究の帰り、上野は花盛りだった。夜、月は美しく、たとえれば白い雪の中を行くような心地がした。

八日日曜の夜には、烏水と酔茗が来た。浜田行きのことを語ると大いに引き止められた。これまでのことから、いま離れればもう行ききりとなることを、彼らはよく知っていた。

十三日、運送屋を呼び、浜田までの見積りをさせた。翌日は、六月の出産後に浜田へ下ることになる幾美が、汽車に酔ったときの手立てをあらかじめ講じた。この日、『孔雀船』の校正が終った。五月五日刊行と定まった。口絵「花売」が油絵にてできあがってくると「幽しきものなり」と満足した。

四月十八日、またも鉄幹を大学病院に見舞った。病は恢復期にあり体温は平熱だったが、病名はつかず仕舞いだと聞いた。晶子も傍らにいた。五円の包みを見舞いとして贈った。浜田行きのことを少し話した。

太平洋画会展を見て帰宅すると、待ちに待った電報が来ていた。三十円の旅費がつくことになり、いよいよ浜田行きが決定した。二十日、年俸八百円を給し、来年は九百円に増すこと、俸給は県からの補助二千円の中よりすること、開業医と反対の位置にあること、そんな確認が浜田から来た。

二十二日、道具屋に売って、茶棚、戸棚、机、本棚を運ばせた。本郷湯島の金原寅作にハイネの辞書を売った。二十三日月曜、会社に辞表を出すと、ただちに許された。

山縣先生を訪ねた。山縣夫人は不治の病を抱えていたが、次の記述には、たがいの目にたがいの姿を反映させあう光景が映し出されている。「奥さまにもこたび山陰道に赴任するにつきて別を告ぐ　奥さまの御様子暗然として墓穴のほとりに立つ人のごとし」

先生の許に積み立ててきた金はそのまま預け置くこととした。帰りに深見画伯のアトリエを訪ね、画伯から母の写真を受け取った。

出立の日はたちまち来た。四月二十九日、午前十時より正午まで、町内の内海の家で送別の宴があった。

早や十二時と成りぬ、幾美は送らず　いそぎ停車場にいたる、河井松原人見の三君に会す　又プラットホームに入れば深石、内海両氏あり　つひに宇野氏母子にも面会し磯村君にも世戸君にもあへり、皆心深き人々なり、日うらゝかに空はれて美き日なり、○時半無情の汽車は煙を吐いていでぬ、余は低く次のうたを口ずさめり

再びは越えじとぞ思ふ陸奥のいはでの関の鶯の声

あゝわれ果して再び都門に入ることありや否や、雨ふりいでゝ不二見えず、沼津あたりにて日暮る

漱石の明治三十九年には、別に、こういう断片がある。

「明治ノ三十九年ニハ過去ナシ。単に過去ナキノミナラズ又現在ナシ、只未来アルノミ。青年ハ之ヲ知ラザル可カラズ」

「現在ナシ」とは、これは恐るべきことばだろう。

その六十――流離

伊良子正さんと私とのあいだの会話はいつも、清白がなぜあんなにも潔く、あるいはたちまちにして詩の世界をあとにしたか、という謎をめぐってのものであった。

答はすでに、人々によっていくつかは用意されている。だが、正さんも私も、それらを眺めた上で、首を傾め、なぜ、と清白日記の底の底を覗き込もうとしてきた。

そこには怒りに似たものがあった。正さんの場合も、私の場合も、伊良子清白を追い払う力が、今の世にもはたらいていることを確信するところがあり、そのために、なぜ、という問は過去のものではなかった。そればかりか、追い払う力を、わが身の上に感じつづけてもきたのである。しかも、それはよくは筋の通らない力である。なぜなら、その力はいつも、やがてその力自身を追い払ってしまうような力だからである。

島本久恵の書いたものには、河井酔茗からの伝聞が濃く、そのために明治の詩の流れが自然にとらえられている。そこには文語定型の詩を一挙に押し流すようにして口語詩への欲求が起ってくる前夜の状況があった。また、日露戦争後の社会には、列強と並ぶ産業資本主義社会をめざすことへの急速な旋回が起った。そうしたことも、詩人たちの残した手紙や伝え聞いた会話の構成によって、内側から描きとめられている。

だが、たとえばこんな疑問がある。『明治詩人伝』や『長流』によれば、長原止水を訪問した清白は、あたりまえのようにして止水を保険に勧誘して、その激怒を買った。「それでも貴方は詩人か」と一喝され、画室を締め出されて怱々に門を出なければならなかった、という。

日記に目を凝らしてみるが、その記述はない。むろん、記述の向うに隠されたのかもしれない。

けれども清白には、どうも相手のその怒りを、どう考え、そしてそれから受けた衝撃をなだめるすべも自分にはなかった。傷ついた、しかし何となく承服できぬ面持ちで友達に語り、そして友達の同感が、長原さんの側にあるらしいことがわかると、すうっと顔から生色が引いて、そしてそれがもう友達からの孤立と別離を決める瀬戸へといそぐはずみになるようで『明治詩人伝』の、胸を衝く一節である。『長流』ではいっそう小説的に書きなおされていて、生活を芸術よりも下に考えることのできない清白がそこにいる。人間は詩も書けば保険も勧める、そう考えている清白がそこにいる。長原さんに怒られまして、と清白が久恵にも、じかに語ったと添えられている。だが、もし激怒を買ったとしても、清白の流離を決定づけたものかどうか、疑問がある。少なくともその答だけでは、それ以後の果て知らぬ流離のしかたは説明がつかぬ。

「清白には、じつにからりとしたところがございました」

私にときどきヒントを投げるようにそんなことを語った正さんは、鳥羽小浜の湾口に立つあの診療所を兼ねた家で育った。浜田、大分、台湾と流れ、京都を経由して帰り着いた清白が、「閉塞と自得」のうちに、はじめて永く腰を据えることになった地である。

海の光という「月日の破壊《はゑ》」(「海の声」)を一望の下にしながら、清白がどんな晩年を過していたか、正さんの詩やエッセイによって一端を窺うことができる。その小浜時代の清白をとらえたエッセイを、新聞に読んだことがある。それは昭和五十四年のあの夏、私が鳥羽小浜を訪れ、さらには安乗岬まで足を伸ばそうとしていたときである。旅の第一夜に宿らせてもらった岡崎の旧友の家で、つい二週間程前の中部版の朝日新聞を差し出された。

台風が近づくと、防波堤を越えて海水が家を洗った。電灯が断たれると、書斎の天井に貼りつけておいた地図に懐中電灯の鈍い円をあて、晩年を漁村の医師となった不機嫌の伊良子清白は、豹変して嬉々となった。「いまに風向きが変りはじめるぞ」「このまま北上か、右旋回するか」と、岡田武松の『気象学』二巻を傍らに独り言をいいながら、対岸の渥美半島の先端、伊良湖岬の方を指し示した。そのうち、予測どおり風の方向が逆向きになった。少年の正さんは、地名とその経緯度を正確に一致させている父親に驚いた。これがエッセイの中心である。

漂泊の果ての家にも、激しさを失わなかった詩人を思って、私は慰められた。だが、あの明治三十九年の暮春に、詩人は死んだのだったろうか。月光は純潔と死の観念、日光は流離と生の観念である。伊良子清白という詩人が究極のところ、月光によって語りつがれるべき青年であるのか、日光によって語りなおされるべき老翁であるのか、そこにはたしかに、大いに思い惑わせる分岐がありそうである。

その六十一——天保山岸壁

昭和五十九年の暮れも押しつまった夕べ、私は九州へ帰省するはずの新幹線を、思い立って新大阪で降りた。市営地下鉄中央線に乗り換え、暮れきった大阪港駅に降り立った。いわゆる築港と呼ばれる界隈である。古くから大阪港の中心であったそこは、埋立てに次ぐ埋立てで次第に寂れてきていて、そのときはすでに、南港と呼ばれるずっと南のあたらしい一帯が、フェリーの発着などで賑わっていた。「船員バー」「海員バー」のネオンが、どこか異国風で瀟洒な店構えを飾っていた築港の町並みには、その扉を押して入っていく人影が見えなかった。「船員」の姿も「海員」のかたちも見えないばかりか、旅行く人らしい影も、ほとんど見あたらないのである。

バーを避け、空腹を満たそうと鉄板でいろいろを焼いてくれるらしい飲み屋に入った。カウンターの向うの女将に「海員バー」のことを尋ねると、地元の者でも滅多には入らないという。

「このへんの者は、根があって根がないんやから」と女将がいった。それがどういうことなのか、よくは分らない。聞き流すようにして、天保山岸壁について訊いてみると、店から歩いて五分ほどだといった。

翌朝早くに起きて、ビジネス・ホテルから天保山岸壁までぶらついていった。安治川と尻無川の川口に挟まれて突き出ているのが中央突堤で、突堤の安治川寄りに安治川口岸壁と天保山岸壁が並んでいる。どんよりと曇った空の果てから、濁った波が打ち寄せてきた。

天保山岸壁は、明治三十年の築港起工のときに造られている。私はそこに、くたびれて汚れた一艘、鎮西丸という船を浮べてみようとした。船客の列に入って乗船する若い医師の後ろ姿を思い描こうと試みた。だが、フェリーの発着をすっかり南港にまかせきった築港には、貨物船のゆききが見あたるばかり、船旅の気配はなく、「鹿島立」の風趣はかけらも見渡せなかった。

築港一帯の中心を占める大阪市港湾局を訪ねたのも、またそこの人からの紹介で大阪港振興協会という古いビルを訪ねたのも、奇妙にはかない探訪だった。摑んだことといえば、日本海沿岸航路の船は五十噸から百二十噸程度のもので、岸壁からではなく、安治川や尻無川の河口内の発着所から出たのではないか、という推測だけだった。

鎮西丸という、底に海の芥を溜めたいまはない船、廃されてすでに久しい航路、埋め立てられてすっかり変った港湾の地形、そして、忘れられた詩人。味気ない眼前の築港の風景の淀みの中から、それらが私に、旅への誘いをかけてくるように思えた。

月光抄　目次

主要文献

「伊良子清白日記」
『伊良子清白全集』岩波書店
伊良子清白『孔雀船』岩波文庫
山縣悌三郎『児孫の為めに余の生涯を語る』弘隆社
『小島烏水全集』大修館書店
『滝沢秋暁著作集』滝沢秋暁著作集刊行会
河井酔茗『明治代表詩人』第一書房
島本久恵『明治詩人伝』筑摩書房
島本久恵『長流』みすず書房
日夏耿之介『明治大正詩史』新潮社
山路峯男『伊良子清白研究』木犀書房
伊良子正『十二月の蟬』創樹社

本書は、「新潮」二〇〇二年七月号および二〇〇二年十月号に「月光抄―小説 伊良子清白（一）」
「月光抄続―小説 伊良子清白（二）」として掲載され、単行本化にあたって大幅な加筆訂正がおこなわれた。

函 装画 清白による気象学書欄外への書き込み
装 幀 平出隆＋新潮社装幀室

伊良子清白　月光抄

Das Licht des Mondes sagt, daß

いらこせいはく　げつこうしょう

著　者……………平出《ひらいで》隆《たかし》

発　行……………二〇〇三年一〇月三〇日

二　刷……………二〇〇九年 七 月三〇日

発行者……………佐藤隆信

発行所……………株式会社新潮社

〒一六二―八七一一 東京都新宿区矢来町七一

電話 編集部 〇三―三二六六―五四一一

読者係 〇三―三二六六―五一一一

http://www.shinchosha.co.jp

印刷所……………株式会社精興社

製本所……………大口製本印刷株式会社

製函所……………株式会社岡山紙器所

乱丁・落丁本は、ご面倒ですが小社読者係宛お送り下さい。

送料小社負担にてお取替えいたします。

価格は函に表示してあります。

©Takashi Hiraide 2003, Printed in Japan

ISBN978-4-10-463201-5 C0095

伊良子清白 日光抄

Das Licht der Sonne sagt, daß

平出隆

新潮社

伊良子清白　日光抄

日光《につくわう》の　語《かた》らく

わが見《み》しは二《つぎ》の姫《ひめ》

「月光日光」

その一――細菌検査所

新詩壇、新作家の尤なる清白君の処女作詩集は是なり、句々宝石の如く、節々彩翎の如く、長篇は白玉城廓の如く、短篇は爛星の如し、明治年間の自然詩集を知らむと欲せば、希くは本書に就いて、その清且つ高なる絶調に聴かれんことを（書房主人白）

雑誌「明星」の明治三十九年午歳五号は五月一日の日付をもつ。そこに『孔雀船』の広告が出た。その簡にして要を得た格調からしても、「自然詩集」というとらえかたからしても、ひょっとしたら詩人と版元左久良書房とを仲介した小島烏水の、慧眼と雄筆が入ったものかとも疑われる。

ところが詩集の作者は、詩集の刊行を見ずに山陰へ向っていた。初めての子供を宿した妻をも東京に置いていた。清白伊良子暉造を乗せた鎮西丸は、大阪港を出港してから二日をかけて瀬戸内海を抜けていった。

五月六日、下関を抜錨してからは玄界灘の風波がやや荒く、船体は鉛直に動揺して不快が甚だしかった。十時に萩に着くと一息ついた。名産の夏蜜柑を買って食べた。

萩を出て須佐、須佐を出て浜田まで、例の鉛直動はほとんど休みなく、乗客はことごとく青菜のように青褪めて、吐かぬ者は十中二三というふうだった。清白は朝食を摂らずにいたので、空腹と吐き気とがこもごもにやって来て、永くも耐えられなかった。

午後五時、ようやく浜田港に到着した。艀《はしけ》に移ってはじめて生気が戻った。

湾内に中学生のボートレースを見た。めぐりには、船をたくさん浮け連ねて応援をする者たちがいた。目もあやに、いろいろな旗が立てられていた。陸上にも見物人が山のようにあって、どよめいていた。

石州浜田は古くから政庁石見国府の地といわれ、寛仁四（一〇二〇）年、中納言常方卿が潮汐の満干を調べ、浜を田に開いたのがその名の由来と伝えられている。元和五（一六一九）年、鴨山の地を亀山と改名、そこに築城されて城下町となった。畳ケ浦など奇岩の入り組むリアス式海岸で知られ、山陰屈指の水産地である。浜田川を川口へ辿っていくと、川の西岸は港町という土地である。港町には遊郭があった。遊郭には細菌がつきものであった。

その夜は、亀山館という旅館に投じた。浜田への船旅のそればかりか、東京を離れることにかかわったすべての疲労がいちどきに発したようで、五月六日から七日にかけて、清白は昏々と眠った。

めずらしく、日の高くなった八時になってようやく起き出した。石津という人が宿まで来て、細菌検査所の設備について種々の用談をしていった。自分の赴任につき少なからず尽力した人らしいと、次第に分ってきた。

十時、原田永治院長の許に行った。総門づくりの旧家老屋敷めいた家で、浜田則天堂病院という看板があった。あたらしい副院長としてその門を入った。これまでの助手、これから世話になる助手にも会った。昼食を馳走になると、細菌室用の器具を選び出す作業にかかった。

五時過ぎ、石津とともに伝染病院に行き、院内に移し整えるべきあたらしい細菌検査所を見た。それまでは港町の遊郭に付属する施設であった。だが、院内のこれまでの設備や構えにも不十分が目立った。洗い場はなく、消毒室は狭隘で、どういうつもりかとまで思えた。夜九時、仮居の先が監獄前の家となり、亀山館から移った。

当初の仕事は、細菌検査所の備品消耗品の品目づくり、郡長、町長、警察署長、医師たち、銀行頭取、酒屋、酢屋、醬油屋、秤屋など有志家への挨拶、孵卵器の試験などだった。

八日、予想外に早く荷物が届いた。翌朝になって荷を解くと、茶箱はがたがたに壊れ、中の器物に多くの破損が覗かれた。

五月十一日、はじめて患者の手を取った。夕方、小包が届いた。八冊の『孔雀船《くじやくぶね》』だった。清白の目には、印刷は鮮明でなく、体裁も予期したほどではない、と映った。紙質が不良なためであろう、と思った。誤植を、四つ五つ見つけた。赤インクで訂した。

その二――山阿海陬

『孔雀船』落手の夜は、原田の家で宴会がひらかれた。出席者の大方は、つい先ほど挨拶をしてまわった人々、それに新旧の助手たちというほどの歓迎会である。宴酣《たけなわ》になると、郡長や署長の演芸は奇々妙々を極め、その他の諸氏も尽すだけ歓を尽して帰って行った。監獄前の仮寓に帰り着いたのは、深夜一時半だった。

五月十三日、県庁への所用で船に乗ると、雨催いながら六日の海よりはるかに波は穏やかだった。翌朝、境港に着き、中海《なかうみ》を過《よぎ》って二時、松江市に入った。

警務長や衛生主任である警部やに面会したあと、検査室を見学した。培養基の方法、孵卵器の温めかた、実験動物は兎、二十日鼠、南京鼠であることなどを見届けた。

十五日、実験用に南京鼠を少しと、チフス、コレラ、赤痢の種をもらうことになった。三階の楼で昼飯を振舞われたが、その場で毒殺した兎が饗せられた。

帰郷することにつき、あらかじめ原田院長に許可をもらっていた。鳥取の異母弟岡田道寿に打電し受電して、汽船に搭じ、五時米子、九時青谷《あおや》に着いた。松崎から青谷までのあいだの景色を見て、「真に山阿海陬《かいすう》因幡はヒドイ処也」と呟いた。石見、出雲、伯耆と山陰の海辺に旧国を辿ってきてのことだが、故郷への屈折した思いも隠れていた。

十六日朝、青谷を陸路に発し、長尾ノ鼻より日本海を望みながらしきりに俥を走らせた。俥を換えた浜村あたりは漁村で、蟹舎茅屋《かいしゃぼうおく》が連なり、砂丘に松が生い出ていて寂しいところだった。宝木《ほうぎ》、酒津《さけのつ》、御熊を過ぎたころ雨雲が兆したが、やがて日脚が洩れて、水の光も山の色も美しかった。久松山《きゅうしょうざん》が見えはじめ、千代川を渡って鳥取市に入ったのは正午だった。

東京を離れてほどない清白は、こうして、思いがけず西の方から、いま一度の帰郷を果した。

道寿に迎えられてから市内西町の借家へ行き、父岡田政治の後添いしまに会い、連れ立って曳田《ひけた》へと行く道すがら、父政治にも会った。山間の村に着いたのは三時、曳田には野焼きの煙があがり、山は暮れて、変らずに水音が寂しかった。

正法寺に詣で母ツネの墓に至ると、花は早くに散って木々はみな緑を深めていた。乳母田村すみの点けてくれた線香の火がひたと消え、煙がむらむらと立ちのぼると、墓石の隙間が隙いて母の声が聞えるような心地がした。

藤がさかりの鎮守に詣で田村の家に向うまで、すみの父という老人や、泣きながら追ってくる老婦や、母と親しかったかアなる人など、多くの村人に話しかけられた。

十七日は鳥取市に戻り、東町に幾美《きみ》の実家森本を訪ねた。漢学者の家は庭前の苔が清らかで、折しも卯の花が咲き乱れていた。幽暗の気が雨をふくんで一室を襲うとき、室内に堆《うずたか》く並べられた書画骨董の類が、沸々として百年前の風を生じるようだった。だが、母は病に引籠っていて、幾美の次弟滋杪《しげすえ》も出てこなかった。昆布茶など啜り、一時間ほど経て辷り出た。

五月十九日、俥を駆り青谷に至り、汽車で境港に着いた。その日にも翌日にも船がないと知って失望したが、東京に残した幾美に宛てて、このたびの帰郷の仔細など、長文の手紙を書いた。送ってしまうと、細菌学の本を読むほかになすところもなくなった。

好天となった二十一日午後二時、ようやく境港から乗船した。こんなことなら鳥取に長逗留すればよかったと悔いた。日記には船室内のありさまを「例に因て不潔を極む」と書いた。内外出版協会の山縣悌三郎への預金の数字を、その船室で数えた。四百四円余りである。「文庫」とのあいだはまだ、永年少しずつ積んできた預金によって繫がっていた。

その三――壊れ荷

五月二十二日、三時に浜田港に着いた。原田に立ち寄ると幾美よりの小包と書状三通、その他諸方からの来状を受け取った。「文庫」「白鳩」も来ていた。中に長文必親展とある封書は、横瀬夜雨からのものだった。

開封すると、古矢継之《つぎの》なる東京浜町の女と結婚したいという手紙だった。清白は驚くとともに、ただちに「不同意」との答えをやった。まずは電報であった。追って夜、手紙を書いた。

明治三十三年一月、常陸に訪ねたとき、清白は夜雨の身体を隅々まで診たことがある。生きているのがふしぎなくらい、余命十年とない、と診断し、そのままを告げた。幼年以来の背の曲る病に、伝染性の肺疾患を加えていた。この夜の手紙には、そのような身体を婦人に与えることは、なにより医師として、また友人の情からして看過できない、という旨を書いた。

その日中は、瀬戸ケ島へ往診に出た。港町界隈から海へ向うと、港橋がある。ひとつの橋を介して町とようやく繫がっている瀬戸ケ島は、いまも漁師の家がぎっしりと集落をなすところである。往診について、「心地よき家にはあらざりき　風温き日也」と日記に記した。

届いた五月十五日号の「文庫」には、酔茗の筆だろうか、清白の離京を知らせる記事が出ていた。「清白　東京を去れり、石見浜田に永住の積りなりと云ふ。詩を愛する者、詩を作る者、必ずしも東京に生活するを要せず。山陰の海、波荒しと雖も、活きたる風土紀は里の名に残れり、冀くは詩神、君に幸ひせよ。」

『孔雀船』の反応は、少しずつ世にあらわれた。まずは広告が、五月二十一日付の新聞「万朝報」第一面に打たれた。作者の許には購読を求める八幡浜の知人からの手紙が来たり、境の小さな雑誌から寄稿依頼が届いたりした。前者には小為替が入っていたが返戻して贈本し、後者には「謝絶してやる」という応対ぶりだった。

五月二十六日付「万朝報」紙の新刊批評欄には、短い紹介記事が出た。「長短錯落として光彩を放つ、著者の詩を読めば恰も西詩に接するが如き感あり、風韻ありて朦朧の嫌ひなし」

清白が便りを待ったのは、しかし書評ではなかった。「この頃幾美の手紙をまつこと甚し」とみずから記している。東京からの消印をつぶさに調べあげ、四日目乃至五日目、早いものは三日目に来る、などと確かめた。

いったん原田家の庫に預け置いたくだんの茶箱の荷物は、取り寄せてみると壊れの状態が予想以上にひどかった。永楽小盃、酔茗からの贈り物の九谷丼、支那の菓子器、赤絵千鳥波の深皿五人前すべて、薩摩茶碗五個のうち三個、小さな重、小盃一個、見台、歌留多箱、吸入器箱、花籠、古い文庫、厨子、花瓶台、額縁などである。「雛の道具はまだ見ず」「残念でたまらず」と日録に書いた。

六月一日、遊郭から伝染病院内へ細菌検査所を移転させると、大抵の設備備品は整った。

一月経たぬうちに、気づけば浜田町のほとんどの界隈を歩き終っていた。そしてこう書いた。「古物屋に思はしいものなく、また靴など皆高価也　全体この地は人を見て物のねを上下し、加ふるに輸入品は悉く三割高にして注意せざれば不経済にをはるならん」

清白の記録は、人にも町にもつねに仮借ない。だが、淀みなく言い放っていて、湿った含みがない。「弥重氏の放縦らしき湯浅氏のヅボラなる串崎氏の慧敏なる永田氏の自制なきとり〴〵也」とこれは、六月四日の宴会についての、これだけで終る記述である。

その四――月姫

詩集への書評は六月六日に届いた郵便の中にまとまっていた。山崎紫紅、松原至文が切抜きを送ってくれたのである。「帝国文学」六月号は次のように紹介した。

「漂泊」「淡路にて」等十八篇を集めたるものなり　清白氏は文庫派中錚々の聞えある詩人な

れば其作とり〴〵面白し　中にも「漂泊」「夏日孔雀賦」「安乗の稚児」等最も愛誦するに足る　「駿馬問答」はただ言葉を集めたる苦心を見るべし　おしなべて氏の用語は頗る豊富なるに其作多く人を動すの力なきは惜むべし　されど是れやがて文庫派詩人の全体に対する批難なれば独氏一人を責むべきに非ざらむ　製本は「海潮音」に似て頗る美麗　何時もながら左久良書房が美本を出すは感ずべし

大正の終りから昭和にかけて日夏耿之介が覆すまで、このようなひと絡《から》げの中に、清白と『孔雀船』とは埋れることになった。上田敏を中心に据える「帝国文学」の詩界は、蒲原有明、薄田泣菫を大切にし、「文庫」の詩人たちを少し見下ろしていた。

「早稲田文学」は清白を、次のように簡単に紹介して済ませた。「文庫派詩人の白眉たる著者が第一詩集で「漂泊」「海の声」「夏日孔雀賦」等十八篇を輯めてある。左に「花柑子」の一篇を掲げる。」

明らかに、わざと掠めて過ぎただけの批評だった。時は自然主義が声を上げていたが、彼らの敵意は有明、泣菫の朦朧とした象徴主義ばかりか、清白の明朗なクラシシズムにも向っていた。

そこに紹介された詩篇「花柑子」は、ただ可憐で引用しやすい、行儀のいい素直な抒情詩としてしか読まれなかったものらしい。

島国《しまぐに》の花柑子《はなかうじ》
高円《たかまど》に匂《にほ》ふ夜《よ》や
大渦《おほうづ》の荒潮《あらじほ》も

羽《はね》をさめほゝゑめり
病《や》める子《こ》よ和《なご》の今《いま》
窓《まど》に倚《よ》り常花《とこはな》の
星村《ほしむら》にぬかあてゝ
さめ〴〵となけよかし

生《いく》をとめ月姫《つきひめ》は
新《あらた》なる丹《に》の皿《さら》に
開命《さくいのち》貴宝《あで》を盛《も》り
よろこびの子《こ》にたびん

清《きよ》らなる身《み》とかはり
五月野《さつきの》の遠《をち》を行《ゆ》く
花環《はなたまき》虹《にじ》めぐり
銀《しろがね》の雨《あめ》そゝぐ

これも、五音五音で一行となる清白独自の調子である。その張りつめた簡潔の調べは、文語でありながら口語的な清新さを示し、定型詩でありながら自由詩との境目をひらいていた。文語定型詩の零度であり、口語自由詩の零度であったとは、どちらの詩形として見てもその歌への放漫さを抑制しきっているという意味である。

「月姫《つきひめ》」の幻想は、詩篇「漂泊」における「亡母《なきはゝ》は／処女《をとめ》と成《な》りて／白《しろ》き額月《ぬかつき》に現《あら》はれ」の行に通う。「生をとめ《いく》」の「生《いく》」は生命力を讃える接頭語である。「花柑子」の「月姫」は詩篇「月光日光」において、「一《いち》の姫《ひめ》」の死と「二《つき》の姫《ひめ》」の生とがあった、それらを掛合せ、とりわけ「一の姫」の彼岸での蘇りを果そうとしたかのような詩句であろう。この詩篇「花柑子」は、さらに最終連の「五月野《さつきの》」の語において、「五月野」という題をもつ別の秀麗な作につながっている。「月光日光」は明治三十七年十二月の作、「花柑子」と「五月野」は明治三十八年八月の作である。

清白は『孔雀船』の見返しに、また扉あたりの余白に、書評の切抜きを貼付したり、筆で書き写したりしていった。六月六日の日記にはこう記された。「概して評はよろし、但し親切なるものは少し」

六月十四日、住むべき家の修繕がようやく成って、単身入居した。五月下旬に一瞥して、「不潔甚し　又半ばは破損せり」というほかなかった家屋である。改修後転宅しても、「天井低く、壁傾き、ゆか低く、三十年前の建物にして不快甚し」というものだった。

その五――書評

伊良子正氏の所蔵する『孔雀船』の扉の余白には、このころ着いたと思われる与謝野晶子の葉書の筆写がある。

一昨日蒲原有明様お越しに相なり御詩集の評遊ばされ候をうれしく承り候　初めのはことにことによき御作と仰せられ候ひき　その他いづれもとり〴〵にすきなりと語り給ひ候ひし
六月十一日朝　　与謝野晶子

「初めの」とは詩「漂泊」である。有明の「とり〴〵にすきなり」には、『孔雀船』の多面性が受けとめられた様子が伝わる。

与謝野鉄幹の評は六月の「明星」に出た。

著者伊良子清白氏は多年詩作に従へる人なり。その詩の量も尠からざるべきに、今この集に収めたる詩篇を見れば、概ね最近二三年の作なるが如し。旧作を棄てゝ顧みざるは、氏が詩眼の一変にも由るべけれど、常人の難ずる所を為せる自重の態度に敬服す。

鉄幹は、いきなり実践者の微妙な問題に踏み込んでいた。「詩眼の一変」であり、「常人の難ずる所を為せる自重」である。一転、作品評に入ると、「漂泊」「安乗の稚児」を淡泊な中に風情のある佳作とし、「淡路にて」に有明に並ぶものを見、「島」を指して、奇にして面白いが結語にな お一工夫あるべきものとした。「夏日孔雀賦」は妖艶の字に富んで精妙苦心の佳篇だが、長さに比して空想に乏しい嫌いを指摘した。同じ華麗なる佳篇なら「月光日光」のほうが秀逸であろうと、次の部分を引いた。

日光《につくわう》の

語《かた》るらく
わが見《み》しは二《つぎ》の姫《ひめ》
香木《かうぼく》の髄香《ずゐかを》る
槽桁《ふなげた》や白乳《はくにう》に
浴《ゆあ》みして降《ふ》りかゝる
花姿天人《はなすがたてんにん》の
喜悦《よろこび》に地《つち》どよみ
虹《にじ》たちぬ

また、「不開の間」という詩に注目したのもめずらしい。この詩は『孔雀船』中、唯一発表が確かめられていない詩篇で、一連が五音四音五音五音五音という独異の清白調である。「詩形も新しく着想も奇に、これやがて氏が詩風の転機を示すものか」という鉄幹の批評眼には、澄明さがある。

詩篇「戯れに」の最後二節については「洒脱なる趣致を愛す」としながら、「前の二節は寧ろ削除しては如何」と問うのは、大胆かつ率直である。目を洗うような批評で、それを読んだ清白も、面白し、と日記の中に呟くほどのものだった。鉄幹の批評は、次のように終った。「氏が詩才は多方面なり、文字の素養また侮るべからず、その前途は多望ならむ。」

鉄幹もまた有明と同様、そこに多面性を見た。だが、この翌月の「明星」は、巻頭三十七ページを割いて薄田泣菫の詩集『白羊宮』への合評を特集した。同じ月に刊行され、同じく『海潮音』に倣った二冊の詩集だった。

六月十七日は蒸し暑い日だった。急病の往診が三回あり、清白は多忙を極めた。夕方、雨が降りだしてほととぎすが啼くと、落人の歌というものをほのかに想い浮べる心となった。「文庫」が届いた。滝沢秋暁と松原至文の『孔雀船』評が載っていた。二種の評を読んで、「前者は才の人にして自然詩の得意といふ結論をなし後者は想に劣り形に勝つといふ前提を証明せり」と日記に書いた。秋暁の評は「親切」の極にある絶讃であったが、後者至文の評には型通りの批判があり、その要約には、不機嫌がひそんでいた。詩形と詩想とは分離不能という考えをもつからであった。

幾美はお産を長引かせていた。それでも清白へ、纏綿たる手紙とともに新刊の本などを送ってきた。十一日には『明治新体詩集』が届き、十八日には『白羊宮』『新詩辞典』が届いた。

またこの日、夜雨から、継之のことは思い切った、またその名をいうなかれ、という手紙が届いた。君の下したる鉄槌は兄弟朋友幾多忠言の内最も強、何故にわれに死ねとはいわざりしといろいろ恨みを述べていたと、記録は、いつものように乾いていた。

六月十九日の日記はこう書かれた。

白羊宮をよむ　象徴詩はわが好まざる所なり　詩は必ずしも濛朧晦渋を要せず、かつ泣菫の詩調は繊弱にして雄健の態なし、今の世この人を珍重する理解し難し

則天堂病院と細菌検査所とをゆききし、深夜の往診もこなして、生活は煩忙の極に近づいた。

六月二十四日の朝、東京赤坂の森本の遠戚内海家から女子安産の電報が届いた。内海、森本、産科医であった父政治が幾美を助けていた。清白は十七日もの延引から母子双方を案じ、周囲の

焦心を思いやった。「いかなるおもわの児なるらん　一日も早く見たきこゝちす」「母子も健全也といふ　いと〳〵うれし」と書いた。清子と名づけたが、清と届けられた。

小島烏水から長い手紙が来たのは二十六日である。『孔雀船』が好評であること、製本印刷は書肆の用意周到をもって近来見ない美本であること、夜雨の結婚一件などについてだった。

七月六日に上田敏らの「芸苑」が届くと、「余り装飾なく変化なくツマラぬ雑誌と見ゆ」と書いた。十八日に「文庫」が来ると、「つまらぬものなり」とだけ書いた。七月二十一日、国木田独歩の『運命』を読んで「面白し」と記した。それは、「万朝報」一面に『孔雀船』と並んで広告の出た本であった。七月二十二日の記述に、清白の運命の方角を予告するようなこんな箇所がある。「夏は愛すべし　冬は恐るべし　こはことにわがごとき身体に於て殊にしかるをしる」

わがごとき身体、とは慢性の胃腸カタルを指すだろう。それが次第に、良くない方へ向っていた。冬はまだ来ていなかった。

その六――かかる愉快

七月二十四日、烏水より『山水無尽蔵』を受け取った。横浜にいたころ、たがいに往来して文事を語ったことなどが思い出されて、ページの外にも情趣が豊饒と湧いた。

七月三十一日には、アメリカはルイジアナ州で美術の研究をしていた「文庫」の仲間大西南山から「万朝報」の詩集評を見たと便りがあり、河井酔茗からは電報新聞社を退職したという来状があった。酔茗は山縣悌三郎の圏内を離れ、独自に詩の版元として詩草社を構えようとしていた。

八月に入るころ、浜田では白粉花《おしろいばな》が咲き誇り、やがて孔雀草もさかりとなった。腹は下痢気味となった。粥を食べる習いにしていたのを常食に返したのがいけなかったか、八月四日、水様の暴瀉を起し、三四回上圊《じょうせい》したが、なお不快は減らず、やっとのことで職務をとった。幾美から便りがないので電報で出発の日を問うと、五日午後七時半、との返電があった。それでやや心が落ち着いた。午後、患者二名に手術を施すと、自身の熱発は三十七度八分に及んだ。病床で与謝野鉄幹の送ってきた「明星」を見た。また、朝香屋から来たフックスの『眼科全書』第一巻を読んだ。フックスは感興を惹き、「明星」より面白く感じた。

八月六日に「芸苑」が届くと、横瀬夜雨の恋愛詩「野に山ありき」を読み、「夜雨君の詩は心情一掬幼稚なるところあるもよし」と書き留めた。また上田敏を読み、「敏氏の泣菫に傾倒するは幾分衒耀の余に出づるにあらざるを疑はしむ」と難じた。敏の絶讃が引き金となり、『白羊宮』は新体詩史上空前の評判をとろうとしていた。

七日、宮原という教員が漁師の拾得品を買ったものだといって、フヒシャーの『細菌学』、ボヲアの『胃病学』などを持って来た。ドイツの船が難船したときこの辺の海中に投じたものらしい、という話だった。

幾美は大阪、広島と鉄道で来て、そこからは清白が交渉した車夫に引かれて中国山地を越え、あたらしい家に来つつあった。九日は目前の市木《いちぎ》泊りだった。途次からの通信によれば、このたびの旅行は、幾美にはめずらしく車暈なく万事順調らしい。清白は面会を予想しながら、「愉快禁ずること能はず」と書いた。

八月十日、二軒茶屋まで迎えた。北風心地よく秋の空が鮮やかで山路の景色はこのうえなかった。二時前、幾美が来た。はじめて児を見た。幾美にも久しく逢わなかったことで一種の感に打たれた。あたり恥かしい心地がして多くを語らぬまま浜田へ入り、それからいろいろと話しはじめた。日記には「かかる愉快は生涯のうちあまり多くあるまじと思ふ」と残された。

その七——浮木

妻子が来て、しかし、東京はいっそう遠くなる。

九月五日に「文庫」が届くと、前々日に届いて鉄幹の歌を面白いと思った「明星」と同様、嬉しく思った。だが、開封すると、このところの「文庫」はひどく寂れゆくようにも思われた。十月六日、小島烏水から漱石『漾虚集』と藤村『破戒』が届けられた。清白が求めたものだったかもしれない。「明星」もこの日届いた。「泣菫の詩は少しも感心せず」と、またあえて日記に残した。「禍の鷺脚」「夕の歌」が掲げられた号である。

秋の深まりとともに、夜な夜な燈下に『破戒』を読み、妻と下女に聞かせなどした。「文は未だ老いたりとは見えず　藤村はなほ新体詩人たるかたはるかにすぐれたり」と微妙な批評を書き留めた。

十月十七日着の「文庫」については「別におもしろくもなし」と書いた。十九日、『漾虚集』のうち「倫敦塔」「カーライル博物館」を読み、さらに読みすすめた。

十月二十五日には政治より葉書があり、下関に移る、と書かれていた。「半永久的也とぞ」と清白はやや呆れた様子である。彼はといえば友人たちに、浜田に永住すると嘯いたばかりである。

どうやら、よく似た面ももつ父子であった。

十月二十九日、「中央公論」の付録に漱石「二百十日」を読んだ。その感想はこうであった。

「この人の文は修辞なきが如くにして修辞あり　写生文より来りたるらしきところもあり　まづアカぬけしたり」

三月にその家を訪ねたときの印象が、まだ残ってもいただろうか。併せて「家畜（藤村）は面白からず、平政子論（愛山）は一見識あり」との評を残している。

十一月には図書館で借りて海老名弾正『耶蘇基督伝』と『アラビヤンナイト』を読んだ。

清白がキリスト教への関心を深めてきたことは、京都医学校時代に発足させた校友会の性格や、日記のわずかのところにも窺える。明治三十八年、新婚の夜が明けて書き付けた日記に、「神」や「罪」ということばがあらわれるなどがそれである。「天地に二人残りて人皆の負ふべき罪を受くるに似たり」という一首もあった。この三十九年十一月八日にはキリスト教会に行き、説教を聴いた。「倫敦に於ける基督教の有様英国に於けるキリスト教の勢力などおもしろかりき」と日録にある。

読書の記録にはほかに、三宅雪嶺の名があらわれている。浜田町の中学の先生たちに仲間入りして共同購入した雑誌は、「太陽」「中央公論」「東亜の光」などだった。「東亜の光」に出た雪嶺の、「今後の徳育家は法律を犯さず位ではならぬ」と論じた文章を、「例により見識ある論也」とした。

鳥取市栗谷町に山陰芸苑社があり、山路峯男『伊良子清白研究』によれば、十二月三日発行の「金箭」第三巻第三号に清白の「小詩三篇」が掲載されていた。そのうちの「帆影」という詩は、なにほどか、この時期の清白の生活を凝縮していると思える。

朝に来て浮木をひろひ
夕に出て寄藻《よりも》を焼きぬ
海士の子のすまひにをれば
貝がらに臥するも同じ

沖の方城廓《じやうくわく》湧きぬ
須臾《すゆ》にしてまた沈み行く
帆づたひに漂ふ海を
眺めつゝ今日も暮しぬ

現在の生活の凝縮というよりも、少しく理想がふくまれていたと読むべきかもしれない。あるいはそこに、生涯の凝縮を見ることができないではない。しかし、この詩には、言葉の生気そのものが失われつつあった。

赤痢、コレラ、結核、ジフテリア、チフス、ペスト、黴毒それに河豚毒と、清白の扱う、つまりは培養し、研究し、検査し、退治する菌や毒の種類はおびただしかった。

耳下腺の腫起を感じて閉じ籠っていた十一月最後の日の午後、下女の不潔に気づいた。清子の襦袢に虱がついていた。卵もたくさん産み付けられていた。

原因がそれというのではない。十二月一日朝、気分が悪く熱があると思えたが、強いて出勤し、諸方に往診した。午前十一時、発熱ははげしくなり、ほとんど倒れんばかりとなった。一時に帰って臥し、みずから石炭酸、鉛糖水の湿布を行なった。

　翌日には耳下腺ばかりか左顎下の淋巴腺も腫起し、熱は三十九度三分に及んだ。四日に至っても、高熱は同じく、耳下腺炎は両側となり苦しんだ。あたらしく雇いなおした二十一歳の随分背の高い下女は、万事行き届かず、かつ不作法で困った。町にえびす講のはじまる十二月五日、外は天気よく、井戸端は賑わしかった。売り物の声を大抵諳《そら》んじるまで、病の日を経ていた。

その八――かけちがひ

　十二月六日、熱は三十七度に下がって、届いた「明星」に石川啄木の小説「葬列」を楽しめるまで恢復した。淡路の一色白浪から詩集『頌栄』が届いた。「文庫」の詩人白浪とは、最近もやりとりがあった。夜雨結婚の騒ぎは、白浪にまで飛び火していた。古矢継之が淡路に渡って、白浪に金銭を無心するという奇妙な事態に及んだのである。白浪は抗議し、夜雨からの絶交状を毅然として受け止め、清白はその白浪を支持した。

　鳥水、秋暁まで翻弄される顚末があってのち、清白からの「鉄槌」があり、夜雨は継之を思い切った。いっときの意地を棄てて、友人たちとの交わりに復帰しようとしていた。それを清白は、「夜雨の可憐」とひそかに呼んだ。

　神戸の文芸雑誌「新潮《にいじお》」に白浪はかかわっていて、そこから清白に、詩の依頼があった。清白はその詩に取り組もうとしていた。

　十二月九日午前、ジフテリアの血清を注射した患者が、午後再来院し、別の病のカンフル注射を受けたが、そのとき清白は不在だった。午後七時、突然警察が来て、伝染病発生の届出がないことを詰《なじ》った。患者はすでに死亡したという。死体検案に行こうとして院長に止められた。十時半頃また警官が来て、先に死亡診断書を書いたのは死体検案を経ず推測によるものと認められる、これは医師法第五条に違反している、と言って来た。やむなく雨上がりの水溜りの道を深夜、死体の置かれている池田まで行った。

十日午前は、前日の件で伝染病の発生届、死亡に至る転帰届などの訂正をなした。午後は中学生の体格検査を行ない、「すべて書式といふもの面倒臭し」と呟いた。その夜、詩を作ろうと試みて、ついに出来なかった。「わが思想も田舎に来りて枯れなんとす」と日記に書いた。

十三日、それでも詩は出来て、神戸の「新潮」に送った。「夏は行く」という詩である。

十二月十四日の日付がある河井酔茗宛の手紙が、島本久恵『長流』に伝えられている。

久しくご無沙汰しました。御きげんいかがです、東京は賑かでせう、北海は浪のひびきで夜があけ日が暮れます、しかし達者ですから安心してください、東京からこちらを思ふと遠いやうだが、東京の新聞をよみ雑誌を繙き、東京の物品を使つてゐる身にはつい都は側にあるやうです。文庫も長く御無沙汰しました、別封は新年の原稿としておくります、拙いものです、思想が枯れてもうダメです、何か刺激になるやうなことをきかして下さい、皆さんおかはりありませんかよろしくおつしやつてください

一色君の『頌栄』頂きました

十四日　　　　　　　　　伊良子生

「北の海」と総題された二篇は、酔茗の手によって一月十五日「文庫」の巻頭に据えられた。その内の「泉のほとり」は、よく沈潜した佳篇である。

わが心奇異の思す
また同じ道に出でたり
砂山の南の麓
さわさわと泉の音す

家求めまたよぢ登る
西の方天《あま》つ日《ひ》おはす
ごうごうと海の響は
くらうなる心を醒す

三たびまた泉にいでぬ
これはこれ人とる水か
金精《こんじやう》の棲むときくなる
北の海波間も近し

一つづつ破るる泡は
蠱惑《まどはし》がつぶやくごとし

まなこ張り驚かされて
我はしばしそこに佇む

いつのまにうまいしにけむ
束《つか》のまといふ程なりき
さめごこちよき風吹きぬ
足らずげに泡はつぶやく

恍惚と心とられて
声ききぬいといと清き
人にあらぬ艶美《あて》なるものを
想像す気の衰へに

四たびめは家にかへりぬ
白壁はあからめもせず
さりげなく装ひするも
わが心ときめきにけり

十二月十六日には、山陰芸苑社の倉光に新体詩を送った、と日記にある。

十八日、幾美の弟滋樹から、浜田の中学に転任が決ったと知らせがあり、驚喜のほどはたとえようがなかった。

十九日、「新潮」と「文庫」が来たが、「目につく程の作なし」と抛《ほう》った。それでも二日後の日記には、新体詩を少しずつ作っていることが記されている。

理屈屋の超然主義がいちばんいけぬ、などと原田院長に遠まわしにいわれることもあった。それを書き留めながら、一方で清白は、子供のための枕屏風をつくるなどした。美しい絵を買ってきて屏風に貼り付ける。油絵の風景の少女も貼り付ける。美麗なり、と満足した。

押し詰って、下関に移ったはずの政治から便りがあった。半永久といっていたが、こんどは大分からだった。東奔西走いつ果つることもなし、と悲しみを覚えた。

めずらしく暖かな大晦日の日、庭の掃除をし、風呂を仕舞って一年の垢を落した。「文庫」が来た。蕎麦を祝って年が暮れた。

明治三十九年当用日記の巻末の「補遺」欄には、詩が引き写されている。清白がこんなふうにするのは稀れなことである。しかもその詩の作者は、「今の世この人を珍重する理解し難し」と六月の日記に書いた薄田泣菫である。その「落葉集」はこんなふうにはじまる。

北と南の海こえて
都へまゐる旅ながら
噂にのみで、ついぞまだ、
見もせぬ雁とつばくらめ。
いつかは、咲いた桜木の
花の小枝で、北海の

談も聞ことおもへども
さて折が無いつばくらめ。
いつかは、枯れた葦原の
水のほとりで、南国の
噂も聴ことおもへども
さて折が無い雁の鳥。
いつかいつかと来るたびに、
思はぬ歳もないけれど、
春と秋とのかけちがひ、
今年もついぞ会はれずに、
燕は南、雁は北。

このあと、二十日鼠と鮎の短章、ほととぎすと鵙の譚詩などがつづく。しかし、清白の書き留めはどうも、この燕と雁に重石があるように見えてならない。

いったい清白は、反感を抱いていたはずの詩人の詩を、どうして胸に抱え込むようにして書き写したか。南の燕に自分をかさねているらしいというところまでは確かなことと思える。だが、泣菫が北の雁であるという保証はどこから来るといえるのか。

このいささか童謡めいたところのある詩は、明治三十九年十月の「中学世界」に書かれて、清白の目にとまったものである。泣菫は交流のなかった清白を南の燕とみなして書いたのではないか、という推測は無理であろう。としても、清白の中で、詩壇の中心にあった誰彼とのあいだの

「春と秋とのかけちがひ」という感覚だけは、消そうにも消しえないものだったように思える。

その九――赤インク

「文庫」は通巻二百号の記念号を、明治四十年四月に準備しようとしていた。

河井酔茗はその年二月、いよいよ「文庫」からの独立を図った。詩草社を起し、雑誌「詩人」を刊行することを決めた。横瀬夜雨は酔茗とともに発起者となり、二人の呼びかけで同人は二十名を超えた。中に伊良子清白の名も加えられていたが、本人の承諾よりも発表が先になった。それを知った清白は、三月二十七日、酔茗に宛てて手紙を送った。「詩草社の件、大略了承いたし候」とはじまる。

主唱者の中に自分などの名前を加えていただいているが、微力ゆえ辞退すべきところである。しかし発表の上ならば致し方もない。事実自分は業務多忙ゆえ、なかなか貴意を満足させるほどの活動はむつかしいだろう。同志を求めんにも浜田ではできぬ相談、しかしだれか縁があれば説法を試みるくらいはできるだろう、と、そのように書いた。つづいてのくだりには、「文庫」への真情が出た。

大兄文庫の編輯を去らるるは惜しきことなり御熟考を仰ぎおき候、機関雑誌と関連し、多年山縣氏との御情誼上円満なる御辞職とは申上げがたくと被存候、苦諫は十年の友御親密なる余り申上ぐることに候、殊に雑誌の将来は有福なる保護者なき以上、機運のみにては危惧の念に

不堪候、併し小生は成立の暁決して御助力を惜しむものには無御座候、御返事迄草々
三月二十七日
清白生

「文庫」四月号には、他の同人格の回顧的文章に並んで、伊良子清白「弐百号の発刊に際して」が出た。最初に「文庫」に寄稿したのはまだ「少年」の名を冠した「少年文庫」のころで、爾来、いまに至るまで寄稿家としての節操を変えなかった、と自負してこうつづけた。

十三年猶ほ一日の如し。昔者わが唯一の文学的舞台たりしもの今日尚ほ唯一の手習草紙たり。其間の所作数を算せば弐百以上、亦た号数と拮抗するを得ん。思ふにわれ等は「文庫」の歴史と共に終始するものといふべし。

酔茗が読み、また他のあたらしい動きが読むことを意識して、少しく力みの入った文章になった。

四月二十一日には、詩草社の宣言や社友募集の印刷物を受け取ったという返事を、酔茗に書いた。基金はいつごろまでに送ればよろしいかと聞きながら、もういちど「文庫」についての残念を語った。それは赤インクで書かれていた。

白羊君の新詩担当結構に候、兄が文庫を去られたるは主幹はじめ同人の遺憾これに過ぎず候、併し申してかへらぬこと故いつまでも繰りかへすことはやめに致すべく候、只兄が新しき道に向つて勇往邁進せらるるを壮とし、其行をさかんならしむることにつとむべく候

溝口白羊が酔茗に代って詩の欄を引継ぐならば、それは安心なことである、という表現の裏には、すでに清白にとって認めがたい勢力の存在が反映していた。

五月十一日、社費としてとにかく二円を送る、と便りした。いわゆる結婚問題以来の夜雨を気遣い、一色白浪、沢村胡夷、滝沢秋暁らの新刊や動向を語り、窪田うつぼ（空穂）、水野葉舟（蝶郎）、吉江孤雁（喬松）が注目されている情勢を見渡した文面は、「其他早稲田の一派天下を一統する概あり面白く候」と、いささか反語的な言廻しに至った。早稲田大学英文科で出会っていた空穂、葉舟、孤雁の三人組よりもさらに若い世代の「早稲田派」から、早稲田詩社が起されていた。早稲田詩社と「文庫」との双方にわたって活動をはじめる者たちが、その頃とみに目立ちはじめた。

清白は便りして、今年は有明のほかは別段の活動も見えないから、御高作をお待ちしている、と、ひそめる不満を酔茗に預けたかたちである。ともあれ、「詩人」第一号の締切りを知らせてくださいい、なにか余白を汚したく、と意のあるところを伝えて筆を擱いた。だが、このあと、清白を憤らせる事態が起った。

その十──路頭の犬

三月四日付で清白は、「文庫」への作品として「七騎落」という翻案的な詩を、いまだ「文庫」記者であったころの酔茗に宛てて送っていた。だが、この掲載が延引されていた。担当者の引継ぎや四月号は二百号記念という事情を推察して、清白は待っていた。ところが、五月号が届いても、清白「七騎落」の見出しはなかった。

そればかりではなかった。永年「文庫」の支えであった小島烏水、五十嵐白蓮が任を解かれたという。さらには、二百号を最後に詩の選者を辞した酔茗のあとを襲うはずであった溝口白羊は、いったん誌上で紹介されながら、社の意向との理由で外された。あたらしく届いた五月号をひらくと、相馬御風、人見東明、原田譲二などが編集を担うことになった、と知られた。「詩人」の締切りは二十日、と酔茗から十七日に便りが来ると、清白は噴火した。

締切り二十日ではとても間に合わない、それに少し考えが変った、第一号へ厄介になることは中止といたします、と書き起した。同じ日に届いた「文庫」五月号を見れば、明治三十八年に人見や原田によって起された東京韻文社の雑誌「白鳩」が復活した感があり、今後の「文庫」、所詮は早稲田詩社の機関誌となるものと予想されるからである、とした。

頃日某某氏よりきけば、過日大兄が未だ記者の席に在られ候頃投稿いたし候詩集の評「鏡塵録」及び訳詩「七騎落」は、新記者の手に入りて没書となりしとか、果して五月号には両者共に掲載なし、全然事実と信じ候、「鏡塵録」の如き、前号には予告さへ出たるもの、猝に沙汰止みとは誰の目にも怪訝に見ゆべく候はん、思ふに人見氏一輩若気逸りに旧文庫一掃を建策し、ソノ手始めに拙作を血祭りとせしものか、彼等の行動は全然感情の奴隷にして決して堂々たる紳士の所為といふべからず、小生は大侮辱を加へられたる心地に御座候、

就いては山縣主幹に迫りて原稿の返戻を請求いたし居候、小生は文庫を愛すること人後に落ちざると共に亦この愛人の前にささげたる愛情を蹂躙せらるるばかり腹立たしきことは御座

無候、

話はそこで終らなかった。人見、原田の名はあなたの詩草社社中にも見える、かの人々とは籍を同じうするを潔しとしないので、断然退社いたす、その旨を「詩人」誌上でお断りください、と願った。ついては詩草社の社費も醵出しない、過日送った二円はいったん返戻、しかし酔茗、あなたとの旧誼よりあなたが詩のために尽す努力を諒とし、筆硯の料として右の二円は呈上する、またときどきはいささかの金円はあなた一人への微志としてお送りする、と、そう書いたあとの結語は次のようなものだった。

昨は門前に尾を掉りし犬今は出でて路頭に吠ゆ、先の叩頭百拝皆利己のみ　人情軽薄此の如し　嘆ずべき哉、御返事至急待入候

酔茗は、すぐに人見東明に問い質した。東明は清白へ、けっして没書にしたわけではない、と書いて送った。清白は酔茗からの便りを空しく待ってから、夜雨へと書いた。

両三日前人見より弁解の手紙来れり「七騎落」は七月の文庫に出すべし、決して没書したるにはあらず、紙面の都合にて後廻しになりたるなりと、苦しきいひわけといふべし、また原田譲二より山縣氏に送りたる手紙廻り来る　これも人見同様決して没書といふ訳でなく、紙数の都合で六月号に廻した訳、世評の紛々はわが関するところにあらずとて、厭味多き書面なりき、山縣氏は附言して、原稿が掲載になれば世間の蜚語も止む故、原稿の撤回は思ひとまれよとな

り、小生も原田や人見の自由に任して原稿を復活することは頗る不快なれど、山縣氏の顔に免じて、六、七両月に、鏡塵録と七騎落を出さする事としたり、併し原田の手紙は小生の手に保留しあり、また人見には返事を出さず

夜雨はこれを読んで、心を解いて清白を慰め、必ず「詩人」の中に留まるように、との手紙をしたためた。それに答えた清白の手紙が残っている。

文庫が事実上其長き寿命を終りたるの事は余に取りて一大苦痛なり、何となれば余の如き鄙遠の地にすみ何等他に慰藉なき寂寥の境遇に在るものは、文庫を以て殆んど唯一の精神的伴侶とせる観ありき、今や之を失ふ、到底大兄に於ける関係を以ていふべからず、余は今日以後詩の故郷を逐はれたる一箇漂泊の孤児のみ、

清白の詩壇からの遠離は、この明治四十年六月の手紙のうちに決定できる。

六月一日、東京赤坂の山王台星ヶ岡茶寮で、詩草社の旗揚げが盛大に行なわれた。上田敏も蒲原有明も、岩野泡鳴も児玉花外も出席し、総数七十余名に達した。

六月十五日の「文庫」の「六号活字」という消息欄には、清白のことが短く書かれた。「伊良子清白君、御存知の如くドクトルに候へば至極沈着な方に候、まぶたのはれぽく見ゆる、口髯の薄い方に候、身長は高く候はず肥満の側に候、声は低くはつきりとせぬ笑を漂はせながら語られ候」

底に悪意をひそめた、ずいぶん薄気味の悪い人物紹介の筆である。

その「七騎落」とはどういうものだったか。これを詩とするか、訳詩とするかで、まず戸惑わせるところがある。

付記に、「この詩はウーランドのカール王航海の翻案にして、盛衰記、曾我物語、謡曲七騎落より用語を択出補用せり、即ち創作にあらず、会合などの唄ひ物にとの試みなり」とある。

兵衛佐《ひやうゑのすけ》頼朝は昨日
石橋山の合戦にうち負け
味方無勢《ぶぜい》にある間
主従七騎真鶴ケ崎より
安房国洲《す》の崎を志して落ち行きける
相模の国早川尻の沖合にて
俄かに風起り波立ちて
舟足いとど進まざりけり
先づ一番に田代殿申さるるには
この馬は稀有《けう》のものに候
五臓太《ぶと》に尾髪《をがみ》飽くまで足りたるに

聞ゆる逸物《いちもつ》
岩石をきらはず、風雨を凌ぎて
白轡《れんじやくがけ》をはませ、白覆輪の鞍は
連雀掛の鞦《しりがひ》の

こうして、以下に七人の武将の「口々に僻事《ひがごと》いひて戯れ」る様子が展開する。主調は「駿馬問答」に近い。西洋の詩をここまで日本的に仕立てなおしたものもめずらしいが、清白にあっては森鷗外による翻案物などが頭にあったことだろう。

定型詩や象徴詩を破壊せよ、という声を挙げてきた若い詩人たちにとって、翻案であろうが創作であろうが、その意図を読み取ろうという意識はなかった。都合のいいことに、それは都落ちしたばかりの詩人による都落ちの詩である。先行する世代を追い落として名を挙げたい一念の者たちには、絶好の獲物があらわれて逃す手はない、と思われた。

「鏡塵録」は「文庫」にあらわれた清白のもののうち最後の批評文である。溝口白羊の新詩集『さゝ笛』を忌憚なく論じた。三月に送付され、「七騎落」と同じ七月号にようやく掲載された。

人見東明は明治四十年三月、相馬御風、加藤介春、三木露風、野口雨情らと早稲田詩社を起した。口語自由詩の推進者の一部はこうして、詩草社での動きとかさなったわけだったが、両社のあいだには詩集『孔雀船』をめぐって、感情的な衝突が起っていた。新聞「万朝報」で匿名の論戦が戦わされ、ついに記者から打ち切りを宣せられて事済みとなったと、ずっとのち、昭和四年三月に中山省三郎宛の手紙で清白は回顧している。

私はその「論戦」を一端しか確認しえていないが、ともあれ、『孔雀船』はずいぶんと汚い手で扱われた。同紙明治四十年五月二十日の「文界短信」には、こういう記事が出た。「人見東明、酔茗の後を承けて『文庫』の詩を選するや、峻厳苟も容さず、先づ文庫派詩人の冠冕たる伊良子清白の詩を没書にす、同人其勇に服すといふ」と。また、五月二十八日には、原田譲二も清白の「鏡塵録」を没書にしたので、「清白は憤然として更に詩草社発起人をも脱会した」と。「記者云ふ、尚此事に就ては東明氏より取消を申し来りしも遽に信じ難し」と。この「万朝報」には早稲田詩派の者がいて、『孔雀船』は五十部しか売れなかった、というような記事も出された。

その十二――塵溜

河井酔茗によって雑誌「詩人」は明治四十年六月に創刊された。第四号には川路柳虹の口語詩「塵溜」が発表された。三年後、詩集『路傍の花』に収められ「塵塚」と改題された。「詩人」初出から引く。

隣《となり》の家《いへ》の穀倉《こめぐら》の裏手《うらて》に
臭《くさ》い塵溜《はきだめ》が蒸《む》されたにほひ、
塵溜《はきだめ》のうちのわな〱
いろ〱の芥《ごもく》の臭《くさ》み、
梅雨《つゆ》晴《ば》れの夕《ゆふ》べをながれ
漂《たゞよ》つて、空《そら》はかつかと爛《たゞ》れてる。

有明の「朝なり」もこのような素材を扱おうとはしたが、文語定型の桎梏までは破らなかった。柳虹の詩は、素材選択と口語使用の双方を一致させて、賛否両論をふくむ大きな反響を呼んだ。

塵溜《はきだめ》の中《うち》には動《うご》く稲《いね》の虫《むし》、
浮蛾《うんか》の卵《たまご》、また土《つち》を食《は》む蚯蚓《みゝず》らが
頭《かしら》を擡《もた》げ、徳利壜《とつくり》の欠片《かけら》や
紙《かみ》の切《き》れはしが腐《くさ》れ蒸《む》されて
小《ち》さい蚊《か》は喚《わめ》きながらに飛《と》んでゆく。

「そこにも絶《た》えぬ苦《くる》しみの世界《せかい》があつて」とつづくが、省略する。川路柳虹は、しかし、このような素材選択をつづけたわけではなかった。むしろ、もっと当世風のものを求め、醜悪や汚濁の素材に早々と背を向けた。さらには口語詩制作の格闘ののちに、文語詩をも書くようになった。自然主義的な傾向さえ、その多様な試みのうちに影をひそめていく。

御風、露風にしろ、東明、介春、福田夕咲にしろ、口語に徹することはできなかった。排除したはずの文語がすぐにも押し返してきて、彼らの作に混じり込んだ。あるときはまたふたたび、定型を選ばされもした。

早稲田詩社結成において人見東明らのめざしたものは、「従来、開発されていなかつた詩境の開発、詩語の発見」だった。東明は乞食女、狂女、焼場などを材に取り、介春は死人、病人、畜肉処理人などに材を取った。このような狭義の自然主義の詩は、明治三十九年の後半から明治四十一年の前半までに書かれたが、それ以上は長くつづかなかった。東明ら早稲田詩社の詩人たちは「文庫」を一年間編んでから、用済みというふうに足早にそこを去った。「文庫」最後の一年は、内藤鳴雪や渡辺水巴を中心とした小さな俳句雑誌へと萎縮して終った。

その後、人見東明が至った詩の理想の概念は「気分詩」というもので、近代の詩は、感覚や官能から出発して「気分表白を終極の目的として」いる、というものだった。こうした考えを他愛ないものと嗤《わら》うことはできない。それを嗤うことは、現代の詩の過半を嗤うことにつながる。むしろ、現代の詩の過半は、東明に従うものである。

皮肉なことに、彼らがあの時期、あのような汚濁の素材の詩を書こうとするために排斥した『孔雀船』の詩人のほうが、実際に、またより長く、細菌や毒素にまみれた。狂気の女や刑死した男をその手に扱い、海上の乱闘で深手を負った漁師の鮮血や隔離小屋に結核を病む若い娘の血痰を、黙々と浴びつづけた。

その十三——疾風

明治四十一年の元朝は、風が強く雨と霰とを降りまぜて凄まじいまでの気象だった。清白は浜田にいて、三日の日記に「一日二食　但し朝夕　間食をつゝしむこと」と書き付けた。

一月四日、日記の、こんどは本文欄に、ふたたび薄田泣菫の詩が、改行を外して写し取られた。「文庫」に載った「子守唄」である。これはまた花、蜂、鳥に託した一種寂しい鳥獣戯歌というべきものである。四連のうち第三連は、遠く離れた鳥同士のはるかにもはかない交信という点で、二年前の日記のものにきわめて近い。「深山頰白鳴く事に、一筆啓上つかまつる、山を出てからまる九年、まめで其方もゐやるかと、ついぞ忘れた事もない。風の便にことづけて、木の実草のみやりたいが、森の小鳥の世わたりは、春の彼岸が来たよりは、雛のそだてに忙しうて、ひまな日とては御座らない」

大正六年になって、これら創作童謡の先駆け的な泣菫の作品は『子守唄』という絵本にまとめられた。清白の中にも、戯歌や童謡に傾くものは、これまでもあった。長篇「巌間の白百合」の中の「大蟹小蟹」は北原白秋に刺激を与えた、これも先駆け的な童謡といえる。

正月の宴会で飲んだ二合の酒のせいで、清白は「胃を損じたること著しい」状態になった。十一日にみずから診断して、「一週間は大いに養生せざればとても全癒は六ツかしからんと思ふ」と書き留めた。

一月十六日、臨時の収入があって、山縣悌三郎に預金を送金すると、総計で一千円を数えた。目的の節に達し、大いに嬉しかった。

『通俗胃腸療養』や『胃腸病学』や『食物養生論』といった本を読む日々がつづいた。二食制に早起きを加え、節食と栄養摂取とのバランスを考え、牛乳粥などの食事を廃し、飯、魚肉、蔬菜などを、しっかりした咀嚼で摂取することを心掛けはじめた。

二月六日、届いた「早稲田文学」に、正宗白鳥「何処へ」、田山花袋「一兵卒」を読んだ。後者について、「純粋の自然主義小説とも見えず西洋の作物を見るが如し　面白かりき」と評した。十一日にはその雑誌をまた手にした。文学にもいまだ趣味があって「其書籍を手にすればすてがたし」と思う自分の姿を見つめもした。だが、図書館へ行って寄贈するのは『孔雀船』「明星」などであり、借り出すのは『玉子料理』『くりやのこゝろえ』というものだった。

三月五日から少量の出血があった幾美は、六日には陣痛がはげしくなり、七日に入るとすぐに、女児を出産した。次女不二子である。

三月三十一日限りで兼務の島根県検疫官の職を廃官とする、という通牒が四月一日に届いた。このころ、清白は三十にも及ぼうという分野の、おびただしい医学専門書を並べ、片端から読破しつつあった。産科の書物には解きがたいくだりが多かった。学校時代に産婦人科をきらって講義に出なかったためだろう、と思い返した。岡田政治の専門が産婦人科であったことも、かかわりがあったかもしれない。

酔茗の詩草社は「詩人」第十号をこの明治四十一年五月に刊行してから休刊、それがそのまま終刊となった。だが、翌月十二日の酔茗に手紙を出した記録までのあいだ、このころの清白日記に雑誌「詩人」についての記述はない。

五月二十八日、清白は急なことに家の立ち退きを迫られた。貸主の郡長が裁判所北の土地を購入し、こんど家を建てる、その材料にこの家を用いるといわれた。

六月六日、図書館に新体詩の書籍その他不用の書物を寄贈すると、本棚が片付いた心地がした。十日には手紙を整理し、十分の一とした。このころ、清白の胃腸の病気は深刻なものになり、阿片を服用するようになっていた。腹のここちあし、ここちよし、は連日の記載となった。そこへ思いがけず転宅を迫られ、二十四日、慌しく引越しをした。狭い新居に荷物が充満し、なにから手を着けるべきか困った。庭前の桃の木を伐除すると晴れやかになった気がしたが、隣家も往来も賑わしく、夜は眠れなかった。清子の二歳の誕生日だったが、祝いになにごともなしえなかった。翌日大雨となると、庭一面は池のさま、屋根から軒には滝を懸けたようになり、縁に雨漏りがして盥が一杯になった。

七月一日、天気は面白くなかったが、人を雇って花壇の用意をなした。このころ、多忙、腹痛、頭痛、発熱、下痢をくり返し、下血に至り、甘汞《かんこう》、阿片、タンナルビンを常用した。療法として海水浴をしばしば試みた。往診、受診を勤めながらのことである。八月初め、朝日新聞に出る漱石の「夢十夜」を、面白し、と読みついだ。

七月十一日、酔茗から葉書が来て、「文庫」の新秋号をひとりで編集することになった、ついては、夕暮の一二時間という題で二三十行書いてくれとのことだった。人見東明、原田譲二はすでに「文庫」編集に関係なし、と添えられていた。だが、清白は書かなかった。

八月二十二日、とうとう清白は次のように日記に書いた。「将来のことに就き思を悩ます　子等を他に遣はし温暖の地方にて静養せんとも思ふ」

翌日からは家に寝込み、往診を頼み見舞いを受ける身になった。病臥の間に、『側面観幕末史』『開国五十年史』『植物学講義』『動物教本』などを読みついだ。九月三日、正宗白鳥の『紅塵』を借りて読み、「面白くもなし」とだけ書いた。

九月四日は、午前中だけ出勤した。「文庫」の新秋号が届いた。諸家の薄暮の並ぶのを面白いと思った。「これまでの魑魅、姿をかくしたるらし」とも思った。五日に読んだのは神保小虎の『地理学叢話』で、ジャワ、ボルネオの話を面白いと思った。

下関から岡田政治が訪ねて来た九月七日の夜、今後の策について、父子で種々協議した。数日前より、北東の冷たい疾風が吹いていた。協議は八日に至り、世間とへだたって温暖の土地に静養すること、不二子はいったん政治が預ってしかるべき乳母に託すこと、そんな方向が決った。

九月二十日、内外出版協会から依頼された原稿に手をつけてみたが、「すでに文学的の頭脳を失ひ容易に成り難し」と思えた。

その十四――関門

それから一ヵ月、後任を気遣い、残務を整理し、諸方に別れを告げた。知人を誘って釣り舟を出し、水青く岩の姿の秀でた浜田の浦のいくつかにも別れをした。

十月二十四日の夜だった。松江丸は十時ごろ来ると聞いていたが、ようやく十一時になって汽笛が鳴った。波止場に出ると見送る人が多かった。一等室に乗った。海上は波穏やかで室内清浄、電灯の光も美しく、心地よかった。ただし、所柄寝つけなかった。乳幼児不二子だけを伴っていた。

十月二十五日、めざめて窓を推せば夜はもう明けて、海の波は浩蕩として果てしなかった。七時過ぎ六つの島のあいだを抜けて萩港に入った。山の姿と水の態とを併せた好箇の小都邑と見えた。船は出て仙崎には寄らず角島《つのしま》も過ぎ、正午近くに響灘の南を越え、一時には六連島《むつれじま》の灯台を船首に認めた。舳先に出て眺望を擅《ほしいまま》にすると、心を楽します島影が多くあった。林や田圃の岸が過ぎゆくと、白亜の家が水に高まるように浮灯台が波にあらわれ、すると自分の志す地の程近いことが知られた。彦島の外縁を伝い、巌流島の松影をも眺めて下関港へ着いた。宿屋の小船が迎えに来て西南部町《にしなんぶちょう》に至った。大阪と似ていると思った。三年の間、父は片田舎にいるとばかり思ってきたが、と土地の感覚を怪しんだ。温暖を感じた。

翌朝五時に目を覚ますと、宿に近い海岸を散歩した。煙霧が模糊として対岸は見えず、幽かな響きが水に応じるのを聞くばかりだった。

河上勘治は田中町に医院を開業する人だった。大分から帰ってくる父を待ちながら、清白はこの人の話を聞き、診を乞うべき医師、療養地を探った。父が帰ってくると、生命保険会社かと思われる「西南部町出張所」は来客が織るようにごった返す忙しさだった。

三十一日、壇ノ浦より早鞆《はやとも》の瀬戸を伝って長府町を訪ねると、毛利の邸や忌宮《いみのみや》という神功皇后を祀る社があり、別荘の広大なものが軒を連ねる瀟洒な小邑だった。屋敷町から海岸の方を訪ねたが、思わしい家がなかった。満珠干珠の島は美しく、夕暮れの景色はまた一入にして、地質は砂地で清潔、気候もよろしく住みたいと思う土地だったが、倹約家には物価が高いと思われた。

十一月一日、十二時五十分に門司駅を発して、汽車で福岡へ向った。枝光の製鉄所に感を催し、香椎《かしい》駅でも懐古の念にみちた。吉塚で降りて、千代の松原を過ぎ、河上氏に紹介された福岡医科大学の江本なる内科介補を訪ねた。

翌朝、医科大学ではまず助手の診察を受けた。病気は平凡なので、とくに教授に診察を乞うならば五円以上で教授室にて受けられると聞き、すぐに西洋状袋を買って五円を包んだ。

中博士の診を受けた。肺尖の変化は右の方に少しくあるが、まだ病的となすに足らぬとされ、胃腸は醱酵性のものだろうといわれた。処方を手ずから書き与えられた。

十一月四日、柴田なる人を頼って門司港に行き、門司鉄道管理局に片岡という人を訪ね、大分県佐伯町に家を捜索してくれるよう依頼した。帰る道を本町にとり山の手の方、臼杵の出身という同じく門司鉄道管理局の渡辺潮氏を訪ね夫人に問うと、来泊していた同地の菊村という未亡人が種々臼杵について語った。終いには適当な家があるまでは私方に泊ってもよく、また柴田氏の母上の里なる稲葉氏の家に泊ってもよろしいでしょう、とまで話が運んだ。

この日見た門司の印象はこうであった。新開地として、呉、横須賀にちょっと似たところがある。町幅も広く外人向けの品物を売る店は広大で、日本銀行、三菱銀行、三井銀行なども立派に見える。ただし、石炭の滓と煤煙とに空気汚染し、心地は悪い、と。だが清白の見た門司の滓は石炭ではなく、当時半島の一端を崩しはじめたセメント工場のそれだったろう。

十一月十日、時化の海路を、幾美が清子を伴って下関まで来た。十一日、菊村夫人を介して、稲葉猶治宅座敷を借りることが決った。

その十五――臼杵

天気の平穏を見計らって、十一月十三日を出発と決した。船の遅れを三時間待って、夕方六時、ようやく乗り込んだ。乳母を頼んで不二子は下関の父のところに留めると、幾美、清子と清白の三人は、遠く豊後の果てへさすらうという感じがした。海上は畳を行くように穏やかで、毛布を多く借りてきたので寒さもはげしくなく、心地よい旅となった。

国東半島の香々地《かかじ》、竹田津《たけたづ》、富来浦《とみくうら》、田深などの泊りに、夜半しばしば入ったが、午前一時に鶴川を出てからは、まっすぐに大分に向うという合図の汽笛が鳴った。六時、大分に着した。汽船の小動揺はかえって胃節の運動力を助けたか、空腹を覚えて心地よかった。三十分を経て別府港に入った。一泊すべく豊盛舎という宿に至りすぐに入浴すると、船の汚れを洗い落す心地がして清々しかった。散髪もして、温泉地の商店街の繁昌に驚きながら歩いた。例によって、視線は火山に向った。「由布岳高く峙ち鶴見ケ岳は噴煙を吐く所あり　火山の形態歴々として見るべく風光雄偉愛するに堪へず」

温泉饅頭を求め、竹細工を買うなどした。いろいろのものを食べたが、いつものようには腹の心地悪しからず、ふしぎに思った。温泉の湯ははなはだ熱く、余温は永く身内を去らず、玄冬にしてなお春のように思われた。

十一月十五日、船が来た、という声でめざめた。星が光剣のように冴えまさる夜の空が、ほのかに赤かった。こんどは肱川丸という三百七十噸の小船だった。満員の客を乗せ追進機の音を夜の伽にして、大分、佐賀関も夢の間と過ぎた。豊予海峡を抜けるころか、波高く日も昇って明るくなった。朝八時、臼杵港に入った。東北に面する遠浅の小さな港だった。

大分県北海部《きたあまべ》郡臼杵町大字海添《かいぞい》九十九番地稲葉猶治方に着いた。菊村未亡人はもちろん、稲葉老夫妻も懇切にもてなしてくれ、旅情温かなものを覚えた。

十一月二十三日、朝からじつに三十余通の書信を出した。二十四日には十数通を書いた。そのうちの秋暁宛の書簡には、一両年は療養に専念するという覚悟が語られた。

臼杵の町についてはこう伝えた。「当地は気候暖にして天気宜敷物資供給の十分、旧藩士の老人達一町の風儀を保持して人気も悪しからず　海陸の風景は南方潤沢の気を帯びて目に珍らしくこの上悪しき所発見致し候迄はまづ〳〵理想に近き療養地と被存候」

最後に「空はれて白き雲とぶ百舌の声遠近近隣柚子をむく香す」という一首を添えた。

十二月三日、むずかるからということで、清子を西崎という家に預けた。四日、稲葉の家を去って、稲葉夫人の実家の岡部という家の座敷に転宅した。

朝からかかって、塵埃が塚を成している住み荒らされた家をつとめて清掃し、日没までにようやく終えた。肉破れて腸の出た畳、虫が食んであやうく抜け落ちんとする床板、あちこちの天井、柱、床に貼りつけられていた新聞紙、壁土の動揺して支えのない壁などを、隈なく斉えた。

見知らぬ土地での療養生活を可能にしたのは、山縣悌三郎の許に年来、内外出版協会の資金として少しずつ預けてきた金円の当てがあったからである。日露戦争を境に大出版社の時代に入り、山縣の事業は不振を極めていた。清白からの預金はそれでも元のままに一割五分の高利で計算されてきたので、いまや一千数百円にふくらんでいた。

早稲田詩派に革められたのちの「文庫」は、その後酔茗の手がふたたび入ったもののいっそうの不振で、山縣は愛馬を手放し、自家用車を廃するというまでの状態になった。それでも、この明治四十一年十一月から、療養の身である清白への払出しがはじめられた。十二月五日、その月の分として四十五円が届いた。山縣は清白に便りして、自分の事業はますます好況、と伝えた。

明治四十一年十一月、「明星」が時代との共振を失って終刊となった。翌年一月、「明星」の青年詩人たちが集まって、森鷗外を盟主とする雑誌「スバル」が刊行された。

その十六――書置き

明治四十二年二月七日、秋暁に宛てて書簡をしたためた。それによれば、次第に恢復した清白は、一日二食制は旧態依然ながらも、蔬菜の類を食べられるまでになった。そして、「追々何か一新発展を演じたく目論見居候」と元気をみせた。

同じ文面によれば、小島烏水とはつねに交通があり、山崎紫紅とはあまり消息せず、河井酔茗とは年賀状のみ、横瀬夜雨とはこちらが努めぬゆえ先方で見限ってとんと文通がない、千葉江東は紙上のことのほか一向知らず、五十嵐白蓮は生死の程も知らず、その他同人であった人々も大概は今日のところ、道路の人と異ならない、と、遠離の近況を知らせた。去るものは日々に疎しではなく、境遇の変遷が相互の間に思想の齟齬を生じ来り、こちらは気に入るつもりでも先方が受付けぬため、とうとうこんな破目になったのだと思う、と語りもした。

北原白秋の第一詩集『邪宗門』が刊行された春である。四月一日、大分県警察本部検疫官として大分県庁に勤めた。大分町百十四番地が住居であった。ここはいま県知事公舎となっているところで、すぐそばに府内《ふない》城址がある。その背後には海に注ぐ直前の大分川が、広やかに水を湛えている。水と城とがあってここもまた浜田と通《かよ》って、「沖の方城廓湧きぬ」（『帆影』）の風情がある。四月十九日付の秋暁宛書簡には、検疫官ではあるが楽な仕事なので、病後の身体の健康を試すのによいと考え出勤している、と書いた。

「文庫」に話を移すと、あんな不体裁なものを残すくらいなら廃刊したほうがましと存候、と酷評した。夜雨とのあいだが疎音がちなのも、継之との結婚一件以来、自分が好感をもたれなくなったこともあるが、「文庫」があんなふうになって繋ぐべき連鎖が絶えたからでもある、とした。また、病中消閑のために小説を読んでいることを伝え、正宗白鳥、真山青果を「読んで心地よろしく候」といい、藤村も「好きに候」、花袋は「それ程にも思はれず候」、漱石は「どうも小生の鑑賞眼が進まぬにや高尚一点ばりにてあまり余裕があり過ぎはせぬかと思はれ候」「虚子も写生文の名家たるのみ「俳諧師」の如きは光彩あれども力量なき製作と存じ候」と評し去った。

四十二年五月までで、山縣悌三郎から清白への払出しはその必要を終えた。

明治四十三年正月、清白の賀状が久しぶりに夜雨に届いた。夜雨はそれを読んで、涙を落した。少なくとも、二月の「女子文壇」へ出した随筆で全文を引き、「読過涙落つ」と書いた。

拝啓　新春また廻り来りてこゝに一齢を加へ立派に中年男と相成申候。少き間は趣味も同じく境遇にも一致したる点多かりしかど、長ずるに随ひ、四囲の状況は二人の間をして漸く間隔あるに至らしめ申候。わが病める君を思ふの念は十年前の昔も十年後の今も径庭無之、境遇の変遷が相互の消息を稀ならしめたるに過ぎず候。小生も思はぬ病の為殆ど一年を空しうし有形無形に大損害を招き候、大戦の後を享けてさらに妻子を提げて、新なる戦場にのぞまざるべからず御あはれみ下さるべく候。兄が過去一ヶ年に精神上多大の修養を遂げられしことを疑はずと共に、複雑なる人生の迷宮中に超然として一個の蟬脱を完成せらるゝやう希望に堪へず、これ病める君が唯一無二の天職と存じ候。

四十三年一月一日　　　伊良子暉造

恋愛への憧憬を人一倍つよく抱えて、夜雨の心はときに煩悶し、ときに幼児めいた。それを見守ってきた「文庫」の仲間はすでに散り散りになった。この葉書も交流の再開というニュアンスはなく、むしろ帰りえぬ旅へ出る者の書置きのように、夜雨には思えたかもしれない。「詩人」終刊後「女子文壇」の詩欄選者となった夜雨には、懊悩するまでの女性問題がさらにつづいた。

その十七——発奮渡台

明治四十三（一九一〇）年五月、清白は台湾に渡った。京都に引き揚げてきたのが大正七（一九一八）年四月のことであるから、台湾にはおよそ八年住んだことになる。

みずからの流離については、新潮社版『現代詩人全集』第四巻（昭和四年）に収められるに際しての「自伝」に、こんなふうに記載されているのが目に留まる。「出版と同時に東京を去り島根大分を経て台湾に在ること十年、大正七年京都まで帰住、其の間皆官衙病院の医師として多忙に生活した。」

台湾渡航に至る理由については、先の横瀬夜雨宛の賀状の一節のほかに、到着直後における滝沢秋暁宛書簡が、その経緯を伝えてくれる。

拝啓　今回急に思立ちて台湾に渡り標記の病院に奉職することと相成り候　この医院は総督府の直轄なれば今の経営はともかく将来大いに有望に御座候　内地でケチ〳〵するよりもはるかにましと家族をうながし発奮渡台したる次第に候

明治二十七年に日清戦争の講和条約で日本に割譲された台湾では、その後も、独立運動や「土匪」と呼ばれるゲリラのはげしい抵抗が起った。総督府による統治をはじめた日本は、軍に代る強力な警察組織を整備し、これを力で抑え込もうとした。鎮圧によって多くの台湾人の血が流れた。一方で、植民地経営の先行投資として、基幹となる港湾、鉄道、道路、水道、電気、通信、近代的建築物等を整備していった。総督府立病院や監獄医務所という清白の勤務の現場は、植民地経営における基盤整備の重要項目としての、公衆衛生事業に属していたといえた。阿片吸引の悪習や伝染病の蔓延は、オランダ領時代からの、台湾社会の大きな問題であった。

清白の台湾時代については、まず台湾を回顧した詩作品が挙げられる。「聖廟春歌」「大嵙崁悲曲」といった詩が、自選の『現代詩人全集』に見られる。また後年かかわった歌誌の上に、回顧詠として短歌もいくらか残されている。しかしそれらは、大正七年に内地へ帰住して以後の作であって、台湾において書かれた詩歌は、日記中の短歌などをわずかに数えるほどである。

清白の台湾時代は永く謎に包まれていた。昭和四年の再評価まで、詩壇はいったん彼を忘れてしまい、清白客死せり、という噂も流れては消えた。台湾で書かれた清白の日記は、およそ八年の滞在のうち、大正五年日記、七年日記の二冊が後年、かろうじて見出されたにすぎない。だがそれによって、清白の足跡がかなり明らかになるとともに、大正時代の台湾での日本人の生活、また旅行や出張による各地の風景・風物の描出などがもたらされた。

その十八――大嵙崁城

大正七年日記巻末「補遺」欄には、京都に戻ったころの同年六月二十六日付で「履歴書」が記されている。それによれば清白は、明治四十三年五月から四十五年三月まで、台湾総督府直轄の台中医院内科部に勤務し、明治四十五年四月から大正四年七月まで台湾総督府台中監獄医務所長を務めた。四年七月から五年三月までは、台湾総督府防疫医を務めた。また、大正五年十一月より七年三月まで、台湾総督府鉄道部医務嘱託を務めた、と分る。

このうち、台中監獄医務所長の時代は、ゴシック式の豪華な洋館二階建て官舎に何人かの使用人をつかっての不自由のない生活であったと伝えられている。

大正四年の日記は見つかっていないので、「監獄医務所長」から「防疫医」への転じかたが、職を解かれてのものかどうか、推測の域を出ない。ただし、にわかに厳しい生活へと転じていることは確かである。

大正三年、東京では山縣悌三郎の内外出版協会が、営業不振に横領事件がかさなって倒産した。三月の妻の死で神経衰弱に陥ったところを、使用人たちに欺かれて資産の大半を奪われた山縣は、資金を融通してくれた人々を思うと懊悩煩悶を深めた。清白はその後、預金の嵩を増やし、元利七千円に積る計算をしていた。その永年の積立が水泡に帰したことを、遠く台湾で知らされたのだが、当時の日記は残されていない。

山縣悌三郎に救いの手を差し伸べたのは、弟の五十雄だった。友人田岡嶺雲と「青年文」を編集したこともある五十雄は、東大英文科を除名されたあと万朝報記者をへて、明治四十二年、京城の英字新聞社に入り、のち社長兼主筆となっていた。五十雄は大正四年、兄を朝鮮に巡遊させると、翌年、総督府と米国宣教師団との融和を促す役どころとして、開城の女子伝道学校に赴任させていた。

同じ大正五年一、二月の清白日記の記述は、清白が「防疫医」として、総督府台北医院と台北監獄との双方において働いていることを示している。


天気晴朗にして珍らしき美空を呈したり　風も生ぬるき程にあたゝかし　フロツクにて方々を廻礼す　丸山只野両氏の宅をさがすには随分苦心したり　西門外街の辺にて名刺入をおとす　奎府聚街の大野氏方に行きてはじめて気付きたり　午後三時より家族一同車を聯ねて栄座に芝居見物に行く　曾家のダンマリより伽羅先代萩政岡忠義場また妹背山婦女庭訓等旧劇の趣味ゆたかなりき　午後八時帰宅す　きみは十二三年ぶりの見物也といへり　子供らは全く生れ落ちてはじめての見物なり（一月一日）

大正五年つまりは一九一六年、台北での正月風景である。一九一四年の第一次世界大戦勃発のもたらした軍需景気はすでに沈静し、一九一八年の大戦終結へと向うとともに、植民地にはとくに、むしろ不況と不安がもたらされはじめていた。

日記中の「履歴書」からは、大正五年十一月より七年三月まで、つまり京都へと帰る直前まで、台湾総督府鉄道部医務嘱託を務めたと知られる。だが、大正五年の日記帖にはわずかの記録しか残されていない。しかもそこには「大正六年分」が書き込まれているため、判読に注意を要する。

勤勉な清白にあって日記帖が空白を残しているとは、すなわち、それらの日々がすこぶるつきの多忙であったことを意味している。大正五年一月二月の日記をつけることのできた生活は、大正五年三月以降にはすっかり変った。次に記載があるのは、同じ日記帖への大正六年三月のメモであり、同じく六年十一月中旬から年末までの日々である。日記帖を替えて、京都へ帰る大正七年の記述がこれに連続する。大正五年三月から大正六年十一月上旬までの期間は、さらに「新なる戦場」にのぞむ、の一種であったかもしれない。たとえば、大正五年一月における「公医志願」の記述(一月四日など)は、「防疫医」の職が「公医」ではないことを証ししている。「公医」というのは、医療機関の少ない指定の地に開業せしめ、手当を支給して一般の診療のほかに公衆衛生、伝染病予防、死体検案、診断・鑑定の事務にあたらせる医師の身分であった。

大正五年一月八日には「将来に希望なく目前に快楽なく日々空虚をおぼゆるのみ」とある。一月四日には「此地の俳人は左のごとしとぞ」として、十人余りの俳号やその職業や所在を記している箇所がある。十日には「文庫」時代の盟友横瀬夜雨との交渉がわずかでもつづいている形跡として、「夜雨より歌集「死のよろこび」来る　通読するに別に面白くもなし」との記述がある。

一月十八日には「結核の論文を医学会に出す」とあり、「公医志願」との関係を思わせる。いくつかの可能性を探ったあと、清白は大嵙崁に公医の職を見つけた。「大嵙崁城《だいこかんじやう》の石塁《せきるゐ》から／臭木《くさぎ》が生え緑珊瑚が茂り／日本が攻めた時の激情が産んだ／赤い生々《なまく》しい伝説は消えた」（「大嵙崁悲曲」）と、のちに懐旧的に詩に書かれることになるこの地は、台北から直線で南東三十キロにあたるが、実際には鉄道で西下して桃園《とうえん》に至ってから、トロと呼ばれる軌道車で南へと山間を指す移動になる。蕃族と称された山地人の住む角板山《かつぱんざん》の麓、大渓《たいけい》の谷水の流れる地との最初の出会いは、二月三日であったろう。

その十九――花柊

あさ早くおき監獄に行き大急ぎにて診察し九時の汽車にて大嵙崁に向ふ　倉岡技師中田警視と同車なりき　鶯歌石にて雨はれうるはしき日脚と成る　拾時に桃園に着す　トロにて平原を少しづゝのぼる　雲雀のなく声せり　トロには蓆の帆をかけたり　平原尽きて大嵙崁渓豁然として開き眺望の佳絶なる天下比なし　十二時渓を越えて大コカンに着す、

二月四日、「公督服を注文」すると、五日、監獄に辞表を出した。七日には「大嵙崁支庁公督の辞令も出」た。しかしなぜか、履歴書には「三月まで台湾総督府防疫医」とある。とすると、大嵙崁における「公督」の職は、永くつづかなかったことになるのだろうか。そうではなく、当地で「開業」する清白に会ったという複数の証言から、大嵙崁在住は三月以降もしばらくはつづいたと思われる。

　私が昭和六十年に得た証言は、長女の清（通称清子）と同学年で、一番親しい仲だったという山本豊子さんからの便りによるものである。優婉なその手紙文から敬語丁寧語を省いて骨子のみを伝えると、次のごとくである。

　大嵙崁小学校の正門から見て運動場の右隣にその住いがあり、清子の父親は開業医をしていた。豊子さんは、学校から帰ると清子の妹二人と自分の妹二人を交えて、朱欒《ザボン》の花の咲きこぼれる庭で、ままごとや人形ごっこに夢中になった。

　兄弟妹の多かった豊子さんの家では、伊良子家によく世話になり親しく交わったが、伊良子家は他の家とはあまり付合いをしていなかったようにみえた。その医師は学者風にして謹厳寡黙で、家の中は笑い声もしないいくらいしんとしていて、美しい夫人は子供の目にすらいつも心に憂いをふくんでいるように見受けられた。

　子供の豊子さんは、伊良子暉造が詩人だと知る由もなかったが、後年、樟蔭女子専門学校の国文科に進んで第二次「明星」の同人となった。与謝野晶子から歌の添削をしてもらうようになって、台湾の奥地で医術に全霊を注いでいるようにみえたあの医師が、伊良子清白であった、とはじめて気づかされた。

　豊子さんと清子とは小学校四年まで一緒だった。ということは、少なくとも伊良子家は、大正五年度までは、大嵙崁に居住したということになる。豊子さんの私への手紙には「花ひいらぎ（清子さまを偲びて）」という詩が添えられていた。ままごとの馳走に柊の花を拾ったおかっぱ頭のあどけなさを、白い十字のその花を見て胸中に蘇らせるというものである。柊は晩秋から初冬にかけて花を咲かせて散らす。すると伊良子家は、短くとも大正五年の秋深くまで、大嵙崁に居住したと思われるのである。

山岳地帯という事情や保証の奪われがちな個人的境遇はもちろんのことだが、植民地情勢の大きな変化が、清白の生活を苦しいものに変えていった。この頃、マラリヤは漸減しペストは根絶され、公衆衛生事業の成果は患者の激減にもつながる道理だった。大正六年三月と考えていい箇所には、「経営難」の文字が読まれる。大正五年の十月か十一月、清白は大嵙崁を離れ、台北に戻って「医務室」を経営、十一月からはそこで鉄道部医務嘱託を兼務していたと考えられる。

大正六年三月十三日頃、一通の匿名の脅迫状が清白の許に届いた。

君が冷血と技術の拙劣は我が鉄団ノ容レザル所台日十把子ガ所載ノ如シ　君今ヤ反省シテ速ニ勇退セズンバ断駭ノ鉄槌将ニ君ノ首ニ降ラントス　君タル者己ノ及バザル所ヲ省ミ自己ノ名誉ノタメ将タ又タ社会公衆ノタメ潔ク職ヲ辞シテ安全ノ地位ニ就カレンコトヲ勧告ス

ソモ医務室ハ職工労働者ノ治療所なり　君ガ再三ノ失敗ニヨリ多数病者ハ恐怖ト冷血トニ嫌気心ヲ起シ日々市内医ニ走ルニ至レリ　最近病者ノ日々減シ行クヲ君知ルヤ知ラズヤ　医務室ハ病者ノ慰安所ナリ　当局爰ニ見ル所アリ　既ニ其成算成ルモ君ガ名誉ヲ重ンジ君ガ良心悔悟ノ念起ラバ潔ク勇退ス可キヲ待ツコト久シ　巷間ノ悪評君ノ耳孔ヲ貫クニモ係ラズ今ニ恋々固着スルハ君ニ反省ノ余地アルヤ否ヤ　君ガ技料ハ職工労働者スラ安ンジテ生命ヲ託ス可キ器ニアラズ　何時迄モ恋々トシテ当局ノ截断ヲ仰ガンヨリ宜シク三省ヲ□メテ勇退セラレヨ　君ニシテ勧告ニ応ゼズ飽ク迄恋着スルニ於テハ当局ニ於テモ君一人ノタメ多数ノ病者ヲ犠牲ニシ経済的慰安ヲ与フルヲ得ズ　医務室設置ノ目的ニ反スルニ於テハ止ムヲ得ズ一刀両断ニ処シ又候

台日十把子ノ笑話トナリ台北ノ天地ハ狭小トナリ僅カニ身ヲ容ル丶所ナキヲ自覚セラレン事ヲ
重ネテ勧告スルモノナリ

鉄団　鉄血生

伊良子様

清白はつとめて冷静たらんとしているが、日記帖に書き写しながらあらためて受け取る深甚な衝撃もまた、それへの付記に隠していない。

三月十二日后八時十分ノ郵便局消印アリ

○此勧告状ニ依レバ鉄血生ナルモノハ鉄団ヲ代表シ且ツ医務室ノ監督者……庶務課長、鉄道部長……ト気脈ヲ通ズルモノ丶如シ
○此勧告状ニヨレバ職工労働者ニモ何物カ表裏相通ズルモノ丶如シ
○兎ニ角此ノ如キ不穏ノ書面来ル事ハ我ガ不徳ノ致ス所ナリ
○最善ノ努力ト誠実トヲ以テ執務シツ丶アルニ不拘此如キ攘責ヲ受クルハ我ガ堪へ難キ所ナリ
○技術ノ拙劣、冷血（患者ニ不親切ナリト云フコトカ）、果シテ一般ノ認ムル所ナルカ
○或ハ極メテ一部ノ反対ニ止ルカ
○果シテ其器ニアラズ其任ニ堪へザルモノトセバ潔ク勇退スルニ憚ラズ
○但シカ丶ル不穏ノ脅迫状ノ火ノ元ハ那辺ニ存スルカ十分ニ究明シ相当の処分アランコトヲ望ム

大正五年二月二十八日から六年十一月十二日までつづく当用日記の空白期にぽつんと浮ぶこの脅迫状は、植民地社会の百鬼夜行を伝えて余りある。おそらく、大正六年十一月に再開された日記に頻繁にあらわれる村部なる男の「満一ヶ年の今日もなほ配当の解除を峻拒すること、挑戦的態度を以て威嚇せしこと」とひとつのことと想定される。

脅迫状の写しとそれへの付記につづいて、もうひとつ墨で黒々と書かれたメモがあって、大正六年三月の状況を露頭させている。「経営難……財政……傭員ヲ得難シ……医務助手……俸給五十円以上……薬局生二十円……看ゴ婦二十円……車夫十八九円内地人二十円……薬店払七十円……車費用……医務室ノ費用……医務助手ニ技倆アルモノヲ得難シ……宿舎隔従スルコト……服装……社交…………」

村部一件にかんしては、周囲に清白への同情が見られた。だが、この男の圧力はよほどひどかったとみえる。そこで、清白の中に北ボルネオ行きの想念が起った。知人の医師などには、サンダカンの遊郭内の診療所という転職先に心を動かす者のある中、彼の関心は、タワオにある久原農園という大農園に付属する診療所の医師、それも単身赴任が条件、という話であった。大正六年の歳末から七年にかけて、清白の心は揺らぎに揺らいだ。

帰宅後更らに医務室と南洋とを秤にかけて比較し収益よりまた家族関係よりまた学問修養上よりまた身体の保全より心千岐に迷ひ悶々として決せず　金の点よりいへば医ム室も南洋も利得上大差なし　何を苦んでか一家分散の悲劇を演ぜん……但し医ム室の将来も暗黒也――心大に乱る、（十二月二十八日）

朝に成りても大いに迷ひたり、終に南洋の方に決心す（十二月二十九日）

大正七年一月一日、清白は、なかなかにその作意を解きがたい短歌三首を、日記に書き留めた。

この松はいはれある松浦里をひらきしみおや船はてしてふ
年々にたかまさり行く砂山の中にうもるゝ松の村立
纜をときて放ちてきほひよく舟はいでたり松ひとりたつ

雑煮を祝い、総督府本部の式に臨んで、ホテルで名刺交換会のあと、城内大正街まで回礼するというつもの正月だった。年改まるとともに一変して暖かく、肌着は少し汗ばむほどだった。夜は家にあって賀状をしたためた。二日は台中に行き、若宮舎三を訪ねた。南洋行のことを語り、鉄道部の自身の後任に若宮を慫慂したりした。三日は、未明二時四十分発で台南へ向った。六時半に着いた。台南は藪や小道や泥沼が整理され、大きな道が坦々として、以前と変って立派な町となっていた。天気は上々で、暖かさも格別だった。紹介を得て、タワオに行った尾辻国吉という人を訪ねると、委曲詳密を極めたタワオの話を聞いた。あたかも足がその地を踏んだ心地がするほどであった。そんな日記の記述は、清白の心の、南洋への傾きの強さを示す。

午後十一時三十八分発で、台中へ向った。途中、林鳳宮、新宮庄付近の各駅は、筏かずらの花ざかりだった。

帰北してからも、清白の動きはタワオを経験した人に話を聞くこと、鉄道部医務の後任者を探ることに焦点があった。タワオの久原農園の台北出張所で、久原の本店庶務部長というべき人に会い、土地の不便、一致協力の要、大局に目を注ぐ要、忍耐の要、官僚主義を排除することなどを説かれた。

また別の日、一月十四日、およそ久原農園行きが決りかけたときである。医学校校長堀内先生よりの「あまり苛細にすぎて人の感情を害せざるやうに」との忠告を、医学校の吉田恒蔵教授を介して聞いたとき、清白は、まったく顔より火の出る思いがした。

「夜社交上の注意につきいろ〳〵苦心す」と日記本欄に記し、日記補遺欄にはこんなふうに「自緘」を列挙した。これまでの「失敗」が逆算されるだろう。「細事に拘泥すべからず――あまり細かすぎるときは　人に向て悪感情を与ふ――人を疑ふことゝも成る――人を信用せざることゝも成る――人を愚にすることゝもなる――わかりきつた常識にて判断出来ることを人に問ふこと勿れ――世の中のことは五分はあてならず　たとへ周密漏らすなき計画をなすも其計画は半ば外囲の事故によりて変異せらるゝものなり――明日のことを思ひ煩ふ勿れ　今日は今日にて足れり――大丈夫須らく磊々落々たるべし／多言を慎め――緘黙の徳――空砲は可なり　実弾を装ふべからず――察々の明は交友の道にあらず――潔癖は交友を失ふ――不行届も愛嬌の一なり――つき合は小出にし又せよ――訪問贈物もちよこ〳〵と間断なきがよし――一寸の隙もなく　あまり厳格なるは不可なり――陰気な顔――怒色乍ち顔貌にあらはる――狷介人と容れず――いやな表情、――にがわらひ、――鼻に皺をよせる――一方が目が受目になり一方が三角になる／○怒ること勿れ……／他人の噂をなす勿れ／――寸鉄殺人の毒舌を戒めよ――交際上の大欠点――朋友を容るゝの度量は広くして、聊か漠然たるを要す／熱心は深く蔵すべし、／物事には必ず裏面あり／徹頭徹尾寸分のひまを示さゞるが如きは一見感心の至りなれども普通の人情を以て之を視れば余り行届きすぎて却て愛嬌に乏しく之が為め終に人に憎まれ疎んぜらるゝの恐あり／吝嗇は処世の大敵／対話ノ際左右ヲ顧眄シ或ハ畳ヲ模索シ塵ヲ拾ヒ又アマリウツムキ過グル等ハ気分ノ定ラズ心ノイタク小ニシテコセ〳〵シタルヲ示スモノナリ／日々三タビ自省スベシ」「事物ヲ軽ク視テ始メテ活潑ナルヲ得ベシ／社交ノ要訣ハ淡泊ナルニアリ（厳重、緻密、濃厚ハ不可）／君子之交淡如水、／言語働作ガ他所行言葉働作ヲナスコトガ不可也／独立独行——人の世話にならず——人に厄介をかけず——人の家にて飲食せず——」「第三者をかへり見て対者を冷笑す（鼻にしわをよせる）」

その二十一——タワオへ

タワオの農園からは、医学校の吉田教授をとおして、三月には渡航するように電報で言って来た。それが大正七年一月下旬のことである。

長女清は満十一歳、三女千里子（通称千里《ちさと》）は満六歳、長男力《つとむ》は満五歳だった。次女不二子は大正三年四月、台北の中川家に里子に出されていたが大正四年四月には復籍していて、三月七日が来れば、満十歳となる。左股関節炎を患いつつあった。正月十六日には栄座の、立錐の余地ない芝居見物に、清白は家族を連れ出した。一月最後の日には子供たちを早退させて、北投の温泉に連れて行った。子供たちは大いに喜び、幾美はまた車暈のため嘔吐した。

二月一日、出勤して六七軒の往診を終えてのち、台北測候所に行き、吉田教授の紹介状により近藤所長の案内で所内を見学した。日記には晴雨計、寒暖計、乾湿計と並べはじめて、風力計、風速計、風信器と、およそ二十の機器を列挙した。高楼の上に出ると、四方の展望が指顧の間にあり、一大パノラマを見るようだった。

清白の気象学への関心はいよいよ深まっていた。この日の欄外記述には、「揚子江附近に低気圧あり　其影響により本島快晴と成る、昨日は蒙古一帯に低気圧ありしもの本日は南方に移動したりしなり」とあり、改行があって、「南西の風吹きゐたり」と書かれている。こののちたんに「南西の風吹きゐたり」と書かれているときも、その背後に右のような観測が隠れていると見ていい。

二月三日、曳田の田村虎蔵にタワオ行きを通知し、同時に戸籍謄本一通を請求した。往診の多い日がつづいた。薬品・装具瓶・医療器械などの取調べで価格を書類に記入したりしたのは、売却と新任の医師への引継ぎのためであろう。二月八日、辞表を出し、九日、解職の辞令を受けた。総督府鉄道部医務解任とともに、いよいよ久原農園の医務を嘱託されることになった。

二月十一日、旧正月と紀元節とがかさなって、台北は市内市外を問わず多くの人出があり、自動車の往来は筵を織るようだった。幾美は清白が単身赴任するあとのために、貸家を見に行った。午後二時半、衛藤写真館に行き、庭園で写真を撮らせた。風が出て砂塵を巻き上げていた。

二月十二日、家族のための家は、大正街大通りの貸家といったん定めたが、また府後街府中街にも探した。これまでの住所は鉄道部の官舎であった。

暦から十五日と決めていた転宅を、準備が意外に捗ったために早めて、午後四時より引越し車を出し、大正街へと越した。車で四台ずつ二回、都合八台を運びきった。夜十一時まで片付けをしてから休んだ。大正街大通り三十番戸、建物会社の家だった。ガスが漏れ、臭くて困ったが、翌朝起きると、家は西部一帯の山岳や丘陵の林や田圃を一望にあつめるところで、鳥の声だけの静かさと清潔さが、清白はすこぶる気に入った。

このころ、研究所と医学校と赤十字病院と図書館に通い、とくに南方の伝染病、それを媒介する原虫類・寄生虫類・昆虫類を調べ、また蛇毒、コレラ及び水の細菌学的検査を研究し、英語、マレー語などを学んだ。医学校で見る標本類はみな色褪せていた。

二月二十日、天華一行の奇魔術を見物に朝日座まで歩いた。美麗にして幻奇な歌劇と奇術とは清白の心をも躍らせたが、遠方への歩行で不二子の股関節炎は悪化した。千里は新学期に級長となれば、と清白に約束を強いていた——大きな鞠、三円の琴、夏の洋服、靴の修繕。聡明な千里は、学芸会でも、選ばれて唱歌を歌って清白を喜ばせた。

清子は六合館発行『新訳漢和大辞典』の購入を、父に願い出た。暇が作れるこの時期から三月にかけて父親は、苑外に博物館や活動写真や商品陳列所や池亭などの遊園を設け、外国産の樹木花卉《かき》を栽培している台北苗圃《びょうほ》に、子供たちを引き連れた。

その二十二——進退窮す

大正七年二月二十四日の日記は重要である。

長谷川牧師来らる、先日来の大問題たりし信仰のことをいよ〳〵決心して来る三月三日洗礼をうくることゝなす、今日まで三十有余年キリスト教に近づかんとしてまた遠ざかり徒らに疑

念多くして信の人と成る能はざりしは慚愧にたへず、

三月七日、鉄道部からの餞別の目録を受け取った。

幾美の父森本歓一は病にあった。幾美の弟滋樹は歓一と並行して便りを寄越していた。姉宛のその便りは、父の病状と姉の遠さを思ってか、血涙くだるものだったが、清白宛にはむしろ、歓一からの手紙同様、ほそぼそとしたものだった。清白は、岳父に宛て、幾美をこの夏帰国させる旨手紙をしたためなければならなかった。

三月十三日には旅券がようやく下りた。南洋開発組合に行き、支度料をもらったが、旅費は未だ出ていなかった。十五日、立ち寄った本屋新高堂で、『みゝずのたはごと』『荷風傑作鈔』『南国記』などを購入した。酔茗河井幸三郎の次女弥生子の十六歳での永眠が知らされた。

三月十七日日曜、一天雲なく大屯山も七星山もみな霞の奥にあり、煙り立つ北投あたりには春の光が模糊としていて、眼界はみな夢見るもののように思えた。九時半に教会に至って、十時より十二時にかけて洗礼を受けた日である。

事は次のように運んだ。讃美歌四八二、聖書朗読マタイ伝、祈禱、讃美歌三五、説教イエスの質問、祈禱、教会の主意朗読、受洗者への質問、洗礼、讃美歌一七四、全員の誓約朗読、聖餐式、讃美歌二六四、献金、感謝、頌栄四六二、祝禱、報告。

「感激多き日なり」と記した。受洗者は七名で「余等の外」は、と五名の名を並べているところから、幾美もまた受洗したものと思われる。

三月十八日の朝早くには、丘の上にひろがる円山公園の動物園のライオンの唸り声が、寝床にまで聞えた。

十九日、思いもせぬことが起った。医学校に行くと、昨日、佐野氏より、伊良子の赴任を承引せず、との来電があったとの話である。南洋開発組合をとおして林氏にその理由を質すと、佐野熊翁は伊良子の就任を承引せず、と返してきた。すでに約束済みならば苦力《クーリー》の健康診断をなさしめ、適当なサラリーを給すべし、という林からの電報をみせられた。電文には意味不明のところがあったが、不承引は佐野の意思であることは明らかだった。

この日の日記の欄外には次のように残されている。

南洋行中止と成り心中流石に平かならず　人の運命のはかなきに驚きかつ悲しむ、用意の行李カバンを片付ける

三月二十二日、医学校に行き、吉田教授より事情を聞いた。佐野熊翁氏はこのような理由で自分を拒んだと、清白は日記に整理し、書き留めた。「一、処方の古きこと　二、頑固にして執拗　上長に服せず　三、毛布（官品）を借用して帰宅、返却せず督促数回、半年に及んで漸く返却せり　四、性苛酷にして入院中数度看護婦を叱責して彼等の嫌悪する所と成る」

南洋行きを企てて鉄道部医務嘱託という職を辞した清白の前から、南洋が消えた。それも洗礼を受けた直後であった。三月二十六日の記述には、「南洋にも台湾にもよき所なく進退窮す」と書かれた。

胃カタルが悪化していた。翌日には「いろ〳〵考ふるも考ふれば考ふる程行づまりたる感あり」と記した。学校では、子供たちの証書授与式のある日だった。鳥取の父、台中の若宮舎三、京都の市川達次郎に手紙を書いた。『荷風傑作鈔』を少しばかり読んだ。

その二十三——南部旅行記あるいは新緑の行脚

行き詰った清白が次にとった行動は、奇異とも感動的ともみえる。三月二十八日、急に思い立って南部旅行の途につくのである。「午前九時の急行にのる、沿道の景色別にとり立てゝいふ程もなし、香山の海は波あれて汚く濁りたり、新緑に暗き風わたりて目に見ゆる草木みな白き葉裏をかへせり」

若宮氏を訪ねた台中を、「土地閑静にして清潔、瀟洒として愛すべし　棲遅の地として好適なるべし」と思った。

二十九日、別の市川氏を訪ねて台南を過ぎ、橋子頭に行った。製糖工場を見学し、打狗《だく》に至った。この打狗にかんする部分のみ、日記巻尾にとくに記した。

南部旅行記の補遺（自三月廿八日至三十一日）

○このたびの旅行は之を称して新緑の行脚と名づくることを得、これ其至る所新緑の風と雨とに翻り且つ沈むを目指すことを得たれば也、台湾の夏は長し、春は短し、須臾にして経過す、新芽は一際に発し一際に伸び一際に繁茂す、其嫩芽の軟かなるもの水蒸気多き暖国の風を受け、色彩艶美、熇々として光あり、吾之を酷愛す、今回の旅行幸にして之が欲望を擅まにするをえたり

一、苦苓は南部に多く、已に満開にして、遠望すれば桜雲の爛熳たるが如く、人呼んで台湾ざ

くらといふ、別に香気あり、さくらの気象を欠くも、靉靆として白雲を曳く所、陽光春已に去らんとする時に開く所、またさくらの気分なきにあらず
一、棉の花は椿の如く寧ろ木蓮に似、更らに樹頭一際に紅花を着け、風なきにぼたりと落つる風情、すてがたし　庭内、歩道、畠中など至る所散点してうゐられたり　亭々として一木高く聳え、大なるは電柱の代用をもなせり　面白き花也
一、南部には竜舌蘭、林檔樹、多く竜眼殊に多し
一、木瓜の多きことは勿論なり、木瓜を見れば、熱帯地婦人の乳房を想起す
一、旧城の故址は断礎敗石車窓より遠く見えて、多恨の遊子をして断腸せしむ、このあたり山姿水態、洋劇の書割のごとく　風景の配置、中世紀の英雄譚を想起す、水牛の群が沼沢の間を跋渉するもをかし
一、打狗は一面新開地にして　台島南門の鎖鑰たり、また将来有望なる工業地たり、海岸の埋立地は広闊無比規模雄大なり、浅野セメントのけふりては半天にのぼりて、此南国の為万丈の気焔をはくものゝ如し、岸壁の上屋倉庫にて電気仕掛の架空車は恰も電車を吊り上げたるが如く、其運転の自由なる、面白き程なり、港内には二千噸級と見ゆる汽船四五艘も碇泊せり、多く皆砂糖をつみ入るゝなり
一、旗後は旧市街にして遊廓あり、土民部落あり、別墅あり漁村あり且つ旧砲台、灯台などありて歴史あり性慾あり豪奢あり壊敗あり多情多恨の地とす
一、旧砲台にのぼるに岩石の間浮珊瑚滋々として繁茂し海風たま〳〵之に当りて四辺の光景為めに幻影を生ず、道は峻嶇として曲折し、頂上には灯台あり、羊の糞など散点せり、灯台は白くぬられて旗影翻へれり、官舎の内に月琴の音きこゆるもなつかし、灯台の前に坐して海を見

るに、南支那海の波濤一望に集り、港内の大小船舶、いづれも指顧の間にあり、湾口は巾せまく波頭白くわきて岩に匍ひあがる風情、えもいはれず、灯台の対岸には測候所あり、また港外には防波堤を築造中なり、旧砲台は沈々として死の国の如く、一声のあるなく一色の輝くなし、暗澹として地獄の門を見るが如し、蘇鉄の一種、よろめく旅人のごとくこゝかしこの岩間に生ひいでゝ、樹頭わづかに風になびけり
一、旗後の民家は、蠑螺の底のごとく小家櫛比、参差錯綜して土民の往来織るが如く、別に一小天地をなす、中央のさゝやかなる広場に、市場めきたる所あり、こゝに飲食する労働者多し、魚なども売れり、媠娨河豚をさげて帰り行くがあり、台湾に来りてはじめて河豚を見たり
一、打狗と旗後との来復はサンパン及びて発動汽艇なり　予はモールターボートに乗れり　乗客甚だ多し
一、海にのぞめる倉の壁、家の窓、岸の上の旗、石垣に繋げる船、皆海の風にふかれて一種の色彩あり音楽あり、予は久しくかゝる景色を見ざることゝて、いとなつかしきことに思ひぬ、基隆はあまりに整ひたるが故に風趣なし、打狗は古き港の俤ありて画趣詩趣饒か也
一、貯水池の展望もよし、貴賓館もよし、後者には行かず
一、病院にもえ行かず
一、金刀比羅宮あり

三十日になると阿猴《あこう》行きと決めた。打狗で浄水池の丘にのぼって眺望を擅にすると、九時十分発で阿猴へ向った。青田が遠く連なり、ほとんど際涯なく、下淡水渓の沃野を見なければ台湾は語りがたい、ということばがことさらに思い出された。当時東洋第一といわれた九曲堂の大鉄橋

を渡って阿猴に着いた。市場で木瓜を売っているのがさすがに南部と思われた。邸内に三四本この樹を植えないところはなかった。植物はすべて鬱々生々として暗い蔭をつくっていた。

知人を訪ねたが、一人は病臥し憔悴の状態で同情に堪えなかった。十一時半出発、午後三時台南に着いた。行きの汽車で偶会した倉敷という人を訪ねてから、午後九時三十八分の急行に乗った。三月三十一日の朝七時に帰宅した。

台北は風が寒く雨が降って、南部とは大いに異なると実感した。子供たちは賑わしかった。いつものように浣腸と胃洗滌とをみずからなして、寝床に入って二時に起き出た。

その二十四――ライオン吼ゆ

曇ると腹の心地がすこぶる悪くなる、と日記にはある。

季節風が強く陰鬱な天気の四月一日、博愛病院に後藤なる人を訪ねると、明治製糖工場の医務室の空き口の後任にだれそれ、その人の後任にだれそれ、というような噂を聞いた。夜、医学校教授の吉田恒蔵宅を訪問すると、吉田はしきりに、内地に帰って開業することがいいと力説した。

三日から春風が吹きわたってぽかぽかとしてきた。四日には初夏の気分を覚えるほどになった。腹の心地がはじめてよくなった。アメリカ領事館の土手には薔薇がさかりだった。この邸内には朝早く黄鶯の啼く声が聞えた。


外は皆ネルの単衣と成りにけり春老けし家にさうび花さく

春短し花あはたゞし南国の都の水に蛙昼啼く
松の花伸びそろひたる片岡のすりばち山にうくひすなくも

四月五日、赤十字病院で手術を見学したり衛生課に旧知の技師を訪ねたりしたが、寂寞空虚を感じる日だった。新芽の葉が萎れたように見えたその日の夕べ、胃が悪いのは癌腫ではないか、などと思った。
四月六日、台北の春はすでに酣、新葉は火のように発している、と清白は見た。

火の如く若葉は庭にもえ出づるかなしいかなや春くれむとす

赤十字病院や監獄を訪ねた。

夜となれば蛙なくなる我宿の垣ほの外は星ふりにけり

七日、監獄に至って典獄の大野量弥にアルバイトを志願した。また、医学校の吉田教授を通じて損害補償として俸給四カ月分を要請した。吉田教授は堀内教授とともに清白を支援し、嘉義か阿猴の警察医、宜蘭《ぎらん》のマラリア専門の医師の職を斡旋しようとしていた。
四月九日の日記には、台湾らしい歌が書き留められた。

雨あがり専売局の樟脳と阿片を嗅けば春暮れにけり

目下は警察医の口もなかったが、阿猴の医師は病人なので、そろそろ空きが出るかもしれなかった。それまで衛生試験室で防疫医をしてつなぐか、と清白は考えた。衛生課の倉岡、監獄の大野、医学校の吉田を訪ねる日々がつづいていた。今日また吉田教授はしきりに、内地帰還と開業を清白に勧めた。

四月十日は雨が降り出し、寒気を覚える気候となった。この夜、南洋開発組合より吉田教授を通じて、補償の七百円を小切手で受け取った。

十二日も冷気依然として、寒さも変らなかった。雨だった。各氏訪問の動きにはこれまでとちがって、それが「暇乞い」であるとする日記の記述が残っている。旅券を庁に返却したのもこの日である。清白は九日に受けた吉田教授の説得により、また十日には思ったより多い補償金を得たことで、内地帰還を決意したとみえる。例によって、というべきか、電光石火の決断だった。

十三日の土曜日は、幾美も手分けしての暇乞いに費やされた。

夜にはライオンの吼える声が、円山公園から新公園にまで聞えた。「悲惨なりと思ふ　彼の猛獣は必ず死すべし」と記してこの日の記述を終えた。

十四日も、陰鬱で侘しいことは同じだった。霧雨が降り、不順の冷気が襲ってきた。ライオンも吼えぬようになっていた。

四月十五日、清白はもう出発する。吉田教授の説得から一週間も経っていない。翻意から実行まで、このような早さである。

陰暗にして風の寒い朝、午前五時に起床すると、幾美とふたり出発の準備をなし、九時に立った。いまは年来の下女角南秀《ひで》に托して残しおくほかない子供たちも、登校を遅らせて停車場に見送りに来た。

基隆《きいるん》に着し、赤帽を頼んで荷物を運ばせた。香港丸という船だった。乗客が雑沓し、坐すべき席がなかった。旅館の客引きらしい男の世話でようやく席を得た。岸壁には果物、蕃産物を売る店が多かった。

午後四時出港した。港内の景色を見ようと甲板に出た。「或いは再び来ることもなしと思へば流石になつかしく名残をしき心地す」と船中の日記に書かれている。

港外の社寮島を過ぎるころから風は激しく吹き募り、船の動揺が甚だしくなった。夕飯を食する人すらなかった。幾美の苦悶も甚だしく、嘔吐が頻々として、ついには胆汁を出すに至った。

その二十五――招牌

大正七年四月十九日、神戸港へ入ったのは午前九時ごろだった。十時に上陸して停車場へ向うと、非常な混雑を呈していた。汽車の道すがら、桜、菜の花、と目に留めていった。田畑に働く影を見つけると、同胞の農夫、とことさらに思った。麦の青いのが目に沁みた。狂せんばかりの感激が、怒濤のように襲ってきた。

京都に着くと、二年ほど目上の大分で旧知の人で、府庁に技師として勤務する市川達次郎を頼った。内務省に籍を置いた権益施設設営の軍医として、日清・日露戦争を経験していた。大分では県の技師衛生課長だった。その富小路木屋町の家に近い旅籠に入り、翌二十日の土曜は幾美とともに、大仏、三十三間堂、西大谷、鳥辺山、清水、円山、祇園、智恩院と名所見物をした。残んの花がなお美しく咲いていた。

二十一日、早朝に旅籠を出て、丹波の静かな山間を抜ける鉄道を行った。沿道の山家には、さすがに静かな味わいを感じた。城崎《きのさき》・岩美間には二十ものトンネルを数えた。その間に点綴する漁村の景色を、いまさらながら絶景と嘆賞した。因幡の国に入ると、心が躍った。久松山が見えて鳥取に着いた。

電報が不着で、迎えはだれもなかった。それでも幾美の実家、東町の森本家に落ち着いた。病気のために面変りした幾美の父森本歓一もそこにいた。幾美は涙を浮べた。

少し休んで、市内の温泉に父岡田政治を訪ねた。六歳下の異母弟の道寿も来ていた。

四月二十二日、政治は道寿を伴って森本家を訪ねたが、清白は日記に、「おそらくはじめての事」と書いている。岡田政治はこのころ、八頭郡国中村石田百井《いしだももい》に住んでいた。政治は、医師の口が空いた曳田の西郷村での清白の開業を望んでいた。

二十三日、是非行こうとの政治の誘いで、すでに手配済みの車を走らせて、春爛漫の道々を、市内から智頭へと向った。

故郷を離れているあいだに、鉄道線路が出来ていた。雨も上がり、六時、船岡に着いた。岡田道寿の家である。車夫一人、看護婦一人の暮しだった。

あくる日は北風が吹いた。夏めいた日射しと相殺し、かえってよい日和となった。曳田に墓参する日だった。破岩《われいわ》、徳吉を経て智頭川の長橋を渡り、一つ木より曳田道に入ったら、道は昔にくらべ立派なものになっていた。

午後、曳田に着いた。まずは田村の家に至ると、七十半ばとなった乳母田村すみと、手を取り合って泣いた。腰はかがまっていたが、店の仕事はいまでもひとりで引き受け、立ち働きに不自由はなかった。

正法寺に行くと、和尚に回向を頼んで母の墓参をなした。山の後ろに出て、幼馴染の田村虎蔵の果樹園に入った。桃、梨、林檎などが二町歩に余っていて、虎蔵は一家を挙げて果樹の栽培に働きつつあった。

八上姫の売沼神社に詣でたあと、虎蔵の家に行って懇ろな饗応に与ると、西郷村には医者が決ったと伝えられた。曳田開業が方途を失った次第である。さらに母の友人だった女性を訪ねるなどして黄昏に辞して帰るとき、沿道の景色には「何ともいへずよし」と思わせるものがあった。

四月二十五日、春日煦々《くく》とした中を、道寿とともに徒歩して八東川《はっとうがわ》の渡しを渡り、薬苑麦隴《ばくりょう》の間を石田百井に至った。ささやかな家に「岡田医院」の招牌《かんばん》が出ていた。庭の木蓮が紅く咲いていた。そこが政治の医院だった。

父と少時話して後、一時頃帰途につき、三四十分して船岡の道寿の家に帰った。道寿によれば、父もまた、この日郡家《こうげ》でひらかれる郡医師会に出席するということだった。

午後、暖気が増して、南西の風となった。三時、幾美とともに徒歩して花という地の伯父の家に向った。車夫に御門の橋まで見送らせた。沿道の山々には鶯が啼き、山吹が咲き、薪を刈る若い女も見えた。道端にはさまざまの小さな花が咲いていて、八重桜の咲きほこるのもあり、すべて懐かしかった。四時前、八頭郡大御門村字花の岡田家に着いた。伯母のぶは少しは歳をとったが、さして変ったとも見えなかった。次男奏の長女に文枝というのがあって愛らしかった。

五時半頃、伯父岡田謙造が郡医師会より帰宅してきた。髪黒く、顔はあかくして、古稀の人とは思えなかった。いろいろ親戚うちの話が出て、清白からは台湾の話もした。夕方には裏山に行き、岡田の祖父祖母の墓に参った。

四月二十六日は、起き出せば雨となった。十時、俥を雇って船岡に帰った。午後は別になすこともなく、腹の心地が少し悪いので胃洗滌を行なった。夕方、父と義母しまが国中村より来た。夜、来客が帰った後、二階に親子夫妻四人が集って、清白の就職のことから政治の扶養の話へと移った。扶養はある程度まではできようが、身の定まりがつかないのでなんともいいがたい、またふたたび台湾に帰るかもしれぬ、そんなふうに清白がいうと、父の気に障った。そのまま十二時、それぞれ床に入った。

清白一家が滞在した船岡の道寿の家では、二十三日以来、母しまは饗応に力めて程々のものを馳走してくれた。久しぶりのことで、清白はどの食べものもめずらしく思った。うぐい、百合、ちさの煮物、ハタキ餅、カキ餅、おいり、鰈などだった。

四月二十七日の土曜、朝から雨気が去らず、寒冷を覚えた。北西の風が吹く中を、父はなにを思ったのか、清白らがまだ嗽《くちすす》ぎもしないあいだに夫妻結束して、徒歩で百井に帰ってしまった。前夜の話合いでの扶養の件について、よほどの不満があると思われた。

九時半出発、郡家にさしかかるころから好い天気となった。沿道には木を運ぶ車が多かった。扇の山の残雪、三隅高山の翠色が日の光に輝いて美しかった。雲雀が揚り、蓮華の花が咲き、野には春が漲っていた。山々はいちどきに新緑を発し、その合間に、山桜のほのかな白も見えた。

それでも、清白の心は落ち着かなかった。台湾からひといきに帰還しはしたが、仕事も居場所も定まっていなかった。

十一時半、鳥取に入った。若桜《わかさ》街道の賑わしさ、飲食店などはいかにも田舎の町らしく、浜田にいたころのことを思い出させた。

森本に着けば、京都府庁の市川達次郎、京都府立医学校の常岡良三教授より来状があり、大手の織物会社の医務局の話にやや望みがあるらしいとのことだった。返事を書いて出した。

この日の午後、お濠端より中学校、招魂社、樗谿《おうちだに》神社、七田神社、智頭、若桜街道などを見物した。翌日の日曜日も、鳥取遊歩の日となった。

春の光が煦々として一天雲ないこの日、久松山の新緑はさらに一段の色を加えていた。朝八時半、古川憲氏を訪ねた。田舎の農夫とでもいいたげな風采の人だったが、眼に怡色あり、庭園の話、家禽の話、盆栽の話など出て、鉢の蘭をみせられた。

同氏は町内に貸家を多く建て、家はみなあたらしく、町に美観を添えていた。古川を辞して市場に行った。魚菜を売るもの多く、めずらしくまた懐かしいものが多かった。鰈、なまこ、鮭、飯蛸があり、松露、蕗、蕨、筍、わさび等が目に留まった。転じて智頭街道より遊郭、大工町等を見物し、正午一旦帰宅、ついで幾美を同伴して、伊吹植物園に至った。園内は広闊として、池のほとりの藤がさかりだった。植物は喬木、灌木、花草の類が水陸にあまねくあった。

園を出で、田圃の中を抜けて千代川の堤に出た。小松原といえど、老松が道を挟み、一種の奇観をなしていた。松をつくる所に出た。水に接して休憩、さらに松原を田の島に出て、八千代橋畔の茶畠や大根畠の花のさかりの中を穿ち、橋を渡り、千代川の流れを河上河下と眺めなどして、玄仲寺では荒木又右衛門の墓に賽し、新いでら町より茶町をすぎて帰宅した。

四月二十九日も天気よく、温暖だった。午前中は市場に行き、午後からは博覧会を見物した。人出はなかなか多く、ことに招魂社は祭日の前日ということで賑わしかった。立川より浄水池にのぼり、立川を三丁目に出て少し遊んで踏切に至り、線路づたいに吉方より若桜道を過ぎて温泉町に出、鳥取温泉前を経て若桜街道を東町に帰宅すれば、午後六時をまわっていた。疲れたが、夜は夜で招魂社に行った。宵祭ということで、活動写真あり、のぞきからくりあり、場内には男たち女たちが填塞していた。

四月三十日、とにかく上洛せよとの葉書が市川達次郎から来ると、その夜の夜行とすぐに定めた。雨をついて停車場に行き、十二時発の汽車に乗った。福知山駅に一時間半ばかり待ち合せて京都行に乗り、二条駅に着いたのは五月一日の九時である。

市川を訪うと、すぐに府立医学校に常岡教授を訪ね、紹介を得て牧野氏を訪問、就職話を中心に、いろいろと話した。市川方に一泊した。

清白にもたらされた話は、織物会社鐘淵紡績の、新設される医務室への勤務というものだった。翌日から、重役と会見したり、支配人に伴われこれから医務室となすべき建物を検分したりした。その二階を住宅にあてると聞いて、清白は少し閉口した。給与は七十円以上はむつかしいともいわれた。

この五月二日の日、京阪電車で大阪に向うと、伏見といい、巨椋《おぐら》の池といい、淀の城址といい、木津川の渡橋といい、八幡といい、橋本の遊女といい、枚方といい、どれも懐かしい名前と眺めだった。菜の花は蒸すように咲き、麦隴は流れるようにあった。一望十里、淡抹しているような霞に閉され、春色はまことに愛すべしと思われた。

大阪に行き、島町に大崎弥一郎・つぎ夫妻の家を訪ねた。明治三十八年に居を寄せた家族に、変った景色はさらになかった。夕飯をよばれ、七時出発、森小路に下車して、同窓の日下を訪ねた。二十年も経たこととて少し面変りしていた。日下が医院を譲渡したいことなどを聞き、九時半辞して十一時半、市川方に帰り着き、一時半まで語って床に入った。

この日の日記には、少し生なつくりの短歌が残る。


あゝ菜の花みなぎる如き菜の花のいきれの中の京都大阪

その二十七——見送り

京都と鳥取とのゆききはもう少しつづいた。

五月三日、早朝起き出して、寺町に行き理髪した。帰宅後、市川より縷々処世上の訓戒を聞き、十時発、二条駅より乗車、天気よく、気温高く、車中は蒸し暑いばかりだった。保津の景色はさすがに佳く、丹波平原も見飽きなかった。ことに嘆賞したのは城崎付近より竹野、割谷、香住《かすみ》、鎧《よろい》、浜坂等にかけての入り組んだ海岸だった。海は青く一波をあげず、帆は無数にして沖は霞み、磯には松をいただく岩があり、漁火が点してまことに絵のようだった。六時半鳥取に着くと、さすがに疲労を感じた。この日の日記の欄外にはこう残された。「岩美駅をいづる頃に岩井、大谷を見て幼時の思出油然として起りかのはげ山かの砂丘かの田圃接吻《キス》せまほしきまでなつかしき思せり」

五月四日の土曜、どんよりとして妙な日和と思った。南の風が強く吹きまくり、雲の飛ぶさまがせわしかったが、雨は落ちなかった。連日の疲れで眠いこと甚だしく、午前中は床に臥せた。午後、幾美の次弟森本滋杪とともに湯所町に入り、最勝院で平田眠翁の墓に詣で、ついで円護寺の坂にのぼり、袋川に出て、旧御渡船場より雁金山の麓を過ぎて、丸山を左に見、折からの強風に逆らいつつ、禅久寺の土手に出た。池水は波立ち、四囲の山の木立もみな葉裏を返していた。

鳥取でも、清白一家を心配する近辺の人から、就職の話がちらほらした。大阪の職工病院の口探しや、大阪医大の博士に書面を出して斡旋を求めるなどの動きである。

一方で、鳥取を離れる意思は清白に揺るがなかった。見納めというように、滋杪とともに、市内から浜の方まで遊歩した。十四日は浜坂より砂山を一巡し、波打ち際に出て、擂鉢状の砂丘を見つめた。

五月十五日は、鳥取の最後の日なので、晴に乗じて滋杪をうながし、摩尼寺に詣でた。その地は幽深にして寺は古く、山は北海の砂丘を脚下に集め、遠く渺茫とした煙波を望んで絶景と見えた。摩尼寺の道は山麓を過ぎ、藤と鶯と薊とレンゲと麦とが美しかった。帰途禅久寺の堤に立寄り、名物の粟餅を買って、継子落しの滝をへて帰った。

午後二時より方々に暇乞いに行き、別れの宴を張り、挨拶に来た人々に面会し、森本より餞別に掛け物と支那の反物をもらうと、見送られて夜十二時、汽車で京都へ出発した。幾美と二人である。

五月十六日、福知山駅で京都行を待つあいだに夜は明けた。汽車が山々のあいだを行くうち、霧の海が開けて、日が輝き、上々の天気となった。綾部、園部をすぎ、亀岡より保津川の峡間に入り、八時五十分、七条に着いた。市川宅に近い小坂旅館に向った。この日の夕方、市川につづき牧野を訪問すると、極力推讃に努めてくれていると聞いた。

五月十七日、雨の朝、七条駅に幾美を見送った、と日記にはある。一泊でとんぼ返りする理由は量りがたい。体調のせいか、市川に預けておいた荷を取りに来ただけだったせいか、不明である。ともあれ清白は、「軽いかなしみをおぼえたり」と、この見送りの情景を書き留めた。

帰途、建仁寺西来院近くの真下滝吉宅に至った。学生時代に「よしあし草」で交流のあった真下飛泉は軍歌「戦友」の作詞者で、小学校教諭となった人である。

宿に帰るころより雨がはげしくなった。運動のため、御苑、同志社、相国寺門前、本禅寺、梨木神社などへ歩きつつ、伏田屋に至って貸間を依頼したが、見つからなかった。そこで、周辺を探しているとふと茶屋の二階に見出し、一時的な部屋であろう、借りる約束を交わした。岩崎という家だった。

夜、真下をふたたび訪問し、久しぶりにいろいろの話を聞いた。ことに小学校の話は、これから呼び戻す子供たちのために参考となった。西来院は幽寂にして、よいところだと思った。円竜院、詮量院等、名は自分の医学校時代のままだが、旧観は改まり、屋宇はすべて立派なものになっていた。

その二十八――飛脚探勝

五月十八日の土曜、昨日の雨はあがり、午前中、小坂旅館より市川宅に寄り、蒲団を借りて荷物を預けると、荒神橋西入ル岩崎方に転宅した。母校である京都府立医学専門学校のすぐ南である。四畳半の狭い部屋で、間代二円八十銭、電灯代五十八銭だった。

午後より岡崎公園に行き、商品陳列所、京都博覧会第二会場、動物園と巡覧し、水源地に向った。濾過装置を一覧、インクライン、蹴上《けあげ》水道トンネルの口に至り、南禅寺に出て、境内一覧の上、永観堂別荘地を迂廻し、岡崎より吉田町をへて荒神橋に帰宅した。

五月十九日、日曜の朝、晴に乗じて吉田山にのぼり、吉田神社、稲荷神社、大学水道水源地、宗忠神社をへて真如堂に下り、黒谷に詣で、岡崎神社、岡崎別院を過ぎ、若王子を幽邃愛すべしと見、永観堂、鹿ケ谷、鈴虫松虫の墓、法然院、銀閣寺の内陣などを巡覧し、別荘のある地を吉田山北麓より真如堂に帰り、陽成院音羽御陵より岡崎町に出て、大学付近を抜けて帰宅した。

五月二十日は、夜来の雨が霽れて暑かったが、北山西山をひとくくりに歩いた。「所謂飛脚探勝也」と日記にある。雲の往来定まらず、蝙蝠傘を用意しながらも日和下駄を履いて出掛けた。北野神社に賽し、そこより金閣寺に至り、俥に乗って北野の横を大将軍に出て、福井旧典医の邸を過ぎ、等持院をへて竜安寺は見ず、御室御所に至り、御所の内陣を拝観し、広隆寺にて俥を下り、寺内を一覧し、電車で嵐山に至ると、一帯の俗化に驚いた。

団子を食し、亀山公園を一覧、渡月橋を渡り山麓に出、法輪寺にのぼり、また崖路を温泉まで至り、天竜寺に入り、まっすぐに清涼寺に詣で、小楠公首塚に詣で、小倉山二尊院より大覚寺までをも極め、大沢池を一覧し、また嵯峨に帰り、電車で四条大宮に下り、新京極までまた電車、新京極を通過し、寿司、饅頭、菓子を買って帰宅した。時間があればそうする、清白いつもの猛烈な歩きかたである。胃腸の具合をよくするためという意識も一方にあったが、台湾時代に遠ざかっていたものを確かめるという、半ば無意識の衝動もあったろう。

五月二十一日朝、牧野を訪ねると、俸給は八十五円で話が定まった、と知った。その旨、幾美に電報を打ち、鳥取その他にも葉書を出した。

ところが午後、鐘紡の田中工場を見学すると、清白の心中に不安の念が起った。医長にも工場長にも会したが、どちらもハイカラで馴染めなかった。それよりも織物会社の工場なるものは一日百名も患者があると聞いて、とても一人ではやりきれたものにあらず、と考えはじめた。田中工場に通う道は埃が立ち、それだけでもう、つくづく厭になった。

五月二十二日、晴れて暖かい午前、鐘紡の上京工場を訪ねた。詳しく工場なるものの輪郭内容を知るにしたがって、就職についての恐慌憂慮が起った。患者が激増していて、とても一人でやりきれるものではない、ともう一度思い、しまった、と呟いた。三時に帰宅し、それでも貸家を探しに出ねばならないことに変りはなかった。

夜、思い余って、三条木屋町に昼間会った旧知の工場の人を訪問し、会社の勤務時間を尋ねると、会社は午後八時九時までも勤めてほしいのだと聞かされ、ますます困惑した。

翌二十三日も晴れて暖かかった。方々を歩き廻り、埃を浴び、汗を拭いしながら、貸家を探した。新烏丸、中町、河原町の夷川以北、富小路、麩屋町、御幸町辺、東桜町、宮垣町辺、東一条辺と訪ねて一軒もなく、たまにあれば約束済みだった。

二十九——狂に類す

五月二十四日、晴れた朝、堂阪器械店に行って器械を註文し、西川薬剤師に薬品を註文した。

午後、昨日のごとく寺町、石薬師、田中村、百万遍、東一条通、吉田町から岡崎公園に入り、疏水通りまで貸家を探した。終いには日が暮れた。家はなかった。その足ですぐに建仁寺に真下を訪問し、小学校のこと、貸家のことなどを依頼して帰った。教育上の話、演劇活動の話などが出た。月が美しく、風の冷やかな夜だった。十一時帰宅、つくづく家を探しあぐんだ清白は、いまさらに都会生活の惨憺ということを覚えた。

五月二十五日の土曜は、連日の晴天で埃が立ち、濛々として堪えがたかった。「京洛の山水も目に入らず、たゞ営々として蟻の如く東西に奔走す」と自嘲した。

この日も、鐘紡の工場の医局開設準備に追われた。家屋改繕について建築技師に設計を頼んだり、薬剤師とともに夷川に戸棚を買いに行ったりした。途上、薬剤師から、若狭に開業の口があるという話を聞くと、悪魔の誘惑かと疑った。

医局開設の準備は、当面与えられて避けられぬ仕事となった。三条寺町の装飾店に行って椅子を誂えたり、手術台を見たりした。紹介者の牧野に会ったが、なんとなく抜目なく、気にくわぬ男に思えてきた。夜、市川を訪問、するとまた一時間ばかり説教を聞かされた。それでも勤務時間の長いこと、患者の多いことはまったく予想外で、閉口のほかなかった。午前八時より午後八時までという勤務時間は午後六時頃までに短縮できるという条件も出たが、妙なほどに会社勤めに嫌気がさし、どうにも耐えられない。

内地で開業もできぬとは、存外の難局だった。道寿をとおして尋ねた話に封書が来て、その方面にも、うまいところはなかった。都会の世智辛い生活も予想のほか頭に響いていると、自分ながら思えた。

清白の心中はもう、一縷の望みは台湾の警察医、というところまで押し戻されていた。二十六日、幾美に、「会社の就職を罷めた台湾に帰る」という電報を打った。追って詳細な手紙を書いた。一方で台北の倉岡に、あらためて警察医の職を依頼しようと動きはじめた。

この日、辞職の件を会社にも牧野にも持ち出すと、牧野はやや立腹の様子だった。清白は終日煩悶し、一時はこのまま無断で台湾へ出発しようかとも考えた。市川方に蒲団を返し、行李を取りに行った。「やゝ狂に類す」と日録に記すほどの自嘲がつきまとった。

午後、市川が清白を追って来て、諄々二時間にわたって説諭し、義理人情を説いた。その周密さに、気の毒にもなった。

五月二十七日は久しぶりの雨で、埃が立たず、心地よかった。幾美から、「阿猴の口ダメ来る な委細手紙」という電報が来た。台湾も望みなし、となったわけだが、しかし、これでようやく彼の地に思い残すところがなくなったと、むしろ安堵さえ覚えた。朝、西川薬剤師のところに行き、若狭の件を依頼した。所は福井県遠敷《おにゅう》郡瓜生村安賀里の話だった。

五月二十八日、冷たい雨の日、清白は選択肢を整理した。朝から夜までの勤務は実際つらかった。会社医ということが自分にふさわしいと思えなかった。若狭の件は急な話ではなく、かつ当てにならぬと見た。当てにして行動すれば、大きな蹉跌を見るだろう、と思われた。その医院は外科であり、苦手の社交がつきまとうらしく、多忙を極めそうでもあった。

他から来ていた件も比較した。結核療養所も一二箇年のもので、開業のことも不明だった。学校衛生主事は適職と思い、防疫官補も悪くないと思った。しかし、開業に到達できる道ではなかった。

そればかりか、都会生活も好きではなかった。荒神橋では、朝は必ず五時頃より人声や車馬の音が騒がしく、目が覚めた。夜は大抵十二時まで起きているのは、早い時間には町の声で、深夜には自動車の響きで眠れないからであった。

かといって、故郷に帰る考えはなかった。曳田開業は、いよいよ最後の手段というべきものであった。進路を塞がれて、その最後の手段が、目前に近づいてきていた。とうとう父に、曳田の件を依頼する手紙を出した。

こうも惑いつつ、朝から晩まで会社医局創設のためはたらく日々だった。看護婦、薬局生もなく、その面でも困却していた。五月の終りには、市川宅で、台湾より届いた行李などを受け取った。市川達次郎は説教が多いが、真情をもってどこまでも自分の行先を見んとする人である、と思われた。

会社医の後任は、常岡良三教授の手筈でどうやら見つかるらしかった。京都医学校の同窓で、衛生学・細菌学教室の新進の教授だった。同校は明治三十四年に京都府立医学校と改称、明治三十六年には専門医学令により、京都府立医学専門学校と改められていた。

その三十――間食

六月六日の朝、京都医学校の同窓で岩倉精神病院院長であった土屋栄吉の紹介状で、田圃道を上京区浄土寺町に出て、川越直三郎院長を訪ねた。精神病院の助手たらんとの希望を述べた。俸給は六十円と安く、夜間にも相当勤務があるらしかった。

六月七日、晴天の朝八時、電車で千本今出川まで行き、千本通りを抜けゑんま堂を経て、船岡山に精神病院をわずかに見て、建勲神社に参詣し、市を下瞰、次に紫野《むらさきの》大徳寺を一見、奥深く孤篷庵まで探った。今宮社に詣で、紫竹大門を過ぎ、雲林院を通り、大宮通りを南へ電車に乗り、一駅して妙法院前に下車、今熊野に出て、今熊野神社を通り、山科街道を過り、道すがら熊野観音胞衣荒神を見て、泉涌寺に参詣し諸陵を参拝した。泉涌寺の閑寂、神さびたり、と思えた。次に東福寺に賽し、通天橋に昔を想起した。開山堂の静かさも深く味わった。

二時帰宅、母校に至り、衛生学教室の助手の案内で院校内を隅々参観した。旧観はまったくなかった。六時帰宅後すぐに公会堂に行き、宝塚少女歌劇を観た。「幼稚にして無味　たゞ活人画の毛のはへた位のもの也」と日記に書いた。

六月八日土曜日の午前、市川宅に行き散々叱られて帰った、という清白の記述は、自棄をこえて楽しそうでさえある。ついで牧野を訪うと、京都医専内科に安達なる人があり、この人に交渉すれば俸給八十円にてほぼまとまるといわれた。その足で病院に向い、安達氏と会した。夜、京極より図書館に行き、丸太町の古本屋を素見して帰った。「図書館は意外に貧弱也、何もかも台北を見た目にはあまり驚かるゝことなし　台湾の方が実際はよきなり」

清白にとっては、京都よりも台北のほうが大都だった。

六月十二日は晴雨こもごもに至った。

午前、粟田神社より植髪堂、青蓮院、智恩院、長楽寺、円山公園、東大谷、双林寺、高台寺、招魂社、三年坂、清水坂、霊山本廟、清水寺、歌の中山、清閑寺、鳥辺山、西大谷を歴遍し、新京極にて鮨を食べて帰った。

六月十三日朝、レントゲン療法を読み、外科に行った。旧知の助手が不在で、耳鼻科に至り、同期の中村登博士の診察を受けた。「ケショウ垂なきが如く側方に癒着せるに似たりと　鼻中隔彎曲は当分放置するを可とすと　オイヒスタキー氏管はやゝ狭窄する？　聴力やゝ障害あらん？　兎に角放置するを可とす」と、もらった診断を書き留めた。次に内科に行き、試食を食し、小川博士の診察を受けた。胃のアトニーは甚だしく、下界腸に達せり、といわれた。

そんな状態なのに、清白はどうやら甘いものの間食に目がなかったようだ。十五日午後、新京極天活クラブに「沙翁劇リヤ王」の活動写真を見、ツマラぬものなりき、などと思いながら、吉田町に至り、食堂で夕餉を食し帰った。夜ふたたび京極方面に出て、若林春和堂に『名勝地誌近畿部』を買い、ついでかぎやなる店で洋菓子を買い、帰宅すると、地誌に落丁があった。ふたたび寺町三条上ル迄行き、書籍を取替え、また西洋軒にてシュークリーム、ワッフルなどを買って帰った。

これより前、六月十日には、こんな記述がある。「夕景より京極にいで、寿司、花巻、天ぷらうどん、きしめん等を食し笑福亭に入りて落語をきく　帰途京極食堂にて氷（玉子セーキ、みぞれ、レモン水）をたべ十二時帰宅す」

なにを食べても身体が拒んだ浜田時代とは、大いに違っている。

六月十六日、曇り空の蒸し暑い日曜のことである。蚤に責められ一睡もできなかったが、七時起褥、ただちに奈良へ向った。

南山城《みなみやましろ》の深緑を穿って奈良に入ったのは十時だった。興福寺より春日大社、若草山、手向山《たむけやま》八幡宮、東大寺を巡覧した。白日は水蒸気を蒸して、さすがの千年の深林にも、一種の苦熱を覚えた。午後二時、法隆寺に向い、田圃のあいだ、並木の松を過ぎ、宿年渇仰の寺院に入った。有名な金堂の壁画、玉虫の厨子を飽くまで見た。千年の匂いともいうべき一種の風が吹くのを感じた。あまりに荒れ果てた状態に、涙が落ちるばかりだった。五重塔、夢殿をも見、四時の汽車で駅を出た。

六月二十日朝、川越直三郎院長を浄土寺町に訪問し、奉職の件を依頼した。すでに候補者として差向けられている伊達なる人が飛驒にいて、一応相談しなければ即答しがたいといわれた。台北で子供たちを守っている下女角南秀と、電報の往来があった。清白は受入れ態勢をつくるために時間を求めたが、秀からは「廿一日は延ばされぬ是非たつ」との返電であった。

六月二十一日、朝早く川越病院を訪い、身上の件を話した。院長はすぐに紹介者を介して候補者に打電したところ、夕方に返電があった。川越の召喚により清白がまた病院に行くと、奉職が決った。子供たちを連れて台湾を出発しようとしている秀へ前日に打った「荷物取調べよ」との電報に対し、「荷物出した止むを得ず立つ」との電報があった。

六月二十二日の前夜も一時頃まで眠らず、七時起床、すぐに無線電信を信濃丸に打った。朝食後、真如堂裏に行き、家を見た。橋本なる差配はおらず、田圃で麦を刈っているのをようやく見つけて、家を開けさせて見た。川越病院に行くと、家の件にていろいろ話があったが、当ってみると話は不調に終った。子供たちを迎えねばならぬ。止むなく、朝見た家の家主なる疏水べりの尾家という土管屋を訪問し、浄土寺真如堂のその家を借り受けることを約束した。

六月二十四日朝、川越病院を訪問した。十時半、大阪の森小路に行き、医院譲渡の話があった日下に面会したが、川越の話に日下は大いに不満の色をみせた。二時、島町の大崎方を訪ねた。胆嚢炎といったか、主人の弥一郎は十日ばかりの病気にて昨日逝去、昨日葬送したと細君にいわれ、驚愕して言葉がなかった。

六月二十五日は神戸に船が入る日だった。朝六時の汽車に乗るつもりのところが、車夫が遅れたために、七時二十八分の汽車で神戸に向った。神戸不案内のためもあって、大福旅館に行くには、ひどく遅れた。旅館に着くと、おそらく鳥取から来た幾美もふくめた家族は、みなすでに三ノ宮に向ったという。追いつけば、京都行の切符を買っていた。これを駅長に談じて返却し、荷物を解除し、大阪行の切符に改めた。十二時半、梅田に着き、一時、島町の大崎に至った。雨甚だしく、梅田より大崎方までは俥がなく、多額の賃銭を払ってようやく荷物だけ送るという、非常に困難な移動だった。大崎も不幸の最中だったが、止むなく至ったその理由は、明確には分らない。台湾からの荷物の受取りに不安があったか、大阪にしかない台湾銀行からの送金受取りのためか、真如堂の家の明渡し準備が間に合わなかったか、などが推察される。

大崎つぎはしかし、すこぶる親切に待遇してくれた。安治川の日本運送会社に電話を通じ、荷物のことが分明すると安心した。夜、雨はますますはげしくなった。多人数で大崎宅には宿泊はできないので、近くの青木という安下宿に宿を取った。終夜、汚い座敷に横たわって、清白は眠れなかった。這い出してきた南京虫の数頭を殺した。子供らや秀は疲れきって眠っていた。

六月二十六日、一人五十銭の宿料を払って、大崎に帰った。なお強い雨を衝いて、台湾銀行へ行った。千里だけは元気がよかったが、あとの子供はみな熱があった。移動は無理だが、いつまでも大崎にいることもできないので京都行と決し、荷物を梅田に送るべく、正午過ぎ、荷車を雇った。雨の中を電車で梅田に着き、一時半七条に向い、二時半に着いた。幸いに雨はあがった。電車で熊野神社前に下り、徒歩で真如堂の家に至った。

京都に雨はなかったが、侘しさは名状しがたかった。秀とともに市川宅に至り、夜具を借り、またランプその他の日用器具を求めて、八時頃帰った。家族はみなそろった。そしてみな、泥のように眠った。

翌日、子供らの病気はややよくなったが、幾美が三十八度の熱となった。清白自身にも三十七度六分の熱が出ていた。

六月二十八日、子供の通学につき、錦林小学校に行って校長に面会し、依頼した。また受持の先生にも面会した。千里は優等生の組に入ることになった。そのあと方々に行き、日用品や戸棚や机など買ったが、高価なことには驚いた。電灯は点かず、門司で紛失したらしい夜具は届かず、まったくいやになった。幾美の熱は三十九度五分に達し、嘔気、悪心、心悸、胸痛、下肢無力、痺れ、食慾不振等の病症があった。

六月三十日の日曜からは、家を斉えるのに力を費やした。夷川通に風呂桶と上敷の莫蓙等を買ったり、大家の家に敷金と家賃を渡しに行ったり、壺や書棚を買ったり、すべて物価の高いことに驚きながらのことだった。

七月一日、朝七時半、子供らを伴って、錦林小学校に行った。八時前になって受持の教師があらわれ、清白は八時半までいて帰った、と日記にある。二十八日の先生かこの日の先生が長女清子の受持であったとすれば、彼女が、一年ののちに再婚することになる鵜飼寿《とし》その人である。

幾美は嘔気、心悸亢進、歩行時下肢に無力、痺れ感等にて困臥した。アンチベリベリン、カンフル、ジキ末等を与え、川越病院よりはゼネガ湯なるものを貰ってきて与えた。

子供らは、幸いにして全治した。

終日勤務で、五日夜九時に病院に出ると、患者たちは非常に不穏な様子だった。子供たちがそれぞれ、清子は上下賀茂神社、不二子は清水寺、千里は銀閣寺へと遠足に出掛けた六日、終日勤務すると、「けふは狂人皆静穏」であった。この日、幾美は台湾の諸知己へ書面を出し、清白は門司港の信濃丸事務長などに、配達証明の手紙を出した。

七月七日日曜の午後二時、台湾からの引越荷物二十三個が、市川宅を経由してようやくにして浄土寺町に届いた。隣家橋本の主人を頼み、また大工に依頼して荷を解いた。箪笥や本棚は破損した箇所があり、陶器にも割れたものがあり、ことに支那焼の菓子鉢はまったく破砕して、役に立たなくなっていた。

その三十二――大洪水

大正七年の夏が過ぎるにつれ、台湾はみるみる過去のものになった。混乱の中でも、浄土寺町に家は斉えられていった。満十二歳の清子を筆頭に、不二子、千里、力の四人の子供は、みな錦林小学校に入った。第一錦林校は男子、第二錦林校は女子とめずらしく別学制で、新興の気風にあふれた児童数の多い小学校だった。

子供たちの病気や怪我は交替交替に絶えず、悪戯や喧嘩や不行儀や成績にも心配は尽きずに起った。「清子何もせず、女中奉公にやらんかと思ふ」などと、清白の日記には相変らずの峻烈が示されている。癇癪を破裂させると、折檻、体罰に及び、食事もせずに早く寝ることがたびたびあった。それでも、時間を見つけては子供たちを連れ出し、山歩き、社寺、夜店、縁日、祭礼、商品陳列所、活動写真などへ出掛けた。

帰国時には一升が三十一銭五厘だった白米の値段は、八月半ばには暴騰して五十銭となり、人々は外国米を雑ぜて食べるようになった。やがて各地で、「暴民による米屋征伐」のニュースが流れるようにもなった。

清白の腹の調子は、またひどく悪くなっていた。運動不足、植物食による醱酵、夜間間食等の不摂生による慢性胃カタル、とあらためて自己診断した。胃は空腹になっても粘液を分泌し、泡を生じるようだった。毎日二回、黒いゴム管を呑んで胃洗滌をなすことが、三カ月を超えていった。九月になると、鳥取の森本歓一の容態が悪くなり衰弱が極ってきたと、幾美の次弟滋杪より来書があった。

九月からは日記に、短歌のみならず俳句もしばしば混じるようになった。真如堂の萩が咲きはじめると、こう詠んだ。

萩の花さくといふ日は乱れけり

九月二十三日からの暴風雨で、離れに雨漏り、座敷に浸水し、病院では避雷針が倒れた。市中でも大木が倒れた。鳥取は水害に遭い、市内も水浸しとなり、山陰線の交通まで遮断された。鳥取大洪水の模様は、田村虎蔵からの知らせで分った。曳田川は宮土手が決潰して沿岸の民家に押し寄せ、虎蔵の倉も母屋もともに流失の災に遭ったという。他にも、旧知の人々の家が倒壊に至ったらしい。灯火、米、野菜がなく、水源地は決潰して天水で飲料水を代用、袋川の橋はみな落ちたため、連隊の手で仮橋架設中と聞えてきた。

九月二十八日、滋杪から電報と書面で、歓一の病気と水害とに非常に困っているので、是非幾美の帰国を頼む、といってきた。幾美は力を連れて、十月二日、鳥取に出発した。津居山《ついやま》より賀露《かろ》へ連絡船があるらしかったが、不便でかつ汽船も百七十噸の小型なので、波をおそれて舞鶴より乗ることとした。

十月六日朝八時、歓一は逝去した。十日、京都の清白の許に、滋杪より知らせがあった。電報が五日も掛かった。十月十二日の夜は弦月が南の橋に懸り、秋気は清白の心を粛殺した。

山国に波濤の音や星月夜
星月夜たがすみてともる鹿ケ谷

十月十五日は、雨となった。昨夜より川越院長は江州へ遊猟に行った。留守は清白が多忙に働くというかたちの、くり返される最初であった。

初猟を雨と成る日や鳰の海
銭湯のかへりや松の十三夜
十三夜四つ寺の築地あからさま

十月十九日、昼は碧玉を展べたようだった空に、夜は満月が皎々と澄みに澄んでかかり、真如堂四つ寺の松の梢もただならぬ美しさだった。清白は秋から冬へ向いながら、学生時代から親しい、古い都の懐へくるまれていった。

栗焼くや御陵近きかしこさよ

このころ、津田左右吉の『文学に現はれたる我が国民思想の研究』を読みついだ。

その三十三――杵の音

十月末まで、八月から三ヵ月間、一日として洗胃しないことはなく、多くは朝食前と午後一時二時頃との二回にわたった。ひとつには夕飯の量、四碗、五碗、時々は六碗にして、かつ食後菓子、炒豆、砂糖、麦こがし、飴等を食し、胃の飽満甚しく翌日に持ち越し、胃カタルを起す。このカタルは久しきにわたって治療しなかったせいもある。第二には運動不足、第三には副食物に野菜が多く、消化不完全なるによる。そう診断した。

父より、祖母りうの一周忌の法会の料に十五円送れ、と手紙が来た。りうは清白の帰国を迎えることなく、大正六年十一月九日に歿していた。

京は紅葉しはじめていた。清白の家の近くも紅に染まりやすいところだった。若王子は幽邃な地で深山の趣があり、杉木立が深く、紅楓は谷に沈み、滝の声も幽かに聞えた。ことに堂のうしろの山上の祠から見下した景色がよかった。真如堂は老杉が石道を挟み、堂塔は高く雲に聳えて、捨てがたい趣があった。

十一月に入って、幾美は右眼視力不良となり、眼球に疼痛を覚えた。第一次世界大戦はようやく休戦条約締結に至り、その号外が舞う日もあった。朝には霜が花のようになるほど京は冷えた。稲は大方刈り取られ、稲架《はざ》にかけられたものも半ばは扱《こ》き取られ、案山子の捨てられた景色も凄まじかった。

十一月十四日、幾美は病院眼科で診察を受けたが、亜急性虹彩炎と診断され、今後半ヵ年は細かい仕事を厳禁された。前房水が溷濁《こんだく》して角膜裏面に及び、角膜周扼に充血を伴っていた。貧血または血行障害より来るものかと思えた。冬仕度の裁縫を目前に控え、伊良子家はたちまち困惑した。

十一月十五日、子を連れ、幾美とともに真如堂の十夜を見に行った。時雨の雲が漂っていたが、月はほのかに射した。赤門の内外にかけて夜店が両側に並び、参詣する者たちは老幼を織り合せるようにして絡繹《らくえき》とつづいた。本堂には、年老いた人が両側にいて大鉦を打ち、多くの信者が念仏を唱えた。この夜は徹宵して十六日に至ると聞いた。篝火が紅葉に映って、夜の色は凄絶に美しかった。

裁縫の件につき方々に依頼したが、幾美の多忙は変らなかった。虹彩炎をそっちのけにして、子供のことにて一家不和にもなった。「今日から裏のはなれにて寝る、住ふ、食ふことゝ成る」と決意する、そんな一日もあった。幾美はますます機嫌が悪くなり清白にはヒステリーの強度を思わせたが、病院に行けといっても、頑として応じなかった。

十一月二十五日、手紙を出した中に、山崎紫紅、河井酔茗、横瀬夜雨、磯村野風があった。すでに廃された「文庫」の人々とは、賀状を交わすばかりの遠さであった。朝鮮で身を立てなおしはじめてから、預金の返済がほそぼそとつづく山縣悌三郎を別格にして、それでもこうした人々が、「文庫」の中でかろうじて内地帰国を告げえた人々である。このほかに小島烏水、滝沢秋暁くらいのものであった。

病院は相変らず多忙だったが、院長も相変らず、近江の方へ遊猟に出掛けて不在がちだった。

十二月に入ったある夕方、清子の受持の先生鵜飼寿が来訪した。清子さんは算術が苦手で、このままでは高等女学校へ入学するのはむつかしいから注意されるように、との話だった。

十二月十二日、御歌所に詠進の歌を郵送した。「雪の中に一すし立てる朝煙見る〳〵空の青と成りぬる」というもので、御題は「雪」であった。

十二月十四日、『大正一万歌集』を買って読みはじめた。このころは、変らず一日一食だった。

一しきり紫の雪ふり来る浅茅色つく比枝の山より
日沈めは斜に立てる赤松の山目に近く見ゆる一時
見入りしとき磯路の草の生毛にも悲しき海の風吹きし哉

一首だけ海の歌の混じったのはなぜだったか。白樺社の展覧会でロダンなどを見ているから、そのときにあった海の絵に記憶が反応したものかもしれない。日記は、ときに短歌習作の場所となった。

霜晴れの道のくぬぎはさら〳〵と音して散りぬ水のながれに
天地は常処女にて我心たゞ朽ちに朽つ海に対へる

『大正一万歌集』を読んで、「牧水氏のうたよし　夕暮のは恋歌よし」と書き留めた。ある日は丸太町で、牧水の『行人行歌』を買って帰った。歌誌「アララギ」にも少し目を通した。

十二月二十二日、雨の日曜の朝、聖護院脇に、清子の先生鵜飼寿を訪問した。清子はこのままでは高等女学校の入学はむつかしい、とくり返された。錦林校からの女学校志願者はいまのところ七十名だが、昨年は志願者五十名中十三名だけ及第した、と聞かされた。

幾美はこのころ、頭痛と腹部の張りと口中の苦み、吐き気を訴え、妊娠の徴候をみせていた。

十二月二十四日、電車に搭じ、鍵屋町新町の尚徳校に真下滝吉を訪問、女学校入学について話を聞き、そこから精華女学校に行き、真下の名刺で教頭に面会し、学則をもらって帰った。さらに歳末から、清子を鵜飼先生方に予習にやることにした。

自分と幾美の勉強のためには、巡回文庫から雑誌を閲覧することにした。それは「日本及日本人」「中央公論」「太陽」「文章世界」「婦人之友」「女の世界」「ホトトギス」「早稲田文学」「白樺」などだった。十二月二十九日、庭掃除をしても指が凍傷になるほど寒い日、隣家の橋本家で、餅を搗《つ》いてもらった。清白の子たちもまた、餅を揉む手伝いをしたと、あとで聞いた。

杵の音寒夜にひゞき白河の枯木の中に餅飯つくなり

こうして、台湾から京都への帰住というあわただしい画期の年、大正七年が暮れた。

その三十四——八坂の塔

搗いた餅で雑煮を祝う正月である。十三日、丸太町の古本屋をことごとく覗いて、和歌関係の書物を漁った。『続歌学全書』や『萩之家歌集』、『与謝野晶子集』などを買って帰宅したが、夕方にも同じ界隈に行った。清白の中で、詩歌への感覚が動いた。下旬にかけて、和歌史の研究書や『近世名家歌選』などを読んだ。また小説の類にも目が行きはじめ、「中央公論」に里見弴「死まで」、菊池寛「恩讐の彼方に」、芥川龍之介「あの頃の自分のこと」、正宗白鳥「牢獄」などを読んだ。

一月二十三日には、往診先の石田氏から「室生といふ人の詩集をかりる」とあり、翌日には室生犀星『抒情小曲集』を読むとある。二十七日の日曜日には、やはり同じ人から借りた雑誌「感情」を読んだ。「高村光太郎氏の詩と室生犀星、萩原朔太郎両氏の詩やゝ見るに足る」と書き、その余の掲載された詩人たちとの差を強調した。

「感情」は大正五年六月に創刊、全三十二冊を数え、大正八年十一月に終刊した。創刊時は犀星と朔太郎の二人雑誌で、第四号から山村暮鳥が同人格、さらに多田不二、竹村俊郎が参加し、恩地孝四郎は装画家としてのみならず同人格の詩人としてもかかわった。大正五年十月の特集号には、明治末期から大正期にかけての当代の詩人たちが並んだ。泣菫、有明、そしてあえていえば清白去ってのちの詩人たちである。北原白秋、三木露風、高村光太郎、福士幸次郎、水野盈太郎、白鳥省吾、日夏耿之介、川路柳虹、加藤介春の名があった。「感情」はわずか三十二ページで、同人中心の少数の作品掲載が通常であったから、清白が評価を下したのは、光太郎が一度だけ「我家」という詩を寄稿したこの「現代詩人号」なる特集号であった。

借覧した「感情」のほかにも、京都にあっては詩歌や小説の雑誌を手に入れて読むのに苦労はなくなっていた。小島烏水、横瀬夜雨との交信も、台湾で送受する茫洋たる遠さとはいささかちがった。

二月三日は満目銀世界となった。東山の松林、白河堤の枯木原、野も鳥も白妙の雪につつまれた。雪が初めての千里と力は早く起き出し、足を踏み手を叩いて、喜び叫んだ。清白にとっても十二年ぶりの雪景色だった。

三月十日には永井荷風の『珊瑚集』と白秋の『邪宗門』を買った。十四日、「中央公論」に読んだ白秋の小説「葛飾文章」、山本鼎の歌劇「犬の名」の感想を、「共に見るに足らず」と片付けた。二十日、鉄幹の訳詩集『リラの花』、森鷗外の詩集『沙羅の木』を買った。

三月二十七、二十八日、清子は女学校受験のため、鵜飼先生の家に行き勉強した。そのころ清白は、『近代名詩集』を読んでこう書いた。「近頃の作家の詩は存外つまらぬものなり」

四月二日からの試験で、清子は同志社女学校に合格した。清白は発表のあった七日、鵜飼先生の家に礼に行った。

川越精神病院は精神病棟に、多いときには百を超える患者を入院させていたが、併せて病気一般にわたっての往診を受付けてもいた。院務多忙にかかわらず、院長は趣味に遊んだ。雇われの身のつらさは極まろうとしていた。十七日、開業か奉職かで終日頭を費やした。

六月八日の夕方八時前、家にあって幾美の子宮出血につき、明日は足立病院か佐伯病院に診察を受けんかと相談をしていたところだった。山岳会の人に道案内だけされて小島烏水が来訪してきた。突然で、じつに意外なことだった。

頭は半ば禿げたが、元気がよく才気潑剌たること、十三年の昔と変らなかった。ロサンゼルスにすでに四年ほど居住し、今後はサンフランシスコに転任すると聞いた。横浜に両親も健在ということのほか、山縣先生の話も出た。

烏水は詩から遠くなった清白を気遣いながらも、これからの仕事として、日本と西洋の文化交渉、及び将来の予想といった内容の論文を書くつもりだといい、相当に多忙な状況を話して、十時に辞去した。浄土寺真如堂の家を出て、清白は高台寺のそばまで送った。月は暗く、八坂の塔は朧にみえて、別れるに悲しい夜だった。別辞を告げて清白が歩みはじめたあとも、烏水はしばらく立ち止って清白を見ていた。その烏水を、清白も見た。

いかばかり悲しきわれの姿ぞと君見たまひしことゝ思ひぬ
別れたる八坂の塔の右左月暗かりし暗かりしかな
梅雨空の曇る月影われら二人ぢつと見つめて別れたるかな

清白の中で、明治三十九年以来の流離の感情が、これほど凝固した瞬間はめずらしかった。浜田行きと聞いて、酔茗とともにただちにつよく引き留めたのが烏水だった。あの日々、清白が見た山縣夫人と同じように、彼らもまた、墓穴のほとりに立つ者を見ていた。

その目がまざまざと思い出され、いままたこちらを見ていた。時間の勢いに引き裂かれたままの友情がそこにあった。この夜、おのが愚かしさに悲しみは極まり、清白は一睡もできなかった。

その三十五──藁と骨

六月十七日、久しぶりに朝食を摂ってみると、清白は胸が詰まるように不快だった。日に二回の食事は久しぶりのことだった。

十八日、幾美の下肢の浮腫はますます甚だしくなって、帯下《たいげ》出血が止らなかった。下腹部に痛みがあり熱はないのに、全身に熱感だけがあった。頭痛ははげしく吐き気があり、脚気か腎臓炎の徴候を呈してきた。

十九日、清白は日記に、内心をこう記した。「本をよむ気もなく何事も興味を感ぜず何か新しい刺激を望むこゝろしきりなり　同伴皆思ふやうに行かず、幾美は終日いたし、ゐらし、とうめき、生活難にせめらるゝばかりで、人はかくしても生きねばならぬのか」

そのあと、「胃のこゝちあし」といつものように記してから、こう結んだ。「友達のないのはさびしいものなり」

六月二十日、朝から幾美の容態が悪くなった。下腹痛が絶えず、身体各所に痙攣があり、熱は三十八度にのぼり、嘔気嘔吐があった。呼吸が促迫し、陣痛は十五分ごとにひどく襲った。人手がないので市川達次郎方へ相談に行き、帰りに府立医専の産婦人科に立ち寄ってカルテを見た。六月九日のところには「早産の虞《おそれ》あり、出血性帯下」とあるのみだった。九時前帰宅したが、幾美は終夜、いたい、いたい、と呻き、息が詰ると訴えた。夏の短夜もほとんど眠らずに明けた。

いまにして思えば、とつづくのは、幾美の逝去した、二十一日夜の記述であるからだ。「今にして思へば此日に医師をよぶべかりしにけふの様子にてあすはどこかに行かんなどいへり、我乍ら同情の足らざること今や幾美の霊に対して申訳なし　あゝ」

そしてさらに、「死んだと思ふと胸が一杯に成る、自分の同情が足らざりしため手おくれしたるはかへすぐ〳〵も残念なり」とかさねた。

二十一日の日記によれば、死に至る経過はこうであった。

幾美の病状は夜の明けるとともに少しよくなった。樋口先生を訪問し、紹介された小林医師に往診を依頼した。いつものように正午ごろ往診があった。陣痛と発熱がはげしかったが、あまり心配せずに川越病院へ出院した。午後二時、生れると聞いて呼び返された。医師と産婆に急話すると、六時過ぎ、医師が来た。熱は四十度二分、嘔吐、戦慄、陣痛があった。胎児はこれより前に死産された。六時半、産婆も来た。

子宮内の消毒的な洗滌が施された。次いでカンフル及びモルヒネ〇・〇一が与えられた。消毒に用いた三パーセントの石炭酸がよくなかったか、と清白は記録している。処置が済んで約十分後、胸が苦しいと言い出し、強いて横にさせたが、ついに動かなくなった。子供たちはまわりに集り、しばらく慟哭してやまなかった。

幾美と結婚したるは三十八年五月二十九日（注・三十一日の誤記）にして彼の逝去まで満十五年を同棲したり　彼は貞実にして賢明よくわれの足らざる所をたすけまたよくわれを慰めたり　此生命の片われを失ひてわれは半ば死せるが如き心地す　今後の残生思ふだにかなし

二十二日の通夜には鳥取から、幾美の次弟滋杪がちょうど六時の開式に駆けつけ、清白の父政治は深夜十二時に着いた。先立って五時から、山脇牧師の熱烈な説教と祈禱があり、洗い清められた骸《むくろ》は白い帷子を着せられ香水をふられ、棺の中に横たえられた。棺の底には藁が敷かれ、顔のめぐりには百合、夏菊、カンナの花が飾られていた。黒い布で覆われた上に、三つの花環が置かれていた。

二十三日朝十時、高崎から滋杪の兄滋樹が到着した。正午の教会堂には会葬の人々がみちてきた。二時開式して、牧師の熱烈な説教と祈禱があった。清白は非常な感動に打たれた。告別のとき、死顔は微笑むかのように見えた。「とこしへの故郷にのせ行きてよ」と讃美歌が流れた。

長い道を棺にしたがって渋谷《しぶたに》に至った。夕立のおさまったばかりの坂道は上湿りしていた。火葬場に到着して最後の告別があった。家族同様の手伝いとして、帰国まで随伴した角南秀は、東京から参じて、ようやく葬列に追いつき、火葬場で拝礼した。

棺は痛ましく炉洞の中に入り、一握りの藁が火を点じて投ぜられた。その前に皆、この藁に手を触れていた。四十分経った五時二十分、ふたたび炉に至った。まだ肉の焼け落ちる音が凄まじかった。頭骨だろう、と清白は思った。やがて骨があらわれ、拾い取った。

その三十六――残菊

子供四人をどうするかが、焦眉の急となった。一人を預ってもらえぬか、と書いた相手は小島烏水である。その直後、力は父のところにと決めた。六月二十六日、帰途にのぼる政治に連れられて、雨の中、幌をかけた車に、力は機嫌よく乗った。

七月一日と二日は、大戦の戦勝祝賀会で、市中は花火や鐘の音で賑わいかけたが、雨が襲って台無しになった。初めて多忙を抜け出した心地のした二日の暮れ方、七時半頃ともなれば、非常な寂寥に襲われた。

八月十一日、埋骨のために、曳田村へ向った。京都を朝七時に出ると、夜九時過ぎ曳田に着いた。水害後の惨憺たる光景を見た。田村虎蔵は元の家の向いに仮の小屋をつくり、仮の屋根を載せていた。

正法寺の境内に墓穴を三尺余り掘り、遺骨の箱を安置して箱の上に石を置き、土をかけた。

幾美を失って子供を抱えたまま、清白は覚束ない暮しに入った。子供たちはたちまち元のようにさざめきながら遊び、大音声《だいおんじょう》で喧嘩をはじめた。牧師の紹介で雇った女中は、たいそう働きが悪かった。すぐに大崎、磯村、串崎、市川、真下、中村、川越、橋本、吉村、森といった人々にはたらきかけて、彼の日記の中の符牒でいうFrau探しに入った。

八月二十九日、上洛した政治が夜行の汽車で帰鳥するとき、力について不二子をも預けた。夜九時半に門のところで別れを告げた。不二子はむしろ喜んでいるように見えた。空は晴れ、星は多く、柿の木は黒かった。別れてのち、濃い悲しみが父親の胸を衝いた。九月に入ると、八頭郡国中村石田百井の岡田政治の家から、不二子と力は国中の学校に通いはじめた。

Frau探しにも拍車がかかった。ことに尚徳校に勤める真下飛泉には、学校関係の教員を当てにした。ある女教員を薦められるとその授業を参観し、性質を量ったりもした。評判もよかったが、踏み切れなかった。

依頼して仲介者の反応の遅いときは、薄情、冷淡と記しもした。八方手を尽して、待っても事が進まぬと痺れを切らしたのは、早くも十月十五日だった。自分から思い立って、鵜飼寿のことを、隣家の大家である橋本に依頼したのである。

急ぐ清白は別の筋からも鵜飼寿先生との縁談を打診したために、寿が二つの話における相手を同一の人と思うまでに少しの間があった。やがて寿のほうでも、教室で千里をつかまえて、伊良子家のことを質したりもした。

鵜飼寿は明治二十三年十月九日、滋賀県野洲郡守山町生れ、父順吉、母たねの長女であった。京都府立女子師範学校卒業後、第二錦林校に教師として勤務していて、当時満二十九歳だった。

曳田の正法寺では彼岸過ぎに、八月に発注しておいた墓石が落成したはずであった。左は十一月一日の日記中の句である。

狂花今年の冬も来りけり
菊夕　妻のおくつき濡れてあらん

十一月三十日、森校長と教員吉村氏を介して、いよいよ話が内定した。その夜、清子に鵜飼先生のことを話した。

大戦後の世の景気は不安定になり、九月から、給料は五十円になっていた。暮れの賞与は、わずかに三十円だった。

それなのに父から、百五十円調達せよ、と来状があったときは、「またはじまったなア」と呟いた。孫の養育費というより、養育を目標に掲げた開業資金としてらしかった。清白は郵便貯金をほとんど全部引き出して、九十円を父に送った。それが十二月十日のことである。

山縣悌三郎の許に、将来の開業のためにと若年から積み立ててきた預金は、大正三年の山縣の内外出版協会の破綻でいったんは無に帰した。朝鮮へ渡った山縣は開城や京城で教鞭をとり、総督府の嘱託職に就くと、一年に数度、思い出したように十円ほどを、清白のところへ送ってくるようになった。

年内の結婚を望む清白に対して、聖護院の鵜飼家側は、十二月は凶月ゆえとして、一月二十日を望んだ。清白は十日にと焦った。清子と千里に結婚のことを話したのは十二月十四日のことだった。翌々日の勤め帰りに、通りで偶然、寿と出会った。十二月三十日、六カ月間祀っていた幾美の写真を取り払うこととした。瓶の黄菊はまだ枯れていない。

残菊にまつるも年の半ばなる

大晦日は快晴だった。昨日までの雪が雫となり煙となって消えたが、叡山から北山の眺めは、それでも白皚々としていた。朝早く起きて、新春の設けにかかった。あたらしい女中はよく働いた。出勤して仕事を納めたあと、二時から寺町の方に行き買物をした。道はぬかるんで歩きにくかった。熊野道春日南のところで、また鵜飼寿と出くわした。こんなにしばしば邂逅するとは、と、ふしぎに思われるばかりだった。

別れてから、清白は自分の姿を省みた。片手には裏白や買物の新聞包みを抱え、もう片手には鞄をもち、われながら妙な風体をしていたものだと。

その三十七――浴み

大正九年一月五日、鵜飼寿と結婚した。校長森貞亮の媒酌だった。暗い焦燥からひといきに解き放たれて、「金の如く宝玉の如く、めでたくたふとし」と書くまでに、清白にようやく、喜びという感情が戻った。

いままでいくたびかの縁談もいやだと断ってきたが、今回は最初からもらっていただくつもりでした、と、寿は夜、そっと打ち明けた。

少しつらく君にあたりて見たるかな風呂わかずとて寒き夕べに
言葉さへ交はしかねたる其夜より君あたらしき妻と成りぬる
かなしくも恋の心をうちあけてはじめて君に物いひしかな

寿の身のまわりはなにつけ整っていて、持参された品々も、まず清白の家に爽やかな気分を漲らせた。寿は従順温和で、万事に初々しく可憐、妻とさえ思えないほどだ、と清白を喜ばせた。

だが、はじめて寿を診察して、清白は不安の念にとらわれた。病を見出したわけではなかったが、長い医師の経験から、なにかしら不穏を予感した。

寿は結婚後も小学校教員の勤めをつづけようとしていた。そのために、清白の思うような日々の組立てにならぬことが、次第に分ってきた。日直や職員会議で、清白よりも帰りの遅くなることがしばしばだった。それでも、寿には家事が求められた。あらかじめ予想されていた困難は、女中を使用すること、という寿側からの条件で乗り越えられるはずであったが、他人に尋ね次々と取り替えても、角南秀のような良い手伝いに出合えなかった。

この家の風呂竈は、そもそもよく沸かぬものだったらしい。三月六日、夜遅くなって入った風呂がぬるく、すぐに飛び出した清白は、「少しつらく」どころか、立腹してあたり散らした。翌朝あらためて寿に説教をしたのは、それまで辛抱してきた不満を風呂のことで爆発させたのだと、自分で分析した。

岡田政治は、清白の転機とともに、年来の夢だった親子での開業を狙いつつ、鳥取市の西、岩美郡宇倍野に開業していた。川越精神病院勤務に満足できないでいる清白に、ほとんど強請するように共同の開業を迫ってきた。だが、清白にとっては、それは最後の最後に残されたかたちでしかなかった。若くして伊良子家を背負わされた上に、戸籍から離れた父の負債をさえ背負ってきた艱難の時間が、父からの同居共同の申し出に首を横に振らせたといえる。

大正九年の春である。四月五日の夜行で、清白はひとり鳥取を訪れた。曳田では田村虎蔵を訪ね、ともに正法寺に至って住職に請い、墓前に読経し、香を炷き花を供え、亡妻をあつく供養した。あたらしく立てられた墓にあらかじめ暉造の名も刻まれて二人の文字は映え、うしろの丘には鶯がしばしば鳴き、前の谷あいには曳田の川景色がパノラマのようにひろがっていた。

辞去して河原駅と鳥取駅を経由して、宇倍野へ至った。岡田政治は開業地を岩美郡宇倍野町大字谷十一番地に見つけて、百井から妻しまと孫二人を連れて転居していた。二人の子の大きくなった様子に、清白は一驚した。不二子は隠れて会おうとせず、なにかしら泣いているようだった。酒津に医師を求めている話をふと聞き、村を訪ねた。その四月十日、京都に帰った。

酒津は寒村で、待遇も思わしくなかったが、村を挙げての要請といった手紙も、人を介して追ってきた。一年の手当ては三百円だが、代りに開業費はすべて村が負担するというものだった。株式、綿糸、米の大暴落がはじまっていた。恐慌来る、という警告の声が囂《かまびす》しい世の中だった。

父に共同開業を断る旨を書き送ると、すぐさま、憤懣やるところなしといった手紙が来た。同居を忌避するは親を捨てることか、というものであった。京都に留まるか、酒津に行くか、やはり宇倍野の谷村の父の許に帰るか、大いに迷った。京都市中に適当な家があれば開業せんかとも考えたが、資金はなかった。五月には、つまらぬ生活、と思うようになった。「空虚なる生活つゞく、あまりに無事、あまりに安逸、かくていかに成り行くならん」

一両年は自分一個にてやる、汝の援けは借りず、体力尽きるときは自滅のほかなし、といった文面を書き送ってくる父親に、清白は困惑し、まず酒津村の話を正式に断り、いよいよ谷村に開業せんかとほとんど思いを定めた。迷いを吹切れたか、その五月二十三日の日記には、「余はかゝる薄暑の日を愛す」として、めずらしく自由詩のかたちが書きつけられた。

桐の花　と　蛙の声と
紺碧の空と　黝緑の新樹と
皆　浴槽のやうな　初夏の
雰囲気　に　浸つてゐる
八十度の暑さに　赤い鳥は
おれの心臓の中でも跳てゐる
すきなすきな　おれの絶愛する
光風の　時節が来た

詩というほどの意識もない詩作だったが、さっぱりとしてしかも苛烈を好む性質は、初夏という束の間の季節の移りに、格別の幸福を感じた。このころの日記には、俳句も書きつけられた。

夜の山遠近わかぬ眠りかな
寺若葉いらか煙と見ゆる日に

鳥取行きを思い定めたという間もなく、二十七日に滋杪から、それを阻む知らせが来た。鳥取高女には欠員がなく、清子を編入させることが不可能というものだった。

さらに翌日、父から来信があり、農村にも不景気の風が襲来、将来のこと気づかわしければ、いましばらく自重し、現状維持を可とす、との意外な書面だった。

寿との新婚生活は波立ちをふくみはじめた。ありきたりの反目が起っては、理解の深まりがそれを解消した。寿は寡黙で意志の発表が少ないのでなにを考えているのか分らぬ、と、清白には不安と疑念が起っていた。六月十九日、もう少し積極的であってくれと、清白は懇々と説教した。挙句、大いに理解を得たと思って、安堵した。

翌日の日記は、「たのしみてくらす」のあと、こう書かれている。「一年前の今夜は幾美が終夜まどろみもせで苦しみたる日なりしとて悲痛の念起る、とし子の寝すがたを見て、くらき電灯につときみにはあらずやと思ふ」

月光《げつくわう》の
　語《かた》るらく
わが見《み》しは一《いち》の姫《ひめ》
　古《ふる》あをき笛《ふえふ》吹いて
　夜《よ》も深《ふか》く塔《あらゝぎ》の
　階級《きざはし》に白々《しら〴》と
　　立《た》ちにけり

日光《につくわう》の
　　語《かた》るらく

わが見《み》しは二《つぎ》の姫《ひめ》
香木《かうぼく》の髄香《ずゐかを》る
槽桁《ふなげた》や白乳《はくにう》に
浴《ゆあ》みして降《ふ》りかゝる
花姿天人《はなすがたてんにん》の
喜悦《よろこび》に地《つち》どよみ
虹《にじ》たちぬ

どうしても寿は清白の精神にとって、「月光日光」の「一《いち》の姫《ひめ》」ではなく、「二《つぎ》の姫《ひめ》」でなければならなかった。死の島の岩蔭に伏して骸として冷えてゆく月光の姫ではなく、喜悦に大地をどよませ、虹の色彩を立てる日光の姫でなくてはならなかった。

その三十八――大騒ぎ

芯のつよい寿の若さが、清白の桁外れの癇癖ととうとう正面からぶつかって、聖護院の実家に帰る騒ぎになった。婚姻から半年の七月十九日のことである。

隣の大家橋本に相談に行ったり、清子を鵜飼へ使いにやったり、働きのなかりし女なりき、と日記に書いて大掃除をはじめたり、掃除を終えて清々した気持になったりした。仲人でもある森校長に会い、寿と会見すべき旨伝達し、同時に寿へ書面を出して「決定」を促したりした。おまけに川越院長にまで打ち明けるなど、清白の振舞いにはせっかちと動顚がひとつになっていた。ようやく一週間後、寿の気持がほどけたか、明朝会見、ということになった。ひそかに喜びながらも、院長に話したのは早計だったか、と悔んだ。

七月二十六日朝、川越病院で会見した二人は、しみじみと打ち明けて話すうちに双方より了解が起り、果ては手を取ってふたたび元の生活を送ることとした。

離別論が出た大喧嘩の直接のきっかけは、寿の腹痛にあった。学校を休めといった清白に、身体より教職が大切と返し、頑として静養しようとしなかった寿に、清白の暴言が炸裂した。

腹痛は寿の既往の病から来ていると、それからしばらくして、清白は整理した。過去に三度の劇痛を経験した話を書き留めつつ、それは盲腸周囲炎であると診断した。その四回目の発症が七月の大喧嘩の引き金だった。だが、この病気も、そして離別論も、尾を引いた。

大正九年の夏、こんどは寿を伴って曳田を訪れた。八月七日、老媼田村すみは暉造の二番目の妻を出迎えた。正法寺の墓前に額ずき、旧伊良子家、売沼神社をへて、虎蔵宅にて昼餐に呼ばれた。その日は俥で河原橋を渡って智頭川を溯り、船岡に宿った。岡田道寿方である。その新妻である美子《よしこ》とは初対面で、文学を好む才気煥発の人と見た。ここで不二子に面会したが、はじめは逃げまわって出て来なかった。

八日は汽車で鳥取へ出てから自動車を雇い、宇倍野の谷村に父を訪ねた。診察に多忙らしく、家の中は乱雑を極めていた。夕方、道寿が来て三人で話し合い、次の年の春に谷村に帰って開業することに、とうとう落ち着いた。預けておいた子のうち、不二子はそのままに置いて、連れて行った清子を夏休みかぎりで預け、力を引き取って京都へ帰った。

清白日記にはもともと、子供の行状にかんして、「困る」という記述が多い。人一倍厳しく子に接したからだが、理想の枠から子は逸れていく。少しでも逸れれば立腹に至り、夕食の膳で茶碗が割れた。

言い争いになって、この頃よく茶碗が割れます、と寿がいうと、違う種類の立ち回りになった。「清子のことやら千里力のことやらにて頭を悩ます事多し、けふも朝千里力をいぢめ終に立腹の余殴る打つの大騒ぎを演ずるに至れり」(九月二十九日)という展開は日常茶飯となっていく。

文学の上で友達といえる者がいない日頃、十月八日、小島烏水から手紙が来た。「相不変文情並臻《ならびいた》りなつかしさ限りなし　この手紙を見て蘇りたる心地せり」と書いたのは、よほど普段からの孤独と心の疲弊を示した。

満天の星にしぐれて秋の声

こんな句を書き留めた翌日の十月十五日、千里のことで寿と言い争った。今日は寿が千里を責めて、第一礼儀なし、第二虚言をいう、第三従順ならず、第四軽卒、第五我儘と並べた。よほど怒ったらしい教員寿のことばが清白の要約で文語に記された。「揃ひも揃ふ姉弟の行儀あしく温順ならざるは恐らく他に類なからん　あきるゝ外なし」と。

夏休みの鳥取で恋にめざめた清子に強いて、相手の少年に絶交状を書かせた。少女らしくなっていく清子には別に京都の少年からも手紙が届き、その少年が新聞沙汰の痴漢行為を他の少女に起し、そのため警察や少年の家族が訪れてきたりもして、清白の怒りと説諭と悩みとを募らせた。

十月下旬、いい女中がいないために家事は破綻、妊娠六カ月になろうとしていた寿は、いよいよ辞職する心を決めた。十一月十四日、岡崎公園を散歩中、寿の宿弊が来た。疼痛、動悸、胸の苦しみを訴えた。ようやく虫様垂炎と診断できたのはこの翌日である。

二十六日、既往症を聞き出して日記巻末に整理した。幾美の二の舞だけはさせられなかった。

冬に入って院長の遊猟不在がはじまった。「本年の院長の遊猟は非常に多忙なり」と書いた。

千里と力はいつも喧嘩、力は千里の毬を破り、千里は泣き叫び、寿が千里を打ち、清白は力を打って隣家の主婦の前で大修羅場を演じ、とこれも行事のようになっていった。

いよいよ谷村に帰ることに決したのは、十二月二十日である。このころ、倉田百三の『出家とその弟子』を読み、呼吸をつまらせ涙をこぼした。浄土宗に帰依しようというほどの心が起った。

成績表をもって子供たちが帰ってきた。力存外に成績よし、清子もややよし、とこのときは納まった。京城升添町に転じた山縣悌三郎から、十円の送金が来るのも、ここのところの年の暮れの習いだった。

その三十九――古雛

大正十年の正月は次のように明けた。

大晦日の夜から諍いのあった二人は、六時に起き七時半に雑煮を祝ったが、夫は心平らかならず、妻にも愉色がなかった。

清子が、元日でも腹が立つ、と呟くと、清白はたちまち破裂、おめでとうもいわぬ先から怒り散らした。それでも屠蘇を祝い、匆々に川越病院へ出た。

二日は朝から気分悪く、腹が立つことおびただしかった。ついに寿を呼びつけ説法をはじめたが、寿も負けず奥の手のEntlassen（放免）を申し出た。清白はすぐに敗北し降参した。

下旬には鳥取宇倍野谷村の父から、寒気のため志軀業に堪えず、隠退したい、といってきて涙ぐまされた。女中は居つかず、清子家事をせず、寿はまた起した腹痛を押して、他の教員の病欠を埋めようとし、清白はことごとに腹を立てた。

二月十四日の夜行で鳥取に向った。十五日、継母しまは年老いて元気なく、気短で愚痴が多くなったと思われた。谷村では歳末の集金も六、七割に過ぎず経営は思わしくなかった。父は旧臘、熱あるうちに往診し、夜更けまで帳簿を整理して疲労は極底に達し、正月二日間をぐっすり寝込んでようやく蘇生の思いを得たという。老いた父に山陰の陰寒での氷上の労働を強いるのはまったくの罪と、清白はあらためて思ったが、さりとて引き取る力はなかった。

十七日は道寿も船岡から来たが、その債務も四千円とまだ多く、政治も同様で、清白はいまのまま京都に、盆までは居座ることが得策だろう、との話に決した。積雪が一尺に近い中、車で鳥取駅に出て帰途についた。「日は暮れて道も見わかずなりにけり雪の世界の謫され人よ」と歌にしたが、歌というより呟きのようだった。

ふたたび市川達次郎などを通じて京都で医院の口を探すが、条件が合わない。寿はまだ在職していて、三月一日、大学病院の産科に行き診察を乞い、入院許可証ももらって帰った。寿はあたらしい家を探し歩きもしたが、どこもだめだった。三月二日、夜遅くまで、清白は童謡をつくった。翌日出校して戻ったとき寿の気分はすぐれず、悪寒がして熱が三十九度に達した。清白は夜通しつづく荒い息遣いを聞きながら「つまらぬ童謡などつくりてあそぶ」という過しかたであった。四日の夜には、頼まれもしないのに錦林校の校歌などつくった。

大正十年三月六日、午後三時より陣痛あり、十時半に大学病院の分娩室に入った。七日に入ってから、次男で、寿にとっては初めての子である正が生れた。このときすでに空は明るんできていて、清白は希望の影がほのめくように感じた。

寿の産後の経過が悪かった。『白秋小唄集』や雑誌「童謡」を買ったが、手につかない。国許から雇った女中は不潔で、台所をたちまち百鬼夜行の様子にし、「よほどの低脳」と思われた。他の者もみんな半人前の人間ばかりで困る、と清白は書いた。

母子は十六日に退院した。清白は貸間案内に行き一軒の家に手付けを打ったが、すぐに思いなおし二十円を取り返して、こんどはまたいろいろと考えて帰国と決した。混乱の中にあった。力は女中に「出て行け」をくり返し、千里は清白に似て、清水焼の茶碗を割り火鉢をひっくり返した。しかし、成績をもって帰ったのを見ると、満十四歳の清子は甲の上、九歳の千里は五十人中六番、八歳の力は七十人中八番であり、千里と力は学術優秀で賞品までもらってきた。愚鈍低脳と呼ぶ、清白の日頃の叱責や嘆きのほうにも疑問符がつきそうに思える。

清子の転校がうまく行かず、鳥取行きにまた停止がかかった。そのころ鳥取では、満十三歳で不二子が高等女学校普通科を首席総代で卒業し、その上の科へ進学しようとしていた。四月八日は旧の節句の二日前で、雛壇を飾った。

古雛をかざりならべてわが子等は物も思はずよろこびてをり
新しきひなの一つも買はましとわれは思へどせんすべもなし
このひゝな二十とせ近くふるびたり四人の子らはみな女にて
心うき春にもあるかな四十路へて家もさだめずひな祭する
十あまりひゝなならべて子らのためうたげしにけり貧しき男

四女和子の誕生は翌大正十一年、五女明の誕生はずっと下って昭和六年だから、「四人の子らはみな女」とは筆のすべりか、さもなければ、思わず清白は別に一人を数えたようである。あたらしい妻の寿だったか、若いままの母ツネだったか、あらぬ世から通ってくる「姫」だったか。

その四十――緑川丸ふたたび

大正十年四月中旬から、寿は産後の疲労からか、発熱、腹痛を訴えた。肺尖カタルが疑われたが、やがて府立病院や堺町の専門の診療所に行って受診、結核性腹膜炎及び肋膜炎とされた。診療所では安静と強壮療法の要を説かれた。

黒穂多き麦のはたけにもや下りて春くれがたの雨ふりにけり

五月九日夜、寿の腹痛ははげしくなり、十三日は大学病院外科に行って腹膜後淋巴腺結核と診断され、昨年からの盲腸周囲炎はその前症とされ、百事氷解した。

十四日には政治のほうから、谷村での開業は望みなしという手紙が来て、かえって悲哀孤独の念が起った。十六日、谷村に帰らぬなら、温暖地に開業か、現状に耐えるか、と考えた。

はらの減る風が吹くなり村若葉

五月二十四日、夜行で帰国の途にのぼり、二十五日、二十六日と政治や道寿と話し合い、谷村は面白からぬので、伯州か播州あるいは熊野あたりでよいところを探そうか、という考えに大きく傾いた。二十七日は午前中に鳥取に行き、急いで高等女学校に行って、不二子に五分ばかり面会した。色が黒くなり汗疹《あせも》を生じ、ひどく田舎染みて見えた。往復に一日二里を歩く、朝は六時に家を出ると聞いて、気の毒な気にもなった。その夜、京都へ帰った。

前途に望みが絶えたように、光明ない心地のうちに清白はあった。

六月六日、休職か退職かで悩んだ寿は、ようやく退職願を出した。翌日、具合が悪いのに立ち働く寿を叱責すると、涙ぐんでいた。学校は寿に配慮し、休職の扱いとなった。

末日、朝鮮の山縣悌三郎に送金の返事を書くとき、京城にてよいところがないか、と依頼した。露伴『枕頭山水』をひらいて六月が終った。「終日つまらなく暮らす、手紙も来ず、面白き本もなし」と七月がはじまった。

各方面の知人や医事紹介所に問い合せ、「日本医界」の広告を見、医学校の常岡良三教授、伊勢の医薬時報社にも尋ねた。岩手県野田村、ブラジルもふくめて、おびただしい病院名が挙ってきた。

不二子はこのころ、高等女学校の寄宿舎に入った。

七月十五日、帰宅すると、力から悪しざまに辱しめられた、と寿が訴えた。「出て行け」「本当の心の中をいえ」と悪態を並べられたという。夕食も怒号罵声の間に終り、力を折檻すること甚だしく、大乱脈となった。寿はいよいよ怒り、今度というこんどは暇をもらう、と息巻いた。寿との感情の離隔したのを覚えた。翌日、力はめずらしく静かになった。

夫婦は離れで、ようやく話し合いはじめた。子供たちは我儘で、理屈多く心の底を抉るようなことをいう、自分は家事に疎く、病気にはかかり、家計は膨張する、気の毒に堪えず、よって離別を乞う、そう寿はいった。一時は離別と決ったが、やがてまた融和していた。

二時過ぎまで眠られず、四時過ぎに目を開けた。蚤が多く、幼い正も起き出し、睡眠はやっとのこと二時間に過ぎなかった。

三重県度会《わたらい》郡に開業地ありとの報が医薬時報社からあったが、人に尋ねるとその迫間《はさま》村というのは猫の額大の村と聞き、話にならずと呟いた。

十九日、三重県南牟婁郡木本に開業する旧知の宮崎定吉から、区医入用にて市木《いちぎ》村より交渉あり、と便りが来た。イロケアルタノム、と電報を打った。二十二日、働かず母に楯つくとして清子を朝午二度にわたって折檻したあと、丸太町で稽古用の自転車を買った。二日後、サドルに腰を掛けてみたが、どうも稽古さえできそうになかった。

七月二十七日、宮崎からの来書があって、区医手当は年三百円、盆で二季に分け、各戸より礼米一升ずつあり、これらが十四五俵になる、住宅は新築の上提供、その他は普通、視察のため至急来村あれ、というものだった。

翌日、土用の暑さの中、床屋に行って熊野の様子を聞くと、大阪より勝浦急行船に乗って潮岬《しおのみさき》経由で新宮に出て、成川より自動車で木本に入るのがいい、という説があった。

七月二十九日、安治川の河口に至った。午後二時、緑川丸に乗船した。かつて乗った覚えのある船である。

ふたたび船上の人となって昂揚する清白の目前に、紀州の海と山とがひろがった。

その四十一――市木をへて鳥羽小浜

大正十年八月三十一日、三重県南牟婁郡市木村大字下市木二千八百六十四番地に転居した。市木は熊野と新宮とのちょうど中間に位置する。御浜海岸はなめらかな線を引いていて、尾鷲や相賀や三木里のリアス式とは異なっている。下市木の市木医館というその位置は、海からはやや離れた場所にあった。小学校の校医も兼ねての医院開設だったが、患者はあまりにも少なかった。

紀勢本線の開通は昭和三十四年である。それまで、尾鷲が紀勢東線の終点であり、木本は紀勢西線の終点であった。京都との交通に、潮岬経由の船便が薦められるようでは、京都に帰りたいという寿の訴えが痛切に響いた。市木は農村であり、風景の変化にも乏しかった。それどころか、一家は食べるものがないことに驚いた。野菜が、魚が、肉が手に入らない。ようやく口にした肉は固くて嚙み切れなかった。水道にも電気にも不便がつきまとった。清白はただちにまた、別の地への移転を考えねばならなくなった。

そこに、志摩に開業地候補があらわれた。鳥羽の加茂村である。

大正十一年七月二十三日、急に思い立って、今日は視察のための鳥羽行きと決した。木本で紹介状をもらうと、大泊の浜から夕方の船に乗って熊野灘を行く。長島を出て夜が明けた。志摩海岸の曙の色が美しく、伊良子《いらご》と神島を前に見て、鳥羽に入った。伊良湖岬について記すとき、清白は「伊良子」と書いた。

鳥羽の老医師久富氏に会見すると、あらかじめ話のあった加茂村のほかに、鳥羽港から北西へ磯伝いに小浜《おはま》というところがあって、その小村で辞任する医師がいるという。すぐに紹介状をもらって、鳥羽町役場に小浜在住の助役を訪ね、ついで海岸に艀《ちょろ》を一時間ほど待って、小浜港へ至った。辞任する医師寺本は面白い才人だった。

その家は漁業組合の診療所と医師の住居を兼ね、漁港の波止場に鼻突き合せるようにして、潮風と日光を浴びていた。正面玄関を入ると右に診察室があり、二階座敷に上がると菅島《すがしま》を前に、答志《とうし》島《じま》を左前にした。海波浩蕩《こうとう》、涼風万斛《まんこく》、じつに雄大な景色だった。

辞してすぐに鳥羽町の南の加茂村に行くと、そこは川沿いの平坦な土地であった。提供されるはずの信用組合事務所の家屋を見て、これならば辛抱できるだろうと思った。

二件を見てから、鳥羽駅裏の日和山に登ると、視界のかぎりは天下の絶勝と嘆息された。大小の島嶼《とうしょ》、去来する帆影、雲と海、松原と人家、見飽きるということがなかった。

二十六日、朝から空合あやしく雲行が急、後山は曇って海の色は銀のようだった。八時出帆、安楽《あら》島《しま》は砂に松、石鏡《いじか》は崖の上に鳥の巣、国崎《くざき》は寺が目立つ、と思った。神島、伊良子の翠黛《すいたい》はすぐそこに見えて、相差《おうさつ》、安乗を過ぎるころより、波は大きさを加え、風は強さを増した。波切《なきり》より麦崎を過ぎ大島小島に興を覚えつつ和具《わぐ》片田を横に見て船室に入った。船暈者多く、三時ごろ長島港に入った。昔越えた荷坂峠は目の前にあった。五時、尾鷲に入港したが、波止場は三十年前に比してやや面目を改めたようだった。相賀、引本も遠く見て行き、大台の山、九鬼山越えも旧情を惹くことが多かった。六時、九鬼に入った。良港で、美しい家があった。七時半頃、二《に》木《ぎ》島《しま》に虹が立った。八時半、大泊に入った。暗夜にして灯火がなく、ただ波の騒ぎを聞いた。かろうじて上陸し、女手を借りて鞄を運ばせ、同勢三十五人とともに峠を越えて十時半、木本に入った。俥もなく宿屋も断られたので、宮崎方に宿を借りた。

大正十一年九月十二日、三重県志摩郡鳥羽町小浜六百四十三番地へ転居した。小浜という海村の漁業組合嘱託の村医であり、小浜小学校の校医でもあった。

漁村は、清白をとらえた。なによりも診療所を兼ねるその家は、波止場の堤のそばにあり、目の前には伊勢湾の海の波頭が見え、北東の答志島、東の菅島のあいだにも、遠く神島の島影が見えた。これらを見るとき背後には、伊勢神宮をうしろに隠して朝熊《あさま》ケ岳《たけ》の山裾がひろがった。

その年の十二月十八日、四女和子が生れた。

その四十二――天稟の技能

大正十一年十月の「中央公論」に日夏耿之介は「日本近代詩の成立」を著わした。明治以前の日本詩歌の状態から語り起し、新体詩の出発と変遷をつぶさに辿り、おびただしい詩誌詩書を博捜し、精細な学殖と仮借ない裁断をもって明治大正の詩史を描ききろうという、壮大な試みのはじまりであった。改稿増補され頭注を付されて、昭和四年に新潮社から『明治大正詩史』として大部を成すことになる著作のうち、最初の四分の一の稿である。「中央公論」掲載は、ここから足かけ四年、四度にわたった。初めのこの回では、明治二十年代の群像の中に「文庫」があらわれ、「文庫」派を跡づけていく中に清白の詩があらわれてきた。

日夏耿之介の詩史は、当時もっとも勢いをもってあらわれ、時代に好まれた民衆詩派の運動に対して否を込め、こうした時好によって忘れられている系譜を浮びあがらせようと努めた。のちに回顧されたところによれば、この二千数百枚に達した詩史の中で、著者が「意識して隠蔵を露はすポイントに気を効した」のは、伊良子清白、薄田泣菫、蒲原有明、木下杢太郎であった。一に清白の名があった。

「中央公論」が日夏耿之介の詩史を掲げはじめ、そこに名があらわれたことに、清白はすぐには気づかなかった。大正十一年の秋の日記には、相変らず厳しい村医者の暮しが刻まれている。薬価の取立てのむつかしさと、子らと寿とのあいだの諍い、寿と清白とのあいだの離別論の話、そして一家代る代るの病、こうしたくり返しによって、日記の欄は満たされていった。

海村の暮しは、京都とはもちろん、市木のときともまったく別のものだった。まず目の前には海があった。海は家を船のように揺らした。村には、すべて名前の分る人々がいた。村医として、校医として、彼らの生も死も、目の前にあった。船に乗って、対岸の島々へ往診に出ることもあった。海岸に打ち寄せられた不審な死体を検案することもたびたびであった。

大正十一年十二月十八日、四女和子が生れたとき、不二子は満十四歳、千里は十一歳、力は十歳、正は一歳であった。不二子は鳥取に預けられたままであった。

このころ、西條八十もまた、ある講演で清白の詩篇を讃えたが、清白には届かなかった。大正十二年三月、東京朝日新聞社で催された詩書展覧会の席上の講演で、八十がふたたび、清白の存在をとりあげて、『孔雀船』の「斉然たる律格と、名工鑿のあとさながらの彫塑的完全」を指して、日本に稀れなパルナシアンとして高く評価した。

大正十三年一月、日夏耿之介は詩史の二回目の原稿として、「中央公論」一月号に「日本近代詩の浪曼運動」を著わした。そこにようやく「隠蔵のポイント」があらわれた。

泣、有二家に雁行せる逸才で、鉄幹の措辞をも凌ぎ、泡鳴の粗笨に遠く卓れて、林外の形式美を遥かに超越した収穫を一巻の詩集に残し乍ら、つひに眼ある評家の正当な「発見」を購ひえず、そのまゝ時代の下積みになつて消失した稀に見る天稟の技能の所有者が、たゞ一人異端の如く、「文庫」の中に交つてゐた。その人は伊良子清白、その集は「孔雀船」である。

この高い調子に引き続いて、耿之介は、酔茗と夜雨それぞれの特質を下げるしかたで語り、その圏域から引き剝がすようにして、清白を評価した。

天賦の技能からいふと酔茗は、清白、夜雨に遠く及ばない。夜雨はまた清白に一歩をゆづらねばならぬ。その清白が何故に茗、雨の声名をえずして終つたのか。

畢竟するに、茗、雨の詩境は万人に解され易い本性にあるに反して、清白のそれは少数の人々のみに著しく喜ばれる素質のものにすぎなかつたからである。茗は柔かに雨はたをやかに、而して両者ともおだやかに平明であつたから一般人はその詩姿に親みやすかつたが、清白は高くかたく而して崎聳の姿、蕭颯の趣があつたから一部には夥しくもてはやされ、全体からは親みがたく遠ざけられたからである。

その四十三——彗星

また同じく「中央公論」四月号に出た「日本近代詩の象徴思潮」は、詩史の三回目の稿である。そこで耿之介は、清白と『孔雀船』とを決定的に位置づけた。

「泣菫に次ぐ史価ある業績を残した」として、清白のために立てられた項は、「彗星の如き「孔雀船」」と題されていた。

「清白の詩業は詩集「孔雀船」一巻に尽きる。通計十八篇の選詩を定めるにかれは、酔茗の談話によると、実に夥しい多数の作詩を犠牲にしたといふ」とはじめて、次のように書いていった。

「その清白の詩品を見ると、彼の詩の特色はかなり複雑してゐて」と引用をはじめるのだが、整理するとこうなる。

「漂泊」第一連は「文庫派的傷感」、同第二連は「清新高踏の想像の氾濫」、第三連以降終連までは「抒情的発声中の佳なるもの」である。

「秋和の里」は「日本画的沈潜の白線描法」で、それは「五月野」の「余情ぶかい佳句の動的印象に隣り」するものであり、「不開の間」「鬼の語」は「幻怪と妖魅に於ける奇峭な空想の喜悦」であり、「華燭賦」「月光日光」は「壮麗体の含蓄ある形式美」、「戯れに」は「当時にしては異数な忍従の反語のこゝろの冴え」とした。

これらはみな合して、「その用語の印象の鮮明と適確と立体的表現とその想像の全幅の畸異と富贍と日本的瑰麗とは、泣菫、有明に次ぐ個性あるスタイルの保有者であり、泡鳴、鉄幹、林外、夜雨も及ばない独自なる技巧の把持者であることを示す」。

さらに、「初陣」については、「寧ろ極めて陳套な語法を用ゐて、些かの西洋的語風の感化もないのに一味の新鮮が香つてゐるのは何故か」と尋ね、「花柑子」の起句については「何の奇なき平凡の詩情の流動にすぎざるに、一語と一語との配合のあひだ、云ひがたい清新技巧の醱酵があるのは何故」と問いかけた。

そして、清白の「詩壇厭離」に言い及んだ。

右のやうな有数の詩感と技巧との一致を有する清白が、何故にその後の詩作を廃して三十六年東都を去り田園ふかく刀圭の術業の裡に埋没してしまつたのか。しかも又、次期の詩壇に目ざましい光芒を引いてその感化を永くつよく示しえなかつたのか。その答へは一にして足りる。清白は稀に見る卓れた詩家の一人であつたが、その詩多くはさまざまの苦辛の余になつたもので、生れえたる天稟の詩人が放吟して時に佳句を生むとは事かはり、その技巧は啻に優秀な技巧詩人の夥しい労作の中に選ばれる少数の玉成があらはす表現美であるによつて、元来、新詩潮の造詣も憧憬もないかれに、この清新詩体が允されたのは、同時代の詩技の焦点、言語の精神を敏慧に握つて、之を自家薬籠中のものとして、まつたく譜代の侍僮語として自由自在に駆使し得たゝめ、わづか一巻の冊子に斯のやうな意義ぶかい生命を与へ得たのであるけれども、詩林の中心が漸く移つて、目まぐろしい変転が次から次へと重なつては、到底之に伴なつてゆくことは許されない。時代の退潮に巻かれかゝつたと感じては、その秀抜技巧も一旦に光と熱とを失つて、卒然として詩感の昂揚がとどまり、黙して過渡詩林の円座の裡から去らなければならない。かくして、右のやうな特徴に終始したその詩に、同時代的意義はふかくとも、予言的な底力が少なかつたのは当然である。

このようにして、清白の詩の世界からの「遠離」あるいは「厭離」は解釈された。
また、つづけてこう述べた。

清白は不遇にして訖《をは》つた。「孔雀船」はその孔都護風《ぶ》り艶容をみとめられずして去つた。その詩は誠に花ひとときの香であるにすぎなかつた。が、かれは卓れたる詩人である。その詩冊は稀に見る佳句で鏤められてゐる有数の佳品の一である。
そういってまた耿之介が引用をはじめると、詩集の過半の詩に及ぶかという勢いになった。

その四十四——殉情と鬼語

「月光日光」については第一連を引き、「一の姫と二の姫との行実を、ほんの断片的に日光と月光とが物語つて、その悲劇背景を暗示し、」と約してから、終連を引いた。

日光《につくわう》の
　　語《かた》るらく
わが見《み》しは二《つぎ》の姫《ひめ》
城近《しろちか》く草《くさ》ふみて
妻覓《つまま》ぐと来《こ》し王子《みこ》は
太刀《たち》取《とり》の耻見《はぢみ》じと
火《ひ》を散《ち》らす駿足《しゆんそく》に
かきのせて直走《ひたばせ》に
国領《こくりやう》を去《さ》りし時《とき》

春風《はるかぜ》は微吹《そよふ》きぬ

そうしてさらに、「と終らしめた手ぎはを見れば、穴勝ち珍奇の歌ひぶりではないけれど、自分の詩の特色が客観的叙事にもとより長《た》けてをるを知つてか、飽くまで主観に感傷すぎない用心をして、而も客観叙事の間に脈々たる詩情を奔出せしめ、措辞も概して巧妙にして、とくに最終の」と書いて、また行を替えた。

国領《こくりやう》を去《さ》りし時《とき》
春風《はるかぜ》は微吹《そよふ》きぬ

「二句に於て、よく詩を作る心を悟得せるを証したのは当代中の大家と称すべき左券である」とした。「これによく似た詩情は、」とまた引用をはじめ、「不開の間」の初めと中と終連と、つまりは全体を示そうとした。

花吹雪《はなふぶき》
まぎれに
さそはれて
いでたまふ
館《たち》の姫《ひめ》

蝕《むしば》める
古梯《ふるはし》
眼《め》の前《まへ》に
櫓《やぐら》だつ
不開《あけず》の間《ま》

香《かぐ》の物《もの》
焚《た》きさし
採火《ひとり》女めく
影動《かげうご》き
きえにけり

夢《ゆめ》の華《はな》
処女《をとめ》の
胸《むね》にさき
きざはしを
のぼるか

諸扉《もろとびら》
さと開《あ》く

風《かぜ》のごと
くらやみに
誰《た》ぞあるや

色蒼《いろあを》く
まみあけ
衣冠《いくわん》して
束帯《そくたい》の
人立《ひとた》てり

思《おも》ふ今《いま》
いけにへ
百年《もゝとせ》を
人柱《ひとばしら》
えも朽《く》ちず

年若《としわか》き
つはもの
恋人《こひびと》を
持《も》ち乍《なが》ら

うめられぬ
怪《け》し瞳《ひとみ》
炎《ほのほ》に
身《み》は燃《も》えて
死《し》にながら
輝《かゞや》ける

何《なに》しらん
禁制《いましめ》
姫《ひめ》の裾《すそ》
なほ見《み》えぬ
扉《とびら》とづ

白壁《しらかべ》に
居《を》る虫《むし》
春《はる》の日《ひ》は
うつろなす
暮《く》れにけり

館の姫が花吹雪に煽られるようにして不開の間をひらくと、百年を人柱とされた年若い男が、死にながら輝いて、そこにいた。

五・四・五・五・五音で一連を成すこの詩は、『孔雀船』の中で発表年も発表誌も不明な唯一の詩篇である。「姫」あるいは「処女」の幻想はここでも追究されているが、めずらしくも「姫」は見る側に立っている。見られる側の閉じられた空間に人柱となっている男には、作者自身の運命さえ、不気味に投影されていると感じられる。作者はその男を永久に閉じ込めた。詩はときに、こうした予言的な封印を成すものである。

この引用の直後に、日夏耿之介はこんなことをいっている。

かれのスューパアナテュラリズム興味が後に一層の展開をしたならば、明治文学史中超自然文学文献として有数のスタイルにまで到りつけたであらうと想像せられるものがある。

そこからさらに「初陣」の、「狐《きつね》啼く森《もり》の彼方《かなた》に」前後の三行をもういちど引き、「鬼の語」の「顔蒼白《かほあをじろ》き若者《わかもの》に」以下四行を引き、「五月野」の「葉《は》の裏《うら》に虹懸《にじかゝ》り」以下四行を引いて、「単なる「異常」と「畸異」とに対する興味以上の執着」を見ている。この批評は、『孔雀船』を自然に対峙した抒情性としてとらえて終る者が多かった中で、そこに襞をみせる自然そのものの超脱をいいあてており、抒情をいう場合も平板ではなかった。

日夏耿之介にはめずらしい絶讃は、次のようなところへ極まった。

この詩集は前半の殉情と後半の鬼語と二個の交りがたき特色を並有し、それで、一個の詩人清白の詩的生活に於て必然の一致を示す将来を暗示しながら惜くもこの一巻で逸走し去つてゐる。この天稟技巧、この敏鋭な感受性に富む詩人が、さらにひろく世界大の感化をうけて、ゲブリエル・ロゼッティの畳句の意義をもさとり、ホセ・マリヤ・デ・エレディヤの表現美を感じ、あらゆる相類の技巧の先人の苦辛をよく解しえたならば、詩史は一段の光彩ある数頁を付加されて、こゝに新日本は、かつて詩神がコオリッヂに許した浪曼情緒とサウジイに許した幻境とを、日本的なる情感の形式の特色を保存しながら発揮したる、神采奕々の詩人の大成に想望し得た事であつたに違ひなからう。

惜しむらくは大正十三年の日記は発見されておらず、清白がこの劇的な再評価のあらわれに対してどう反応したかは不明である。

しかし、これを機に、詩集『孔雀船』がふり返られたばかりか、その作者がどこにどうしているか、少しは気にかける者たちが出てきた。

その四十五——水姫

大正十三年、長女清子は満十八歳で大阪市西成区玉出町の医院経営の深江利三郎と結婚した。十月三日、七十七歳で乳母田村すみが逝去した。鳥羽小浜にあって清白は、鳥取曳田とのあいだの糸を失った。亡き母を代替し、かえってそのことで母の存在を幻のうちに閉じ込めてくれたのかもしれない乳母も、ついに亡くなった。八神姫の伝説だけがそこにまだ生きていた。

大正十四年二月、アンソロジー『明治大正詩選　全』が新潮社から刊行され、『孔雀船』の中から「五月野」「戯れに」の二篇が採られた。作者としてあらわれる清白の名は、明治四十年七月の「文庫」に、「七騎落」と「鏡塵録」とが掲載されてから十八年ぶりだった。再録された「五月野」はこんな詩である。これも五音五音のくり返しというあの抑制されたリズムの中の華麗だった。詩語の華麗ということに尽きない。

五月野《さつきの》の昼《ひる》しみら
瑠璃囀《るりてん》の鳥《とり》なきて
草長《くさなが》き南国《みなみぐに》
極熱《ごくねつ》の日《ひ》に火《も》ゆる

謎《なぞ》と組《く》む曲路《まがりみち》
深沼《ふけぬま》の岸《きし》に尽《つ》き
人形《ひとがた》の樹立《こだちみ》見る
石《いし》の間青《ひまあを》き水《みづ》

水《みづ》を截《き》る円肩《まろがた》に
睡蓮花《ひつじぐさはな》を分《わ》け
のぼりくる美《うま》し君《きみ》
柔《やはら》かに眼《め》を開《あ》けて

玉藻《たまも》髪《がみ》捌《さば》け落《お》ち
真《ま》素《す》膚《はだ》に翻《か》へる浪《なみ》
木々《きぎ》の道《みち》木々《きぎ》に倚《よ》り
多《さは》の草《くさ》多《さは》にふむ

葉《は》の裏《うら》に虹《にじ》懸《かゝ》り
姫《ひめ》の路《みち》金《こがね》撲《う》つ
大地《おほづち》の人離《ひとがれ》野《の》
変化《へんげ》居《を》る白日《まひる》時《どき》

垂鈴《たりすゞ》の百済物《くだらもの》
熟《う》れ撓《たわ》む石《いし》の上《うへ》
みだれ伏《ふ》す姫《ひめ》の髪《かみ》
高円《たかまど》の日《ひ》に乾《かは》く

手枕《たまくら》の腕《かひな》つき
白玉《しらたま》の夢《ゆめ》を展《の》べ
処女子《をとめご》の胸肉《むなじゝ》は
力《ちから》ある足《たり》の弓《ゆみ》

五月野《さつきの》の濡跡《ぬれと》道《みち》
深沼《ふけぬま》の小黒水《をぐろみづ》
落星《おちぼし》のかくれ所《ど》と
伝《つた》へきく人《ひと》の子等《こら》

空像《うたかた》の数《かず》知《し》らず
うかびくる岸《きし》の隈《くま》
湧《わ》き上《の》ぼる高水《たかみづ》に
いま起《おこ》る物《もの》の音《おと》

めざめたる姫《ひめ》の面《おも》
丹穂《にのほ》なす火《ひ》にもえて
たわわ髪身《がみみ》を起《おこ》す
光宮玉《ひかりみやたま》の人《ひと》

微笑《ほゝゑ》みて下《くだ》り行《ゆ》く
湖《うみ》の底姫《そこひめ》の国《くに》
足《あ》うらふむ水《みづ》の梯《はし》
物《もの》の音遠《おととほ》ざかる

目路《めぢ》のはて岸木立《きしこだち》
昼下《ひるお》ちず日《ひ》の真洞《まほら》
迷野《まよひの》の道《みち》の奥《おく》
水姫《みづひめ》を誰知《たれし》らむ

清白の「姫」幻想の極まりを見る。「水姫《みづひめ》を誰知《たれし》らむ」の最終行に、私はいつも、ランボーの「H」という詩の、「オルタンスを探したまえ」という声を反響させる。オルタンス――この時間の女神の名には、「時間の外」という意味が隠されている。

　砂漠ならぬ台湾へ、さらにボルネオへと指して、清白が果てしない流離に出た時間の先、すなわち「時間の外」を見定めようとすれば必ず、だれも見た者のない「水姫」の後ろ姿が浮んでくる、というような気配である。

「五月野」は、実際は詩壇から流離する少し以前に書かれた詩であるが、清白の足跡をつぶさに追ってきた者の目にも、この詩ではあたかも流離の先の「南国」がすでに書かれたかのように見える。軽やかな「なんごく」の濁音ではなく、「みなみぐに」と影濃くくぐもるところに、清白の息遣いの澱《おり》がある。やはり詩的予言というべきか、あるいはいっそ日夏耿之介のつかった意味で、詩的生活というべきだろうか。

　幻想的な作であっても、いいがたい既視感に似た記憶が「時間の外」から呼び起されるのは、「処女子《をとめご》」や「子等《こら》」の造型に、私たちの海域の古層に通じる、一種民俗的な生活感がとらえられているからであろう。

その四十六——海やまのあひだ

大正十四年五月、一冊の歌集が刊行された。釈迢空（折口信夫）の最初の歌集『海やまのあひだ』である。日夏耿之介による評価に比較すれば、はるかにひそかなかたちとはいえ、これもまた、清白の詩の蘇生を意味するものであった。

志摩半島の安乗崎は、船の難所を望む灯台で知られていた。伊良子清白の詩「安乗の稚児」は、この小さな海村の旅のスケッチという趣の作である。男たち女たちが荒海へ働きに出ていて留守の家先で、小籠の中に稚児ひとりが坐っていて、ほほえんで嵐の海に対面している、そんな貴い光景に出会った、と詩は静かに語る。

志摩《しま》の果《はて》安乗《あのり》の小村《こむら》
早手《はやて》風岩《かぜいは》をどよもし
柳道木々《やなぎみちきゞ》を根《ね》こじて
虚空《みそら》飛《と》ぶ断《ちぎ》れの細葉《ほそば》

水底《みなぞこ》の泥《どろ》を逆上《さかあ》げ
かきにごす海《うみ》の病《いたづき》
そゝり立《た》つ波《なみ》の大鋸《おほのこ》

過《よ》げとこそ船《ふね》をまつらめ
とある家《や》に飯蒸《いひむせ》かへり
男《を》もあらず女《め》も出《い》で行《ゆ》きて
稚子《ちご》ひとり小籠《こかご》に座《すわ》り
ほゝゑみて海《うみ》に対《むか》へり

荒壁《あらかべ》の小《こ》家《いへ》一村《ひとむら》
反響《こだま》する心《こゝろ》と心《こゝろ》
稚子《ちご》ひとり恐怖《おそれ》をしらず
ほゝゑみて海《うみ》に対《むか》へり

いみじくも貴《たふと》き景色《けしき》
今《いま》もなほ胸《むね》にぞ跳《をど》る
少《わか》くして人《ひと》と行《ゆ》きたる
志摩《しま》のはて安乗《あのり》の小村《こむら》

迢空折口信夫に「安乗帖」という歌稿がある。明治四十三年七月、国学院大学を卒業した折口は、翌年十月、大阪府立今宮中学校の嘱託教員になっていた。

明治四十五年、明治天皇崩御直後のこと、とは大正元年の八月のことであった。伊勢清志、上道清一という生徒二人とともに十三日間、志摩から熊野路を旅した。その折にこしらえた短歌が「安乗帖」である。ここにも、行く先々で会う漁師や木樵の子供たち処女たちが歌われる。それが全百七十七首のうち一割にも達している。

折口信夫は、少年時代から父、兄、姉に影響され、父兄の購読していた「文庫」も読みふけっていたので、ちょうど十年上の清白を、『孔雀船』刊行以前から読んでいた。清白が浜田へ去ったばかりの明治四十年六月には、上京していて河井酔茗の詩草社発会式に出席し、社友となってもいた。国学院大学本科に進む直前の二十歳である。つまり折口信夫は、清白の流離とすれちがった人であった。

清白の「安乗の稚児」を、いつしか折口信夫は愛誦するようになった。それは晩年にまで及んで、折に触れその詩句が口をついて出た、という証言がある。「安乗帖」の中には、明らかに「安乗の稚児」をふまえた歌い口がある。

大海にたゞにむかへる　志摩の崎　波切の村にあひし子らはも

だが、単純に影響ということばで語れないのは、折口がじつに多くの詩人たち歌人たちからの影響を、一身に浴びた人だったからである。しかもその先行者の範囲が、古代から近代にまで及んだ。たとえば高市黒人から、たとえば田山花袋まで。

「蒲団」以前に、花袋は紀行文家であった。明治三十二年刊行の最初の紀行文集『南船北馬』には、雑誌「太陽」連載当時から折口少年が読んでいたと思しい紀州の海岸の旅の記述が収められている。花袋の明治三十一年三月の志摩、熊野の旅程と、迢空「安乗帖」の旅程とは、多くかさなる。二人がともに立ち寄った場所は、鳥羽、磯部、下の郷、安乗崎、大王崎、御座、浜島、神崎、長島、新宮、那智山、瀞八丁、田辺、比井、和歌浦、和歌山。明治二十年に津に移ってから、その後の父の転居、零落によって清白が旅をした志摩、熊野もまた、ここにかさなる。志摩一帯、とくに大台ケ原から的矢湾へひらく景色は清白が長篇詩「海の声山の声」で歌いきった地勢であり、相賀、尾鷲、木本、鬼が城、花の窟、新宮という迢空の訪問地は、みな清白の足跡だった。

清白が韻文の中で「海の声山の声」と呼んだとき、花袋は散文の中で、「海と山の間」と書いた。たとえば、「素より山と海の間なれば」、「われは絶えず海と山との間を行き」、「このさびしき海と山との間をとぼ〳〵として」という。

花袋や清白のあとを承けて、迢空折口信夫は「海やまのあひだ」といった。それはやがて志摩、熊野といった場所さえこえて連作となり、歌集の題名となり、学問上の概念となって島国の地形やその古層からの時間——時間の外まで示すことばになっていった。

葛の花　踏みしだかれて、色あたらし。この山道を行きし人あり

これもまた、「時間の外」へ出ようとする者の足跡だろう。「安乗帖」の歌はのちに多く捨てられ、改作もされた。あらたに各地に旅がかさねられ、歌がかさねられたあとの大正十四年五月の最初の歌集『海やまのあひだ』の「奥熊野」二十三首になる。子供の歌は「大海に」の一首だけ残った。

それにしても、「海やまのあひだ」とはみごとに名づけたものである。現実の歩行ばかりか、日本語の地質を、その新層から古層にわたって、その韻文から散文にわたって、歩きとおそうと

することによって見えてくる「あひだ」でもあった。

たびごゝろもろくなり来ぬ。志摩のはて　安乗の崎に、燈の明り見ゆ
天づたふ日の昏れゆけば、わたの原　蒼茫として　深き風ふく
青うみにまかゞやく日や。とほ〴〵し　妣《はゝ》が国べゆ　舟かへるらし

ところで、鎌田石蔵は田村すみの次男、虎蔵の弟であった。大正十四年秋、亡母への追慕の念よりみずからさまざまな思い出を綴って謄写版刷りの冊子「みたま」とした。その巻末に伊良子暉造の名で「我は第二の生命を失へり――思ひ出のかず〴〵」という題の文章が寄せられた。

何ものも持たぬ人にも故郷はある　故郷程心をとらへるものが世にあらうか　悲しきにつけ嬉しきにつけ　雨につけ風につけ　思ひ出すは故郷である　郷思は胸の廃みを癒やす　私が八つの年に郷里を離れ　両親に伴はれて東西に転々し　今日まで過去四十年間一日として故郷を忘るゝ時がない　そして其間一念郷里に想ひ到る時　淡い快味が油然として心の奥底に湧いてくるのであつた　而かも其よろこびの中心にはいつも故郷に健在する乳母があつた　乳母は私を励まし力づけた　乳母があるが故に私の生命は彩られた　私は乳母の死を信ずることが出来ない　眼を閉れればあの晴やかな顔が往来する　今にも物を言ひたさうに見える　眼を開けば現実の悲哀が波打つ　私は永生の乳母を感ずる

この先に幼年時の思い出が語られるが、私はそれを「月光抄」の中にすでに生かした。長い文

章の終りに、自分は今四十九歳、芭蕉の伊賀入りとおっつかっつの年頃と書いて、こう結んだ。「あゝ手にとりて見ん秋の霜　熱涙滂沱として漲り下れば　尊い遺髪は濡れるであらう　私は早く帰りたい　そして心往くばかり泣きたい　そしていますが如くに　亡き母上と語りたい」

そして、「語らへば思へば遠し故郷の赤埴山《あかはに》にきみ眠るらん」「可愛《かな》し子はけふもうみべの窓に倚りさし出る月に涙流しぬ」など五首を添えた。ここにも「海やまのあひだ」があり、「安乗の稚児」がいる。

その四十七――生誕五十年

河井酔茗生誕五十年祝賀会が、大正十四年十一月七日にひらかれることになった。

十一月一日刊行の雑誌「日本詩人」は「河井酔茗氏五十年誕辰記念号」とされ、そこに清白は「河井酔茗君と私――三十年前の思ひ出」という文章を寄せた。明治二十八年春の泉州堺訪問のことを淡々と綴り、次のように淡々と結んだ。「其後十二年間私が三十九年に東京を去つて山陰に往くまで親密な交際を続けた、其間いろ〳〵書きたいこともあるが、又時を得て執筆しようと思ふ。」

当日十一月七日、昼は築地小劇場で詩人祭なるものが行なわれ、夜は上野精養軒で祝賀会がひらかれた。だが、清白はそこにいなかった。代診もない漁港の村医では、一日二日でも医院を留守にできない、と断っていた。

十一月十日、北原白秋、三木露風、川路柳虹の編集でアルスから『現代日本詩選』が刊行され、

『孔雀船』から「漂泊」「淡路にて」「安乗の稚児」の三篇が採られた。再録を中心にしたアンソロジーだったが、新作も、という求めがあって、「海村二首」という未発表の詩があわせて掲載された。そのうちの「二」は、遠離の情の凄みを隠していた。

海は妖魔である
私の窓からそつと忍びこんで
幾条の白髪《しらが》を植ゑ去つたことであらう
老いは静かに歩み寄りて
塵の如く積り皺のごとくくひ入る
わたしの聴診器と手術刀は
黒と白とを象徴して
幾歳月の夜に昼に
わたしの命運を暗くし明くし
そしてある夜颶風の眼が過ぎ去る時
わたしの病《やま》ひは重り
わたしの気息《いき》は絶えんとし
子等は皆枕辺に集り
最後の祈禱《いのり》を捧げるであらう
その時曙は美しく輝き
海面一帯に大なる陽《ひ》は流れて

帆は集ひ私の船出を待つであらう
私は此村の巌陰で死ぬるのだ
故郷の山の家を思はない

「帆は集ひ私の船出を待つであらう」には『孔雀船』一冊が残ることの意味がかさなった。最後の二行には、「時間の外」に出る者の意思がある。

昭和二年一月、酔茗は夜雨を訪問すると、生誕五十年祝賀会をもちかけた。

昭和二年十二月、日本詩人協会創立会に酔茗が出席し、同じ話を提案した。

人格者でもあり実務的にも力のあった酔茗は、明治以来の詩の成果を、当時のさまざまなスタイルに開花してきた詩人たちの活動と繫ごうとしていた。とくに明治三十年代と大正時代中葉とのあいだには、非常に暗い断層があった。多くの詩人たちがそこで躓き、詩の場所を去っていった。酔茗には才高い清白を去らせてしまったという負い目が、友情というばかりではなくつづいていた。

昭和三年五月十九日午後七時から、夜雨・清白誕辰五十年祝賀会が、東京会館でひらかれた。詩壇、歌壇、文壇から百二十名が集った。定刻、夜雨は小さな病軀を溝口白羊に背負われてあらわれた。清白は明治三十九年四月以来、二十二年ぶりに都門に入った。清白の机辺に残された一葉の写真が、当夜の参席者を知らせる。北原白秋、山崎紫紅、中村吉蔵、小島烏水、千葉江東、河井酔茗、島崎藤村、今井邦子、若山きし子、生田花世、鮫島大浪、本山荻舟、磯村野風、吉川英雄、内田茜江、長谷川愛草、杉浦非水、若杉とり子、白谷、前田鉄之助、福士幸次郎、大倉桃郎、山縣五十雄、高須梅渓、溝口白羊、三宅やす子、平塚つげ枝子、石倉きみ子、西條八十、堀

口大學、有本芳水、岡田道一、斎藤昌三、中村正爾、本沢浩二郎、小牧健夫、大木惇夫、井上康文、中山省三郎――

二十二日、清白は夜雨とともに、酔茗宅に宿泊した。二十三日、三人は別れて、そののち集うことはなかった。昭和三年の日記は残されていない。

その四十八――白毛の芽

昨夜来の大雨　払暁より晴れ　西風淅瀝一天たちまち青し　寒気甚し　波高し、夕方になつて「風の音いよ〳〵すさまじ」――これが、清白の昭和四年のはじまりである。

正は昨夜来歯痛がはげしくて呻吟し、熱は四十度にも及んだらしかった。寿はほとんど睡らずに看護していた。同じく熱のあった和子は大いに快方に向っていた。「朝八時食事、一向正月らしくなし」と書いたが、漁村は旧正月を祝う慣わしだった。

それでも学校での拝賀式に校医として出席、十一時からお宮で祭典、終って直会があった。祭典は吹きさらしの拝殿のこととて、寒気が甚だしかった。

歳末からの読書が一月二月とつづいた。主に河井酔茗から送られた詩書を、次々と読破し、短評を書き付けた。

清水橘村の「筑波紫」をよむ　つまらぬものなり　鬼面脅人の類、好男子惜しむらくば兵法を知らず、有明泣菫の序文、詩は面白し（一月四日）

溝口白羊の『さゝ笛』、福士幸次郎の『展望』、窪田通治（空穂）の『白日野』の三冊を読破、「いづれもつまらぬものなり」と思った。「鬼面威脅は悪い洒落なりと思ふ　通治の詩も一種の欺まんなりと思ふ」とある。

夜白鳥省吾の詩劇「青春の地へ」読破、活動の筋書のごとし、たゞマジメで熱心な態度を賞す（一月五日）

白鳥省吾の詩集「野茨の道」（二百九十ページ）読破す　此人詩人的素質なけれどどことなく東北人らしき朴茂の態度ありて愛すべし（一月六日）

終日閉居川路柳虹の「路傍の花」をよむ　明治四十三年の発行なり　口語詩の皮切りなりといふ　まだ象徴詩の影響をうけた時代の臭味あり　いやにフランス詩人を気取りたるところ面白からず　しかし中々才筆なりとうなづかるゝ点もあり（一月七日）

柳虹の「かなたの空」よむ　才鋒当るべかり　尤フランス近代詩の面影あまりに目のあたりに見る心地す　しかし詞華爛熳当代の才藻といふべし（一月八日）

柳虹の「曙の声」よむ、才人の筆なりといふ外なし　また画家の詩といふこともあらん（一月九日）

野口米次郎氏の「わが手を見よ」を読む、散文的なれど内容には人を動かす力あり、（一月十日）

野口氏の二重国籍者の詩「林檎一つ落つ」よむ　或る外人の評にヴェルレーヌの如く表徴を以て読ませる詩なりと　実語は無意味にて其色合と匂ひによりて虚無より明光を発せしむと

空行は却て印刷によりて有意味なりと、(一月十二日)

けふは三木露風の「信仰の曙」よむ　露風の作の内では一番傑出せるものかと思ふ(一月十四日)

夜「民謡詩人」よむ　つまらぬものなり(一月十六日)

だが、酔茗から雑誌「民謡」を借りたばかりか、清白はこのころ、日に幾篇も民謡をつくることがあった。一月の六日も八日も九日も、数篇をつくったという。七日は八篇をつくった。そのほか十一日には、「宝鬼鴬」や「花の舞」や花柳情調の民謡らしきもの二篇をつくった。そのほかに小曲は四つも五つもつくった。

正月二日には佐々醒雪の著『俗曲評釈』のうち「河東」の一半と箏唄とを読んだ。十九日からは、「閑吟集」の発見者高野斑山の大部な著『日本歌謡史』を少しずつ読んだ。

二月二十日の日記にはこんな歌が書きつけられた。

冬枯の末黒《スグロ》の芒《スヽキ》、春が来て、銀の白毛《しらか》の芽を吹いた。
赤子にかへるはげあたま、白毛《シラカ》の芽生一つづゝ、冬の中から春がくる。
(白髪の唄)

昭和四年二月八日、艀《ちよろ》による菅島への往診から戻り、調剤をなして、それから村のさぬきやへ往診に出て帰った。改造社より『現代日本文学全集』詩集の部、来る四月刊行の予定、詩稿を送れ、といってきた。編集の川路柳虹の手紙もあり、三十五篇採るとあったが、それはやめにして選択して出せと返した。

二月十日は日曜で旧正月元旦だった。朝六時に起き、七時の日の出とともに雑煮を祝った。前の年とちがって刺身もあり、かまぼこもあり、百合根もあり、その他馳走が多かった。餅もなかなか上等だった。一眠りしてから、午前午後と、『孔雀船』の鈔写に費した。

十二日午前中、詩集からノートに浄書し、写真を添え、手紙を書いて、改造社の全集編輯室橘篤郎に送った。ノートは書留とした。

二月二十一日、灘万食料部の雑誌「顔」からアンケートが来た。当時は「問合せ」といったが、「一、食物に対するあなたのお好み　二、酒場、女給、ジャズバンド等に御意見あらば——」という問に清白は、まず日記に答を書きつけた——「非近代人たる漁師のおれにはわからない」。

翌日は天気よく、暖かだった。饒舌喃々として挙動が色情性を帯び、談話は支離滅裂の女が来て、診察を強請された。しばらく放って置いてからあとを追い立てるように桃取郵便船に乗せて答志島に返したその午後、気分が悪く、少し臥床していた。

中山省三郎の手紙が来て、梓書房から『孔雀船』を再刻したい、という快報だった。中山省三郎は早稲田の露文科の学生で、夜雨と同郷だった。梓書房は夜雨の『太政官時代』を出版した書肆で、中山から勧めて『孔雀船』を出させることにした、という話だった。

清白がただちにした返事は、『孔雀船』だけでは売行が覚束ないから、新作の民謡を加えてくれよ、というものだった。初版は五十部しか売れず左久良書房は大損をしたという噂が、「万朝報」から詩壇に流れていたのを、清白も伝え聞いたことがあった。

二月二十三日、「詩神」の田中清一から来た「問合せ」の各条に返事をした。「私の好きな花・土地・人」というアンケートである。

一、花は何といつても桜、別して一重の山桜を愛好します。
二、海もよろしいが山、山も山、深山幽谷で天籟人語を絶すといつた境地。
三、人は自然人、無智蒙昧はしかたがないが、天真爛熳、霊肉共に蔽はざる絶島の漁人などは男も女もおもしろい。

それから、酔茗にも葉書を出した。この日届いた雑誌「詩神」に読んだ三木露風の『孔雀船』に対する批評が、じつに皮肉を極め、陋劣の心事憎むべきものと思えたからであった。

三木露風はこんなふうに書いた。『孔雀船』が著名になったのは、冒頭の「漂泊」一篇が価値あるからである。このことは、優れた詩はただ一篇をもっても作者を永久に価値づけることがある、という自分の持論を立証するものである、と。

詩はもともと多義性の産物だから、どんな評価もそれらしく下せ、それが詩壇批評となる。詩人たちは自己延命を図ろうとする底意によって、あらゆる詭弁を注ぎ込む。日夏耿之介の詩史は、少なくともそのような底意によって書かれてきた詩史への反逆を志したものだった。だが、それに対してまた、露風のような寝技が、すさまじい執念で抵抗し、さりげなさを装いながら、気に入らぬ詩人の寝首を掻こうとした。このような「陋劣の心事」は、いつの時代にも世に流れ出ること、変りなかった。潔い清白は、かつて捨て去った場所を目のあたりにして、またあの卑しさが、と苦く吐き捨てた。

二月二十四日、京都の長谷川成文堂から、『明治大正詩史』『晶子詩篇全集』『日本戯曲歌舞伎篇』『みゝずのたはごと』が小包で来た。「中央公論」誌上で行なわれた日夏耿之介の清白再評価は、とうとう書物の形をとった。とはいえ、まだ二巻のうちの一巻で、この昭和四年の一月に新潮社から刊行された『巻上――明治浪曼詩展開の顚末』がそれだった。「彗星の如き「孔雀船」」の項は、十一月に出ることになる『巻下――象徴詩自由詩の創成過程』まで待たなければならなかった。

昭和四年は複数点の刊行物によって、清白復活がすすんでいった年である。だが、本人は、当時まだ陸の孤島であった鳥羽小浜にあって、漁師たちのための医師となりつつ海村の習俗に埋もれていた。

その五十――村医

二月二十八日は百日ぶりの甘雨があり、うれしくもうれし、と喜んだ。

酔茗から来書があり、「孔雀船再版大慶　但し新作と合冊は旗幟鮮明を欠く　原状出版を可とす、また詩神に出た露風の記事には白秋も憤慨せり」と、友情は変らずに篤かった。この日届いた詩人協会からの印刷物も、酔茗の誘いから入会した結果だった。

酔茗の信を受けて、すぐに中山省三郎に手紙を書いた。

拝啓、只今酔茗君から来書、詩書出版につき貴兄の御尽力をよろこびまた小著再版については多大の賛意を表せられ候　併し新作民謡と合冊とすることは再版の意義に叶はず詩集としては旗幟鮮明を欠くとの見地より矢張「孔雀船」は「孔雀船」で単独出版を慫慂せられ候　小生も熟考するに尤もなる考と存じ候　只出版元に損害をかけることを憂慮いたし候へども酔茗君のお話ではそんな心配はいらぬと仰せられをり候　因て小生は河井氏の意見に従ひ「孔雀船」単独にて出版することに考へ直し申候　御高見なほ拝承いたし度候　取敢へず右申上度草々不宣

午前のうちにしたためると、雨の海に出て、菅島に往診した。島でも梅は散ろうとし、菜の花が咲いていた。

夕方、海辺の診療所の家に戻っていると、雨の中を河村由三郎が、ひきつけを起した児を抱えて駆けつけて来た。

一向にふらねば甘露の雨が
めぐむ木のめの乳となる

三月一日、中山省三郎から、『孔雀船』は出版社と相談論議の結果、原状のままの再刻版を出すことになった、との葉書が来た。

三月三日、雪は散り、大地は氷り、雲は忙しく飛び、じつに惨憺たる天候だった。奇寒は骨に徹した。往診して帰ってみると、千里が衣服を改め、風呂敷包をこしらえて、これから出て行きます、といった。不可解に思って聞くが、なにもいわない。善後策を案じ、ついては寿に、おそ

らく継母の冷たい気分がするためならんといったところから、大波瀾を湧起した。

寿は京都に帰ると言い出し、段々に話が大きくなり、正は喚《わめ》くやら泣くやら、と大騒動になった。初めは母について京都には行かずといったが、後で仕方なくというように、行く、といった。寿は箪笥を明け、衣類を手伝いのおとよの所に持ち運ぶなど、清白には困ったこととなった。

翌朝の寒さは、流した水が氷るほどだったが、午過ぎよりは暖かくなった。海も凪いだ。

寿は伊藤のおさわさんに諭され、意を翻したらしい。また、おさわさんは村のだれかに頼んで仲裁してもらう、それでは面目にかかわるでしょう、と脅したようだった。おとよも衣類を返却して来たらしい。寿は七度八分に熱を発し、診察すると外耳道のフルンケルであった。正も頭が痛み、七度一分あった。マクリという、海藻の海人草に甘草を加えて製した薬が二人に効いた。いつか寿は、千里と仲直りしていた。

中山省三郎から来状、いよいよ再刻版『孔雀船』の出版にとりかかり、跋文は日夏耿之介が承諾したと聞いた。河井酔茗も跋を添える案は耿之介からの、酔茗と一緒ではいやだ、という反応から潰えたという。

別に「詩神」の田中清一から来信、「明治詩壇の思ひ出はことわつてくる」と日記は記す。ということは、清白は露風に対抗して、なにかを語ろうとしたのかもしれない。

その夜、「サンデー毎日」の切抜きを村の河村利一がもって来た。「伊良子清白は詩壇に功績あり　鳥羽の医者で素封家なり」というものだった。村の者はだれひとり、詩人であることを知らなかった。

金持が聞いて呆れる、と吐き捨てながら翌日、税務署に申告書を出した。「サンデー毎日」が効いたのか、この三月五日の夜、日記巻末に寒村の村医の現状をしたためた。それによれば、境遇はこんなふうだった。

だん〳〵老境土地はます〳〵開ける　年を逐ふて患者はへる　慢性病は病院に　外科眼科耳鼻科産婦人科花柳病科等は専門医に　只内科や小児科の急患だけが村医の手に　それもひよつとすると他医の手に移つて行く　急病とごく早い時期の患者を見ることは一番診断が六つかしいし、また一番死亡も多い　資力のない人はやむなく村医にかゝる　そんな人は必ず金払がわるい。支払のわるい人は水くさくなり、自然医者の悪口をいふ　病院や他医に行く人も自然村医と疎遠になる　これからの村医はだん〳〵やりにくゝなりはせぬか　村の補助は追々多くなりつゝある、これは村医の収入はます〳〵減じて行くためであらう　近村の例を見てもよくわかることである　売薬や問診投薬の薬剤師の跋扈も医師の活動の範囲を狭ばめて来た　どこまでも患者を引きつけて行く医者らしい医者でない自分に悲哀がある　道路が出来て一層利便になつた暁、なほ村医を要するであらうか　それまでのところ幾年かます〳〵窮迫におちこむ自分である　いよ〳〵困つて落城に及ぶことは恥しい次第である。

「どこまでも患者を引きつけて行く医者らしい医者でない自分に悲哀がある」と添えたのは、医師としての理想の高さと歩いた道の遠さをふたつながら示したことばであった。

三月六日、寒気甚だしく、風も烈しく、波は高かった。また、詩書を読んだ。「山村暮鳥詩集をよむ　大いに感心す　純情の人なり　初期の錯倒情緒はまだ共鳴するに至らず」と記して、「金子光晴の「こがね虫」よむ　ボードレエルをよむがごとし　これも感心す」と残した。

中山省三郎から、いよいよ製作に取りかかるとの葉書が来た。

読書はこの日頃、こんなふうに記録された。

午後「戦争文学」中の「此一戦」の飛びよみをよむ　文字清新にして流石におもしろし（三月一日）

福田正夫詩集よむ　つまらぬものなり（七日）

三月十日、中山よりまた来状、いろいろと尽力、ほとんど寝食を忘れてやっているのが伝わってきた。限定版五百部で善美豪華版、詩作年表、著者序文、日夏耿之介跋文が付く。「再刻のしらせ」も印刷頒布し、四月十日までの申越しには署名をすることとなった。代価は書肆が決めるが、梓書房主人は営利を離れて、中山省三郎にすべてを一任しているようだった。

十二日、『孔雀船』の校正刷が梓書房から来て、すぐに校正、翌朝返送の手筈にした。序文を添え、祝賀会芳名録も同封した。

「序文」は、次のようなもので、再刻にまつわるはしゃぎは微塵もなかった。

この廃墟にはもう祈禱も呪詛もない、感激も怨嗟もない、雰囲気を失つた死滅世界にどうして生命の草が生え得よう、若し敗壁断礎の間、奇しくも何等かの発見があるとしたならば、それは固より発見者の創造であつて、廃滅そのものゝ再生ではない。

昭和四年三月

志摩にて

清　白

廃墟とそれを呼んでも自恃はひそんでいる。自恃はひそかにもつが、しかしやはり廃墟でしかない、という二重の敗れの認識は、どこまでも客観的で揺るがない。時をへだてた自著へのこれほどにもきっぱりした顧みの例は、そう見られるものではない。

詩書の読書はつづいた。

「堀口大學詩集」「西條八十詩集」二冊とも読了す（十一日）

「萩原朔太郎詩集」よむ　全然感心す（十二日）

佐藤惣之助の「深紅の人」読み了る、感心す（十五日）

夜にかけて尾崎喜八の「曠野の火」をよむ、力量足らず（十五日）

朝から竹友藻風氏の「時の流れに」夜にかけて白鳥省吾氏の「楽園の途上」を読む、前者は初の方よし　後者も一ふしあり、「月夜の海」（正富汪洋）もよみたり（十六日）

三月十六日の午前は穏やかだったが、午後より風が出て、冴え返った。

大阪カズオ書店より、いろいろの本が来た中で、とくに日夏耿之介『黒衣聖母』が手に入ったのは嬉しかった。別に、諸国の民謡が大半を占める『日本歌謡類聚』下巻も嬉しかった。「若草」

四月号に、白秋の郷土民謡集があり、面白そうに思えた。この日は家を囲む塀の修繕が終って、差出しの屋根を薬局下にこしらえるのに、一日を費していた。

三月十八日、再刻版『孔雀船』の最後の校正刷を送り返した。中山から手紙が来て、上野図書館にて「文庫」誌を取り出し、三人がかりで二十冊を調べたということだった。初出年表をつくろうとしたものだった。

十九日、『晶子詩篇全集』を三分の二ほど読み、「晶子の詩は非常にすぐれたる力作もあれどたいがいは匆卒の作、余程のうめ草といふ丈で、真剣の作品なきはをしむべし」と評した。二十日は西風となって寒く、波が高かった。「若草」四月号を読んで、白秋の民謡集閑吟などは、「手馴れたものなれどたゞ巧といふ外なし　心を惹くものなし」とした。

同時代詩の読書はつづいた。


日夏氏の「黒衣聖母」大半よむ　晦渋なり、朦朧なれど怪奇の美虚構の威を感ぜしむ　一寸とまねの出来ぬ芸当ならん（二十三日）

実によい日なり、海凪いでうららか、と三月二十四日を評した。朝の寝込みを、菅島からの呼び出しが来た。死体の検案だった。二カ月も前に診た児だったので、ただでは診断書を書くことができず行くことになった。海路は静かで、艀《ちょろ》でものん気だった。帰路、鵜の鳥や鷗が岩にすだくのを見た。島の畠には梅がまっさかりだった。

帰ってから、露風の『良心』を読んだ。「さすがに感を惹く　其人を憎んで其詩を愛す　妙なものなり」と書き付けた。

二十五日には、『白秋詩集』第一巻を読み終って、「どうも退屈する詩集なり」と書き留めた。二十八日にも「白秋の「水墨集」読む、技巧にすぎず」とした。

タゴールの「新月」よむ　徹頭徹尾感心す　目下詩聖は来朝中、東朝の楼上で「静かに〳〵」の原詩を朗吟せられたりと（二十九日）

タゴールの「ぎたんぢやり」（歌の祭贄）を半分よむ、深遠崇厳なる信の歌愛の詩なり（三十日）

白秋の童謡集のマザーグウスを夜よむ（四月三日）

四月九日、中山省三郎から、六銭切手貼用の長文の手紙が来た。『孔雀船』はいよいよ十日に夜雨『雪灯籠』と同時に出るという。申込はいまのところ十部、内五部は内田茜江という話だった。「文庫」の旧友以外に五部予約されただけでは、売行きはまたしても覚束なそうだった。

その五十二——再生

京都へ出掛けた留守に、再刻版『孔雀船』は届いた。その蘇りをどう受けとめたか、四月十七日に書いた中山省三郎への手紙に残されている。

詩集の用紙、活字、装幀すべて満足しました。荘重で高雅で渋味もありこの古典的詩集を装

ふには恰好でした　二三誤植はありましたがこれは白壁の微瑕にすぎません　河井君の題簽も雅趣あり殊に私としては三十年来の親交が文字の上に滲み出てなつかしく感じました　日夏氏の解説は只々知己の言に感激するのみ、氏の推挽なかりせば私の再生は殆んど不可能であつたかと思はるゝ程です、

昭和四年はまた、奇妙な暗合で詩壇全体のルネサンスの様相を呈してきた。明治四十年代からの詩の暗黒時代がはっきりと去り、口語自由詩は踏み固められ、あたらしいさまざまな試みがいったん去って過去と現在とがまた横に並ぶようにも見えた。その中に『孔雀船』も混じろうとしていた。

何にしても私にとつては全生涯の最大証録――私のための金字塔――これを授けて下さつたのは外ならぬあなたの御熱誠の賜物、よろこばしさに涙がこぼれます　営利を度外視して殆んど損耗を知りつゝ義俠的にこの小詩集に善美を尽して再生の欣びを与へられたる梓書房岡書院両御主人の御恩恵を感謝します

この上は――この上は、幾分なりとも世間の目にふれて損害のあまりに大ならざらんことを偏へに祈つてゐます（コンな本が売れるといふことは実際奇蹟ですから）随て印税の如きも書籍の売行如何によつて頂くことにして、今しばらく御辞退申し上げます、相当に売れましたら、よろこんで頂きませうし、売れなかつたら、私は何んといふてお詫をしていいでせう

この十七日夜、『孔雀船』二十冊を千里とともに荷造りし、酔茗、梓書房にも手紙を書き、十

二時になって、はじめて寝についた。寿は子宮出血が甚だしく、前日来、心窩苦悶、気息奄々、食慾不振、ほとんど起立することができなかった。麦角剤を投じた。熱はなかった。

四月十八日は、梓書房に送る分のほかにも『孔雀船』を小包につくった。小島烏水、千葉江東、大西南山、磯村野風、日夏耿之介、滝沢秋暁、木船和郷、横瀬夜雨宛だった。

寿は臀部フルンケル、千里は鉄管の汚水を飲んで腸カタル、和子はいつもの顔面の紅斑性湿疹、力も正もいずれ熱発するだろう。相変らず「家内、皆病気なり」という日々だった。

四月二十三日、大西自月から、二十二日付「東京日日新聞」が送られてきた。夜雨の「過去人」の掲載があり、「文庫」の古いことを洗いざらい書いていた。いくらか露風に対抗したもので、秋暁にもあてつけたところがあった。上田敏の『海潮音』は十数部しか売れなかったが、『孔雀船』はそれよりは売れた、というようなことが語られた。時は過ぎて、そんな回想がひろげられるようになっていた。

秋暁から礼状が来ると、「秋和の里」は亡妹の愛誦詩、こんどは朗読して家内に聴かせたとあり、婦長まで踊って喜んだとあった。ここにも時の過ぎた跡があった。

四月二十五日は好天の美しい日で、学校で身体検査をなして戻ると、こんどは改造社の『現代日本文学全集』第37篇が来ていた。八十余名の詩を選んだ中に清白の詩篇は九篇採録してあり、六ページだけだった。しかし、付載された白秋の解説「明治大正詩史概観」には、『孔雀船』を推讃し、「巌間の白百合」中の「大蟹小蟹」を「童謡史の文献として貴重なもの」として抜いていた。清白自身ほとんど忘れてしまっていたものだった。これは明治三十三年の正月、夜雨の家でつくったものと思い出された。

北原白秋は清白を「文庫」派の中の「高材」とし、「まことに『孔雀船』は明治の名詩集の一つであらう」と讃えた。そして蒲原有明と同様、そのとりどりの多面の色にふれ、日夏耿之介と同様に、称揚する詩篇を挙げはじめると、たちまち収載詩篇の過半に達した。

その「夏日孔雀賦」「安乗の稚児」は藤村泣菫のこの種の物に劣らず、「月光日光」「五月野」「不開の間」「海の声」は直《ただち》に象徴と譚の詩人有明に迫り、「秋和の里」の凄涼、「駿馬問答」の自在、共に出色であるが、若し夫れ「漂泊」の一篇に到つては夙《はや》くも象徴の原義をたづねて自ら縹渺《ひようびよう》たる夢幻の神韻に愁うるところあらんとしたかに見えた。

清白はその後詩壇を遠離して、久しく志摩の漁村に在る。彼の詩の良きものは精緻にして厳正、斧鉞《ふえつ》いやしくも彫《きざ》まず、名工苦心の跡歴然たるものがあり、虔虚《けんきよ》にして一に冷徹してゐる。

四月二十六日、梓書房版『孔雀船』をあらためて中山省三郎に送り、また父岡田政治、義弟森本滋杪、「文庫」派のかつての盟友山崎紫紅、同じく後輩の北原白秋に送った。

四月二十七日、小島烏水から来状があり、彼は、梓書房から同時に出た二詩人の序文を比較したらしい。清白の日記には、「小島君は夜雨の「雪灯籠」の序文の銅臭紛々たるを厭ひたり」と苦笑いをふくんだような記述がある。

その五十三――打瀬船

そのころ次女不二子は、堺浜寺の石神病院に入院していた。昭和二年から肺尖カタルを病んでいたが、昭和三年の暮れに脊椎カリエスの危険な病態があり、清白も面会に行ったらしい。深江利三郎に嫁いだ姉清子の住居から遠くないことのほかに、セツルメント運動にかかわっていて、その拠点の四貫島などに近いことも経緯にあったのかもしれない。

一月になって、石神病院の高橋看護婦長から、親切にして丁寧な返事が鳥羽小浜に来た。不二子は面会後一週間ばかりは高熱打続、その後にわかに快方に向っていて、月末より一人でやっているという。またその下で秘書のような仕事をしていたタッピング女史から、月末になって送金があったという。

二月八日、高橋婦長より来状があり、不二子は自炊をしている、また賄料二十円、小遣い十円の三十円を直接に送金してくれといっていると、文面にあった。直接に手紙を書いて来ないことには慣れてきたが、医師の命令を仰がずに病院を離れるとは狂的行為、と清白には思えた。

台湾時代にも里子に出されたことがある不二子は、内地へ帰住してからほどない幾美の死後、鳥取県岩美郡谷村の岡田政治と道寿の許に置かれた。そのために、清白から精神的にも遠くあるほかなく、外で会った清子には、もう父親とは思っていない、と話したこともあった。孤独に閉じ籠るうちに寄宿舎でも奇妙な行動が目立ちはじめ、退舎を求められるようになった。キリスト教に近づき、アメリカ人の牧師に思いを寄せたが失恋、働きながらセツルメント運動に加わっていこうとしたと推測される。

四月五日の夜汽車で、不二子は谷村の政治と道寿の家にふらりと戻った。

昭和四年五月には小浜の村内に麻疹が淫発した。すべて罹患者の弟や妹であった。村医の家でも六歳の和子が罹って高熱を発し、八歳の正にうつった。清白日記はそんなとき、詳細なカルテになった。

このころから、長男力の将来について苦慮した。呼びつけて訓戒しても、豆腐に鎹《かすがい》と思えた。清白は、このまま進学できずに退学が決るくらいならば、手に職をつけさせようと考えた。

寿は下腹部が膨満、腰部は依然悪く、倦怠と息苦しさを訴えることが頻繁になった。

五月六日、改造社より百九十一円五十銭、梓書房より百二十七円五十銭の印税が届いた。改造社の分は多数の著者の乗合いだった割には、多額と思えた。

八日、四郎助よりアイナメ一尾をもらった。その小児は、麻疹でしばらく重篤のままだった。

五月十三日、四郎助の児は、いよいよ危篤となった。「別になすこともなし」ということばがその記述に並んだ。

五月十四日、太郎作から大黒鯛を貰った。四郎助の児がややよくなった。正が熱発し、和子の麻疹は大いに治りはじめた。「すべての事に興味なく、何もせず」という類の記述がつづいた。

五月十五日、曇りで小寒く、東風《こち》が吹いた。浜辺の別荘に村の組長の古川氏を訪問し、家庭の事情、業務の現況、将来村医の不必要か否かの問題に及び、約一時間話した。村医は今後も必要、手当の点も今冬には考えねば、との結論になった。

五月十七日、正は高熱に苦悶していた。ビタミンを注射し、氷を買って氷罨法《ひょうえんほう》をなした。同日付「国民新聞」に出た同情的な匿名文「伊良子清白氏に就て」の切抜きが、十九日、自月大西宗祐から送られてきた。

五月二十二日、千里に手伝わせて、家の整理をした。有竹定次より大きな鯛を、さぬきやより新鮮な鯖をもらって、鯛の吸物や鯖の刺身を食べた。二十四日も、二階の整理、また書類や書棚の整理をした。

海辺の診療所は、村の中でも特別な場所であった。打瀬船《うたせぶね》の季節になると、漁師は機械船を排して、手漕ぎの船で打瀬網を引く。冬の寒鰡《かんぼら》の季節も分捕りあいで血が流れるが、打瀬網でも、海域が隣りあう漁師同士の海上の喧嘩があった。舷と舷のあいだで冷凍用の氷の破片を投げ合って、血みどろの負傷者を出した。傷を負った若い漁師は、次々と清白の診察室へ担ぎ込まれた。床一面に油紙を敷き、寿を手伝わせて、いつも不機嫌な医師は、いつものように不機嫌というわけでなく、次々と傷口を縫合していった。

五月二十三日、西の烈風となった。五郎右衛門は船の転覆で、向うの島に漂着したという。菊之助は波にかまわず出漁し、遅くに辛うじて帰ってきて、役場のあたりは混雑していた。

清白はこのころ、昨年末からの作品を整理し、旧稿は惜しみなく火に投じた。

月末の三十日、今日は鳥取行と決し、朝早く往診してから、九時半の京都行に乗った。腹具合はよく、天気も頗るよく、若葉の風が涼しかった。沿道にはすでに挿し苗する者あり、蓮華田を鋤き返す者もあり、眺めるうち腹はますます減った。京都で山陰線に乗り換えると、丹波の国の夕景色、夜久野《やくの》の夕景色には幽懐を禁じがたく、梁瀬でまったく日が暮れた。それから暗闇の中、トンネルをいくつかくぐり、城崎からは同乗二人となり、浜坂からはただ一人となった。夜十一時に鳥取に着くと、道寿が迎えに来ていた。自動車で谷村へ向い、十一時半に着いた。みな達者だった。不二子も出てきて迎えてくれた。大いに健康を恢復したように見えた。食事をし、入浴して、一時過ぎに床についた。

翌朝は五時に目が覚め、若葉の山、鳥取盆地の眺めなどに洗われた。天は紺青に晴れていた。離れで父といろいろと話した。千里の結婚、力の進路の件が清白の悩みだった。不二子にこの日も面会したが、とんと物をいわないので困った。

六月一日は曳田に行って、墓前で読経、花を立て、水灌《そそ》ぎなどした。終って墓地拡張の話もした。松の根が被って、墓が傾いていた。土も痩せて流れていた。不二子はちょくちょく顔を出していたが、絶えて語らなかった。二日、小浜に帰った。

六月三日夜、結婚問題と職業問題から、千里はぷりぷりと怒り出し、清白のことばでは「果ては半狂ひ」となった。次の日も終日、二階で蒲団を敷いて寝ていた。

六月七日、河井酔茗から来状あり、六月十五日夕、山縣先生の歓迎会を東京会館で催すと知らせてきた。大正十年から朝鮮総督府に嘱託として重用され、十三年からは梨花女子専門学校教授を務めていた山縣悌三郎は、高齢のため職を辞し、朝鮮からようやく帰朝していた。酔茗の手紙からはそのほかに、こんどは新潮社で『現代詩人全集』を出すということ、各巻三人集で、「文庫」派からは酔茗・夜雨・清白の三人を合冊にする巻立てと聞いた。十五日の出席はとてもむつかしいと思えたが、全集のことは喜んだ。

六月十五日の夜九時頃に来た井村四郎の児は、麻疹を患ったあと、ジフテリアに罹っていた。鳥羽に使いをやり、清白の好まぬ薬剤屋から血清を買わせたが、薬剤屋は迂闊に一本を送ったのみ、三本のつもりだったので、また艀《ちょろ》で鳥羽に使いを出した。夜十二時過ぎまでかかって、ようやく注射を終えた。

六月十六日、朝は雨がはげしく東風ぶきだったが、やがて西風のよい日和となった。井村の児は容態が面白くなかった。午後、鳥羽の久富医師に依頼して、気管切開を行なわせようとしたが、薬剤屋が来て中止とさせたらしかった。夜になって、児はますます悪くなった。

六月十七日、曇って暑い日、井村の児は正午過ぎ、ついに亡くなった。薬剤屋は、一昨夜も昨夜も楽観的に予後を見た、と清白は呟いた。「そしてつひに死せり」と。

「けふは何もせず、力の事にて思ひ悩む、どこからも手紙は来ず　小浜もいやに成て了ふ」と。

その五十四──三等分

夜雨が、中山省三郎を無視して『雪灯籠』転載のことを新潮社に承諾したので、中山は不平の態となり、梓書房は幻滅を感じた。そんな話が、酔茗から伝わっていた。そこで清白は六月二十日、中山に書いて、新潮社版『現代詩人全集』への『孔雀船』転載の承諾を得ようとした。

新潮社の全集が発表され、新聞にも広告が出た。竹友藻風の『孔雀船』評が「東京日日新聞」に出て、河井酔茗、大西自月という「文庫」の旧友は清白へ切抜きを送った。新潮社の集は全十二巻で、酔茗、夜雨、清白三人がやはり同じ巻に入ると聞いた。

力の成績は落ちるところまで落ちていた。清白は退学させることを考え、力は、勉強すれば成績は上がる、別のなにかに頭を塞がれているだけだ、といおうとして、うまくいえなかった。

六月二十三日朝、古川に往診すると清右衛門から、近村の寄合いもあり、医師会その他の費用を一緒にして、月九十円、年千八十円差しあげることにした、と聞き、非常に満足した。ようやく一帯の島の医師に並ぶ収入となった。

井村四郎の母が来て、礼として鱸をくれ、嘉平次から鰙《いしもち》を、甚内から大きなツエを貰って、サカナ責めのような季節だった。

千里は夕飯のとき、正が夕飯の仕舞いくちに帰って来たといって怒り出した。またその結婚問題で、夜おそくまで騒ぎになった。

千里は翌朝起きてこず、戸を締めて十時頃まで寝ていた。昼飯も夕飯も縁側で、茶碗を敷居にものを見ていた。

置いて食べていた。「をかしな奴なり　病起りたるらし」と清白は書いたが、どこか自分に近い

六月二十五日も千里は無言で、遅くまで押入の中にもぐっていた。「狂ひのふるまひ也」と清白は書いた。清子の夫深江利三郎に、千里の嘱託職業の依頼の手紙を書いた。千里の無言がつづいた。落第必至と清白には見えた力の処遇も、未定のままだった。

六月二十七日、そよそよと海の軟風が吹いた。まったくの夏景色だった。千里はようやく口をひらいて、明日は大阪の深江の医院にやってくれといった。許さざるをえなかった。

六月二十九日は雨、ただし、ほんの申訳だけ降った。中山省三郎から、長文の手紙が来た。六銭貼っていて、不足税六銭をとられた。好意を有すること以前のとおりだったが、新潮社の詩人全集に『孔雀船』全巻の転載は困るといった構えであった。徳義上やむをえぬと考え、『孔雀船』中よりは数篇だけを採ると返事した。

この日、夜雨よりも来信、新潮社の全集の三人のページ割当につき、全四百五十ページ中清白五十ページは少ないと酔茗に話した、というものだった。

『孔雀船』一冊しかもたない清白は、一巻の三分の一の分量に近づくために、過去の雑誌を必要とした。酔茗から、「よしあし草」合本二冊を借りた。冷汗の出るものばかりだな、と思った。それから、『詩美幽韻』と『青海波』も来た。夜雨から写本の「文庫」と「青年文」の詩鈔が来た。昔を想い起しながら、詩を抜鈔し、加筆した。

第一回配本は第五巻北原白秋、三木露風、川路柳虹集、第二回配本は第六巻石川啄木、山村暮鳥、三富朽葉集、第三回配本は第八巻生田春月、堀口大學、佐藤春夫集だった。

六月三十日、谷村の岡田政治より来書、不二子は時々ヒステリーを起し、持て余しものとあった。力の転校を探ってもらった鳥取中学は、一中、二中とも駄目になったということだった。寿はこのところずっと、腰倦痛、全身倦怠、食欲亡失、眩暈、微熱あり、という状態だった。

七月二日は、雨だった。まぜぶきで、波は高かった。このころ、諸方から鯛や海鰻《あなご》や鱵《さより》や黒鯛など、のべつに魚をもらった。村内には、急性腸炎の患児が多くなった。診察のあいまに、山梔子《くちなし》の花頭に小さな蝸牛の這うのを、清白は見た。庭では矢車草と金盞花がさかりだった。

村の漁夫たちの家計を概算すると、一家五人で月に約八十五円を要することになった。

千里はブラジル行きを考えはじめているらしかった。神戸の日伯協会に入ると、ブラジルへの渡航者が夫として紹介される仕組みがあった。清白は与謝野修のことを思い出した。京都の学生時代に親交のあった鉄幹の弟は、その後ブラジルとのあいだをゆききする仕事についていると聞いていた。

四方を家族の悩みに塞がれる家長清白は、紺碧の海を見つめる新開の道端で、磯山の鶯の声を聞いた。

浦々の海はそこりとなりにけり夏山がへり鶯のなく

七月十三日、寿の相変らずの不調は、微熱、嘔吐の症状だった。本人はしきりに悪阻を主張したが、清白は、然らず、S字状部拡張症のためなり、といった。

大護摩燔《た》きには、この浜からも船で行く者が多かった。竹の籠を頭にのせて、山桃売りが、今日も海辺の浜に来ていた。梅雨明けの焦げつくような炎天に、海の色は紺青ながら、潮は燃えるように流れていた。伊勢の世義寺の大護摩が燔かれる日だった。白帆は涼しく旗は高々と、子供を乗せて島々の船は賑わった。

この前、七太郎から大鯛をもらったと思ったら、赤魚を駒次郎から、鯛を木田よりもらい、昨日の十左衛門の鯛といい、ほとんど料理に困った。寿は見るのもいやというので、清白が庖丁をとった。翌日、炎暑に達した。寿は朝早く鳥羽経由で山田病院へ行き産婦人科長の診を受け、二時過ぎに帰った。妊娠三カ月、なにも療法はなしといわれた、と寿はいった。

七月十六日から、『現代詩人全集』の原稿を少しずつつくりはじめた。中山省三郎は、梓書房版で得た「文庫」と「年表」の資料を送ってきて、「文庫」の仲間だった内田茜江（素一）から「文庫」合本を借りることを勧めた。

七月二十日、力が担任の先生に呼ばれて、成績不良を注意されたのを見届けると、清白は匆々と退学を決め、谷村の父に詳細を便りして、鳥取地方での就職口を依頼した。

その五十六――酔茗来

七月二十二日、午後の便で酔茗から、明日鳥羽着と葉書が来た。色めき立った。

二十三日、東京朝日から三河大浜の民謡を依頼された酔茗は、好いついでと足を伸ばし、鳥羽に清白を訪ねた。炎天下の鳥羽駅に迎えられ、ともに小浜への艀《ちょろ》に乗った。診療所の家では鮮魚でのもてなしがあった。

午後六時より正、和子も連れて出掛け、鳥羽港外、答志島の桃取、のち飛島に行き、鯛池も見て帰った。夜は十一時まで、二階の欄干に凭れて、永く語り合った。

酔茗はそこで葉書を、平塚の某氏に書いた。

伊良子氏の住居は、鳥羽を少しはなれて、渡舟で海を渡つて、小浜といふ小漁村にあります、前にはすぐ眼の前に、万葉集の人麻呂のうたにある答志ケ崎（島です）が浮んでゐます、その外大小の島々の間からは、はるかに遠州灘の煙波縹渺たるが望まれ、海は家の前に庭さきまできてゐます、自然には申分のない景勝の地です

飛島では御村島に上陸した。浜ごうの花がさかりだった。撫子や百合や昼顔もさかんに咲いていた。水の清らかなることは地球のものと思われなかった。

翌日は、朝の往診後、古川氏の別荘に遊び、海路を鳥羽に出て日和山にのぼり、伊藤書店を訪れ、急に思い立って志摩電鉄に搭乗して、奥志摩の地に向い、加茂、磯部、鵜方《うがた》を過ぎ、神明《しんめい》より賢島《かしこじま》に至った。賢島は赤土の色が暑苦しく、草も生えず、砂漠のようだった。通い船に乗ったが、一向に発船せず、止むなくふたたび上陸して、小丘にのぼり、美麗な湾を眺めた。また電車で鳥羽に戻り、大阪朝日通信員で渚花という号で短歌も作る宮瀬規矩を訪問し、五時に家に帰った。

夜おそくまで月を眺めて欄干に倚り、二人で話にふけった。

七月二十五日、風が出て、やや涼しくなった。朝、小島烏水、千葉江東、横瀬夜雨、滝沢秋暁、鮫島大俗、磯村野風、溝口白羊、木船和郷等それぞれに、連名で絵葉書を送ったりした。十時半頃、三谷蘆華というかつて「文庫」に詩を書いた歌人が宮瀬とともに来た。蘆華と酔茗も、十年ぶりの再会だった。久しぶりにちょっとした早手《はやて》が来て、十一時頃より月が出た。涼しくなった。この夜も、酔茗と十二時まで語らった。

七月二十六日に酔茗が去ったあと、清白は「酔茗君は人品ありよく落付いて藤村氏を見るがごとし」と記した。翌日の朝日新聞の三重版に、「河井酔茗氏」と題して宮瀬が書いた小浜来遊の記事が、写真入りで出ていた。

それから、これまでにない酷熱の日々が来た。二十八日、寿は終日苦悶して、「ヅツナイ、ヅツナイ」と叫んだ。『現代詩人全集』の草稿は、やっと七百五十行出来あがった。『孔雀船』から抜萃した七百五十行を加えて千五百行、二段組では五十ページにしかならない。あとは「文庫」「青年文」の旧稿を採ろうとした。

七月二十九日、『孔雀船』から八篇を写し、「華燭賦」「駿馬問答」をも写した。そのほか、古い「文庫」の詩を删正して筆録し、これで千五百六十余行と数えた。

その五十七——省三郎来

八月四日、夜八時十五分頃、艀《ちょろ》にて門前まで中山省三郎が来て、びっくりした。すぐに帰るというのを、強いて留め、校庭に行って星天の下、石に倚って二時間話し、十一時に家に連れ戻った。『現代詩人全集』や夜雨のことや、『孔雀船』のことや『白秋全集』のことなどで、夜の更けるのを知らなかった。

翌日は中山が帰ってから、頼まれた『白秋全集』への推薦状を書いた。

七月から、雨は一日二日にすぎず、炎暑がつづいた。まだ七百行ばかり不足ということで、「南の家北の家」を補いに出そうかと読んで見たところ、いやはや蕪雑極る代物、と諦めた。そこで、かつての訳詩でも出しておこうかと考えた。

八月二十三日、自伝、目録、ルビ等を整えて、詩の原稿は夜に入って、ようやく出来あがった。朝夕涼しくなった翌々日、河井酔茗に書留でそれを送った。

八月二十四日、不二子から、親も肉親もない、という手紙が来た。失敬極まる、人非人の言葉なり、と書き留めた。

退学させた後の力の進路は、関西工学校、東京鉄道学校、電気工学講習所等を考え、各校から資料を取り寄せたりした。

茜江内田素一は東京杉並阿佐ケ谷にあって、酔茗とともに図書館に行って清白の詩を写し、所蔵の「文庫」「青年文」「明星」等を送ってきて、清白作品年表を補ってくれた人だった。九月四日、茜江が「アララギ」九月号を送ってくると、「赤彦と文庫」の項があった。大正十五年に逝去した島木赤彦は塚原伏龍または久保田山百合の名で、初期は「文庫」に詩と短歌を寄せた。会わなくなって久しいまま、清白は訃報を聞いた。その前後に歌人島木赤彦としての最晩年の短歌を読み、じつに遠い境地へ至ったものだと感嘆していた。いま、その赤彦の全集が岩波書店から準備されていて、口絵の写真の探索を求められていた茜江は、清白に尋ねた。

清白は清白で、明治二十八年という初期の「文庫」を読み返した。「当時の詩は幼稚極るものなれど、心けんさは中々当代の比にあらず」と思った。明治二十九年三十年と読むと、幽苑、和郷、南山、山百合、露子らの詩が、燦然として晴夜の星のように見えてきた。酔茗は堂々としてすでに大家の面影があった、と思えた。

九月十一日、久しぶりに中山省三郎から来状、『孔雀船』は売行きが伸びず、不足税をとられる、と大変しょげているように見えた。清白には初めから、幻想はなかった。

九月十四日の土曜は快晴で、西の風、爽朗無比、灝気《こうき》清雋《せいせん》、天地は一葉の舟に似たり、と喜んだ。

そして、朝から大掃除をした。早朝はまずあたらしく建てた納屋をきれいに空け、次は庭の腐朽した荊蕀《おどろ》の柴を乾し、朽葉を片づけ、海に捨てた。和子と寿は、五六回もごみ箱を波止場へ運んだ。十二時頃、ようやく終った。

午後は二階の掃除をし、畳の乾《から》布巾がけのあと、台所や二階や梯子段の下の瓶など雑多なものを納屋に片づけた。とかくして夕暮になった。二階の戸棚には、外科室の本を入れた。納屋に多くものを納めえたため、大変に片づいた。

九月十五日、夜は月が澄み、空気は清しく、虫の声がさやかだった。この頃の月の出は、海に映えてまことに美しいと思えた。思わず、大声で家族を呼んだ。夜おそく、一郎左衛門が、頼んでおいた鰯をくれた。答志島から鰯売りに来るのは、声のよいおばさんだな、と思い返した。

磯村野風から、九月十六日に自宅で「文庫会」をひらく、といってきた。すべては回顧の中に入るかのようだった。その十六日、鳥羽のオリエント写真館に出しておいた久保田山百合、すなわち若い日の島木赤彦の撮影複写が届き、早速、茜江に送った。

九月十七日午後、箪笥の位置を変え、押入の大掃除をなし、行李の並べかたを変えるなど、大整理を行なった。才五郎に頼んで、納屋の戸の錠前、また納屋に干す棹竹の懸け場所、仏壇の位置の変更などをしてもらった。これで大いに片づいた。寿は朝から、糊つけ、瓶洗いで多忙のところ、午後も大掃除大整理で忙しかった。それでも不調が妊娠のせいだと分ったただけで、苦しみは軽くなった。

今日は名月なので月を祭るといって、正は団子と栗を芋の葉に包んで供え、菓子を盛り、芒を瓶に挿して、机に置いた。月は皎々として、白昼のようになった。あとで、少し雲が出た。津の三谷蘆華より、短歌雑誌「鳥人」が来た。創刊して一年であったが、まだ清白はなにも寄せていなかった。

九月十八日、日の出は、この日から菅島の端にかかって出る。家にいない不二子、千里の荷物をこしらえ、夏冬の夜具や着物を整理して、入れ替えた。二階座敷を掃除し、終日、寿と二人で取片付けにだけ過した。患者はごく少なかった。

九月十九日、また夏が来たようだった。酔茗から手紙があり、『現代詩人全集』の原稿は新潮社に渡し、清白分一四九、酔茗分一五一、あとは夜雨分一五〇というページ割りになったという。部数は九千部から下がるだろう、年内に出ればよいが、とあった。

全集のためのパンフレット「白秋の芸術」が届いた。七十余家の推讃の辞があつめられていた。

「白秋の人気見るべし」と呟いた。

九月二十六日、創作民謡を整理して全部仕上げると、じつに総計四千行になった。

十月一日、東風吹きとなり、海が荒れた。雨は来なかった。

午後四時頃、北原白秋が突然来訪し、驚かされた。すぐに鯛池に行き、弥助の船で飛島近くまで出て、海をみせた。戻ると折悪しく急患があり、清白は珍客を正に託した。

正に案内されて、白秋は小浜の港湾を廻った。低気圧と満潮がかさなって港の風波も強まり、係留した船と船がたがいの舷を軋ませあっていた。白秋はなにかを口遊《くちずさ》んでいた。だぶだぶのコートのポケットの中で、裸のコインが金属音を立てた。正は自分が歌っている童謡の作者がそばにいるのが、ふしぎだった。

波止場の診療所に戻ると、客は案内の子の小さな両手をとって、コートの広い袖口へ引き込むように握ると、「ありがとう、ありがとう」といった。

それから、清白とともに風呂に入った。二人は灯下に語らった。風が強く、小浜丸は出なかった。白秋はやむなく一泊となったが、これは清白の希望するところでもあった。

伊勢神宮御遷宮拝観のために、白秋は伊勢山田へ来ていた。これは大阪毎日新聞の依頼に応じて、なにか執筆するのだということだった。正は歯痛で、寿も風邪引きで、もてなしの具合が悪かった、と清白は思った。

十月二日、朝四時に起床すると、白秋も五時半には起きた。日の出を見ようとしたが、少し曇っていた。風があり、雲の低い鳥羽を、七時十分の汽車で白秋は去った。ちょっと時雨が来た。この間、民謡集に一読を乞うていた。

朝八時半から学校で、伊勢神宮の奉遷遥拝式典があった。

北原白秋は、ノートを忘れて帰った。それで、伊勢の宿と聞いていた恵宝屋まで、力に届けさせた。夜八時、七宮神社前で、また遥拝式があった。浄暗の夜、石は濡れ、橋に露がしたたるように思えた。

『現代詩人全集』の十一月配本は、いよいよ「文庫」三人の集と決った。十月配本の巻に、高村光太郎を読むと、素樸簡勁、力が籠って、いかにも彫刻家の詩らしく、当代第一の称があるのは過褒にあらず、と思い、ひそかに人生の彫刻家と呼んだ。ただし、あまりに単調にて変化なきは惜しむべし、と、やはり注文はつけた。

十月十五日は好晴日、海に一波なし、天に一翳なし、という日和だった。

鰶《このしろ》の楯網漁があり、午ごろから、網が卸された。豊漁だった。共同漁労の分配金を濡れ代という。

「ぬれしろとりにきてえな」

夕方、路地にお八重のいい声が聞えると、清白はめずらしく相好を崩した。

「お八重がふれてるぞ。いいことばだ」

鰶をもらいにやって、酢にして食った。横瀬夜雨より来箋があり、身体がいよいよ悪く、死が近づいたといってきた。

その五十九――島影

十月二十九日、いよいよ力を退校させることに決し、願書をもたせようとしたが、力はどうしても出校せず、終日、ただ陰鬱に暮すのみだった。願書は郵送した。

十一月五日、西川誠光堂から、予約していた日夏耿之介の『明治大正詩史』下巻が届いた。そこには肖像写真があり、『孔雀船』初版の撮影もあった。この日また、西條八十の『抒情小唄集』を読んだが、非常に失望した。

十一月六日、力は宇治山田中学校に出校し、いよいよ退学と決した。力は教師の小泉から懇ろに慰められた。

十一月七日八日と、『明治大正詩史』を読みついだ。日記に感想は記されていない。改造社の『現代日本文学全集』の詩集篇を冒頭から読みはじめて、少年の日が思われたころである。

十一月十九日、にわかに寒くなった。風邪らしく微熱が出て、いつものことだが、いささか腹具合も悪くなった。夜八時頃、フジコキトク、との電報が電話で来た。いろいろ想像してみたが胸騒ぎがあるばかりで、とにかくあす早朝出発、と決めた。

二十日午前八時頃、フジコイマシンダ、と飛電が来た。日付は午前〇時幾分かになっていた。驚いていそぎ力に用意させ、大阪の千里にも谷村に行くよう発電して、一路京都に向った。感冒もどこやらに消し飛んでいた。晴れていたが雲行は定かならず、沿道の紅葉はこんなときでも美しく目に映り、伊賀甲賀の山中はことに奇観だった。京都で一時間待ち、三時三十六分山陰線が発車すると、すぐに暗くなった。丹波、但馬と過ぎ、因幡に入り、夜十一時、鳥取に着いた。すぐ自動車によって谷村に着いた。

死因を聞くと、毒薬自殺——その薬は多分モルヒネらしかった。午後一時か二時頃服毒したかと思われた。道寿の妻美子が二階に上がったとき、よく寝ていると思って下に下りた。日暮れになっても起きず、それから皆で上がっていって、大いに驚いた。種々回生の術を施し、鳥取から縁戚の医師吉田久治も来たが駄目だった。ついに十九日の午後十一時四十五分、死亡した。

変死につき、駐在巡査の検査を受けたという。この夜、そんな話を聞くうちに二時になった。それから二階に上がり、不二子に面会し、通夜をなした。

翌二十一日は大雨だった。千里は朝七時過ぎに大阪から到着した。一路、丸山火葬場に向った。聯隊前が兵隊の大演習で通行止となり、途中で五六回も自動車が止った。やっと二時間を費し、午後四時過ぎに着した。

一時間経って、真宗寺の僧侶が来た。読経供養があった。焼香し礼拝し、いよいよ火坑に霊柩を送り、清白をはじめとする遺族は、枯松葉に点火した。時に六時前十五分、雨はますますはげしく、奇寒は肌に迫った。仏堂で二時間余り待ち、八時二十八分、坑をひらいて骨を拾った。

「五体燼滅、四大空に帰す、見るにたへず、漸く終りて、九時出発、一時間にして谷村にかへる」

と日記には記された。

十一月二十二日、雨は雪となって屋根を白くしていた。それでも、空は青く晴れた。自動車で曳田に向うあいだも、遠山近嶺の紅葉、水の流れと雲のたたずまいを目に留めた。正法寺に着くと、十一時に和尚に穴経を読んでもらった。十二時近く骨壺を埋め、土をかけて石をしつらえ、墓標を立て、竹をめぐらし、位牌堂を置き、水を供え、花立に見事な菊を立てた。すべて虎蔵の妻田村文子の世話になった。時々、かすかな時雨が来た。

十一月二十三日、午後四時頃、駐在が来て、屍体領収書と始末書とを書けといった。領収書には捺印し、始末書はそのとおり書いておいた。

父を診察した。心臓に貧血性雑音があり、脈搏は九十に至り、胸部には慢性気管支炎の水泡音が多く、この不幸で大変弱ったように思われた。夜十時十五分、鳥取駅を発車、軽便枕の夜行列車で京都へ向った。寒気はまだ甚だしかった。

十一月二十四日、正午過ぎに鳥羽に着き、雨の中を小浜に帰った。不在中、ほとんど患者はなかったと聞いた。

いろいろな手紙、雑誌が来ている中に、新潮社から『現代詩人全集』の「河井酔茗・横瀬夜雨・伊良子清白」の巻が混じっていた。

十一月二十八日は、美しく麗らかで、春のようだった。三時頃から、艀《ちよろ》で答志島の桃取へ往診した。帰途、夕暮の海は燻ゆるようで、島々の面影が人の世とも思われなかった。絶景はいまにも消えようとするかに見えた。

十二月二十九日、大雨となった。底寒い夜、村の総会があり、今年度は百間だけ道路をつくるという。とこなべやから海岸を伝うか、山を通るかの相談らしかった。

小浜も陸の孤島ではなくなるのだとすると、村医の存在意義はまたさらに薄れるか、と清白は思った。

『現代詩人全集』第四巻に収められた清白のものは、百二十一篇を数え、五章に分れる。最初の「五月野」の章は『孔雀船』から採った九篇、次の「鷗の歌」の章は、かつて捨てた詩篇を再構成するもので、「海の声山の声」を復活させ、「南の家北の家」よりの抜鈔をも加えた。三番目のパートの「南風の海」は、新作らしい口語詩の章である。四番目の「笹結び」の章は民謡詩の類で、最後の章「夕づつ」はすべて明治期の翻訳詞華集である。

孔雀が羽根をいっぱいにひろげたような復活であった。

昭和五年二月九日、三男朴《すなお》が誕生した。

その六十――ひるの月

『現代詩人全集』第四巻のうちの「伊良子清白集」は、忘れられた詩人にしては、思いがけなく多彩な詩形をみせることになった。しかし、清白はそれで、詩壇の中へと浦島太郎の帰還を果したと思ったわけではなかった。その身は依然として、「海やまのあひだ」の領分に、半ば属していた。漂泊の感覚が習いとなるまで、その家の窓から海を見やる日々がつづいていたからでもある。次の「老年」と題した詩は、半身はどうしても塵界に帰れぬ、と嘯いているようなものだった。

景色がよいので
生業《なりはひ》が出来ぬ
来る波は一つ一つ誘惑し
鷗は女の顔の白さで会釈する

景色がよいので
生業が出来ぬ
海を見れば恍惚《うつとり》する
ぼんやりしてゐる間に

他人《ひと》はどんどん追ひ越してしまふ
景色がよいので
生業が出来ぬ
日のほこり月のあくた
景色がつもつて
雅致《がち》ある老人に成つた

「雅致《がち》ある老人」とはもちろん、身を捨てたような反語である。景色を見るばかりで来た挙句、わが身はもはや、歳月の埃りや芥で出来ているのにすぎぬ、といっている。

「伊良子清白集」の中にある一章「南風の海」は、その十七篇のうち、漢詩訓読体的な二篇が文語自由詩であるほか、右の詩のように、他はすべて口語自由詩である。清白はこれらの平明至極の詩を、おそらくは大正末期から昭和四年にかけて制作しただろうと推測される。

台湾を素材とした「聖廟春歌」と「大嵙崁悲曲」は、はるか南の国を歌ったもので、近代詩にとって異数の詩篇である。また、海辺の起き臥しにとらえられた景色は、船と海と山をめぐって、歳月の堆積を示した。

だが、昭和四年のその復活は、『孔雀船』の復活であっても、けっして伊良子清白の復活ではなかった。たしかに、その詩は詩史の評価の上に蘇った。だがそれで、清白が詩人として詩壇に復帰する、というものではなかった。詩壇という塵界に復帰させる力よりも、眼前の海の引きつけてくる力のほうが、自分にはなおはるかにつよくはたらくことを、清白は身をもって知っていた。すでにそうやって、遠く岸を離れ、旅をしてきたのだった。
「笹結び」の章に収まった民謡や童謡をふくむ歌謡詩の試みは、それを世に問うという心がないわけではなかったが、もとより自分の心の「庭前」での作である。そこに、波や日射しがかかった。伊勢志摩の変化の大きな気象と海とが、それらのことばに微細ながら光を与えた。

　海山のあいだを歩くときにも、明治三十八年以来、清白は重い日記帖を手放さなかった。これは驚くべきことである。そこに記された詩や短歌や俳句は、発表を意図されたものではなかった。だが、そこに書きつけられる記録のための散文は、間歇的に飛沫をあげてくる韻文のために、余白を、わずかでも譲ろうとしたようだ。

老いしれて物におどろかぬ心あり雑煮の餅をちぎりて食らふ

昭和六年に地元の歌誌「鳥人」に発表した詠である。清白はここからの晩年に、二千首に及ぶ短歌を持続的にこしらえることになる。歌人清白の誕生、しかし地方歌壇の一角に端座するにすぎない、というほどの自重を伴っての誕生だった。

　昭和十三年四月、岩波文庫より『孔雀船』が刊行され、「岩波文庫本のはしに」を序文として書き添えた。

　阿古屋の珠は年古りて其うるみいよいよ深くその色ますます美《うる》はしといへり。わがうた詞拙く節《ふし》おどろおどろしく、十年《とゝせ》経て光失せ、二十年《はたとせ》すぎて香《にほひ》去り、今はたその姿大方散りぼひたり。昔上田秋成は年頃いたづきける書《ふみ》深き井の底に沈めてかへり見ず、われはそれだに得せず。

ことし六十《むそ》あまり二つの老を重ねて白髪《しらが》かき垂り歯脱けおち見るかげなし。ただ若き日の思出のみぞ花やげる。あはれ、うつろなる此ふみ、いまの世に見給はん人ありやなしや。

ひるの月み空にかゝり
淡々し白き紙片《かみびら》
うつろなる影のかなしき
おぼつかなわが古きうた
あらた代の光にけたれ
かげろふのうせなんとする

昭和十三年三月

清白しるす

身近な読者からは、謙遜が過ぎるという声が多く出た。だが、そこには謙遜以上のものがひそんでいた。おのれの「白」をかぎりなく淡く、薄く、はかないもの、また透明なものへと変えていきながら、清白は、あたらしい時代の光に消えることを、むしろ積極的に思念していた。若い日の長篇詩「夏日孔雀賦」には、その絶調のところにこんな一節がある。

時《とき》は滅《ほろ》びよ日《ひ》は逝《ゆ》けよ
形《かたち》は消《き》えよ世《よ》は失《う》せよ

其処《そこ》に残《のこ》れるものありて
限《かぎ》りも知《し》らず極《きは》みなく
輝《かゞや》き渡《わた》る様《さま》を見《み》む
今《いま》われ仮《か》りにそのものを
美《うつく》しとのみ名《なつ》け得《う》る

清白の漂泊はこの「美《うつく》し」に呼ばれていった際涯ない生活の中の旅だった。

昭和十六年十二月八日、太平洋戦争が勃発した。

昭和十七年一月十八日、宇治山田市（現在の伊勢市）の神宮皇学館での三重県翼賛歌人会創立発会式で、副会長に推挙され、受諾した。

戦火が迫り、食糧に窮した。つねに潔癖であろうとする清白は、闇米に手を出すなどできず、一家はとうとう、小浜で食べていくことを諦めなければならなくなった。

昭和十八年、清白は故郷鳥取への帰郷を、ついに望んだ。厳冬には雪が着物の裏にまみれつくほどの気候を避けてきたが、懐郷の念は「故郷《ふるさと》の　谷間《たにま》の歌《うた》」（「漂泊」）の方へ高まった。戦争という大きな力だけが、伊良子暉造を鳥羽の海から引き離し、故郷へ還してやることができる、というかのようだった。

だが、鳥取市内に家も決り、あとは家移りするばかりというとき、運命というほかない出来事がそれを阻んだ。昭和十八年九月十日の鳥取大地震がそれである。市内を中心に死者千二百十人、全半壊家屋二万七千四百余戸という災厄だった。

伊良子清白が家族とともに小浜のあの家に住んだのは、終戦直前の昭和二十年七月八日までのことで、大正十一年から数えて、居住は二十三年に及んだ。

その夏、大台ヶ原山の山間部、藤川との合流点に近い宮川沿いの集落、三重県度会郡七保村（現在の大宮町）大字打見百十番地へ疎開し、村医として七保村診療所を営んだ。どのようなときも端然としながらしかも往診をけっして拒まぬ老医師は、たちまち村民のあいだに声望を高めた。

昭和二十一年一月十日は小雪が舞った。寒い日だった。伊良子清白は七保村櫃井原《ひついばら》の畦道で、急患の往診途上、脳溢血で倒れ、戸板に乗せて自宅に運ばれる途中、絶命した。

村民こぞって死を悼み、十二日、村葬により、諦翁観山居士として打見の墓所に葬られた。享年六十八歳だった。

その山あいの土地を訪れれば、鳥取の曳田を思わずにいられない。また、大渓の流れを抱え角板山の懐に抱かれた大嵙崁を思わずにいられない。水音の絶えない、そんな地形である。

その六十一――薬箱

清白の死後、残ったものに、あの海のしぶきを浴びてきた家がある。昭和二十年七月に一家が戦火を逃れ、七保村打見に至ったときから、家は漁港の波止に取り残された。

さらに戦後三十四年が経ち、昭和五十四年、木造瓦葺の二階家は、漁業協同組合職員の横領事件によって売却されることになった。建物自体に価値はないが、伊良子清白が二十三年も住んだ家ということで、保存を訴える研究者の声もあった。だが、市は管理運営を、努力に見合わないものと判断した。組合は、帳簿上合わない三億四千九百万円の穴埋めのために、急いでそれを処分しなければならなかった。

入札の結果、家と土地は千六百万円余りで、小浜村の理容師が落札し、購入した。明治末期の老朽化した建築ということで、取り壊されてあたらしい建物が立て替るだろうとだれもが思い諦めていたとき、その家屋だけを無償で譲り受け、自分の費用負担で移築し保存したい、という奇特な人があらわれた。名古屋に住むDさん夫妻は、清白の存在をそれまでまったく知らなかったが、くだんの事件を新聞で知って、興味をもった。

家は昭和五十七年四月、打見からさほど遠くない、度会郡大台町佐原という、宮川上流の山間部に移築された。傍らには、普段は名古屋で生活するDさんが、別荘のようにつかっている家があった。

平成二年の夏、私は清白が往診途上に脳溢血で倒れたという七保村櫃井原の畦道と、打見の診療所の跡とを訪れ、打見の小高いところにある慶林寺の墓地を訪れた。その野辺での死は戦後まもない混乱期のことであり、また土地の風習もあって、清白はその墓地に土葬された。

昭和四十九年に歿するまで、妻寿はこの地に留まって、清白の墓を守りつづけた。寿は子供たちのつよい勧めにも応じず、ついにこの土地を離れず、また、曳田の正法寺に伊良子家のそれとしておのずから立つ清白のもうひとつの墓に自分が入ることも諾《うべな》わなかった。寿は漂泊の人伊良子清白を故郷に還すことを、なんらかの感情で拒んだのだったか、あるいは、亡骸のそばを離れることがついにできないというばかりだったのか。いずれにもせよ、清白の霊は、故郷と異土というふたつの土地で眠ることになった。

打見にもっとも近い駅は紀勢本線の川添という無人駅だが、ここからひとつ上流の三瀬谷《みせだに》駅で降りると、大台町佐原に近い。あの家をもういちど見ておきたいものだと、その夏、私は佐原の方へも足を伸ばした。記念館とするにはあまりにも辺鄙な土地であるようにも思えたが、もとより記念館を求める気持は私にはなかった。ただ、漁港の波止場に近くあった、その最後に差し押えられたたたずまいを見ていたので、海辺の家がどんなふうにして山間にあるものかと、奇妙に捩れた想像を抱えながら再会を果そうとした。

清白日記を抱えつづけてきた者にとって、一瞥、その木造二階家は船のように思えた。緑の波をかぶって、海辺にあったときよりもいっそう、潮の光を身に帯びているように思えた。

私は、家の一階正面の、そのがたつきのする玄関の戸を開けて中に入った。目の前の三畳間の右手が板張りの診察室である。その右奥に納戸があった。三畳間の裏手に階段があって、黒ずんだ踏板を踏んでのぼると、二階には八畳間がふたつ並んでいた。このどちらかの天井に、台風観測のための地図が貼られたのだろう。天井は、手がとどくかというほど低かった。

家具は残されていないが、唯一、抽斗《ひきだし》がたくさんついた、木製の時代物の薬箱があった。それも、「草長《くさなが》き南国《みなみぐに》」（「五月野」）の暑熱と湿気で、もう半ば以上朽ちかけていた。薬箱は早晩、形を失うばかりだろう。酷暑だった。外壁の板張りを襲う大台ケ原の灼熱が、この家ごと侵入者をぐらつかせるかと思えた。

かつてその家は海の際にあり、小さな蟹がたくさん畳へあがって来た。

その後、Dさん一家は維持に困って家を手放そうとしていると聞いた。それが、もう一昔前の噂になった。山中からいま、孔雀船の家が消えてしまったのかどうか、私は知らない。

日光抄 目次

主要文献

「伊良子清白日記」
『伊良子清白全集』岩波書店
伊良子清白『孔雀船』岩波文庫
山縣悌三郎『児孫の為めに余の生涯を語る』弘隆社
『小島烏水全集』大修館書店
『滝沢秋暁著作集』滝沢秋暁著作集刊行会
河井酔茗『明治代表詩人』第一書房
河井酔茗『酔茗詩話』人文書院
島本久恵『明治詩人伝』筑摩書房
島本久恵『長流』みすず書房
日夏耿之介『明治大正詩史』新潮社
山路峯男『伊良子清白研究』木犀書房
伊良子正『十二月の蟬』創樹社
伊良子正『上機嫌な岬』思潮社
楠井不二『評伝　伊良子清白』
橋爪博『伊良子清白の研究』

本書は、「新潮」二〇〇三年二月号および二〇〇三年五月号に「日光抄―小説 伊良子清白（三）」「日光抄続―小説 伊良子清白（四）」として掲載され、単行本化にあたって大幅な加筆訂正がおこなわれた。

函　装画　清白による気象学書欄外への書き込み
装　　幀　平出隆＋新潮社装幀室

伊良子清白《いらこせいはく》　日光抄《にっこうしょう》

Das Licht der Sonne sagt, daß

著　者……平出隆《ひらいでたかし》
発　行……二〇〇三年一〇月三〇日
二　刷……二〇〇九年 七 月三〇日
発行者……佐藤隆信
発行所……株式会社新潮社
〒一六二―八七一一 東京都新宿区矢来町七一
電話 編集部 〇三―三二六六―五四一一
読者係 〇三―三二六六―五一一一
http://www.shinchosha.co.jp
印刷所……株式会社精興社
製本所……大口製本印刷株式会社
製函所……株式会社岡山紙器所
乱丁・落丁本は、ご面倒ですが小社読者係宛お送り下さい。
送料小社負担にてお取替えいたします。
価格は函に表示してあります。
©Takashi Hiraide 2003, Printed in Japan
ISBN978-4-10-463201-5 C0095